VISTA AL MAR

DEBBIE DE LOUISE

Traducido por
ANA MEDINA

Copyright (C) 2019 Debbie De Louise

Diseño de montaje y Copyright (C) 2019 por Next Chapter

Publicado en 2019 por Next Chapter

Editado por Brian Suderman

Diseño de cubierta por Cover Mint

Este libro es una obra de ficción. Nombres, personajes, lugares, e incidentes son producto de la imaginación de la autora o son usados de forma ficticia. Cualquier parecido con hechos reales, establecimientos, o personas, vivas o muertas, es pura coincidencia.

Todos los derechos reservados. Ninguna parte de este libro puede ser reproducido o transmitido de ninguna forma o por ningún medio, electrónico o mecánico, incluyendo las fotocopias, grabaciones, o por ningún sistema de almacenamiento y recuperación de información, sin el permiso de la autora.

En memoria de mis padres, Florence y William Smiloff, quienes apoyaron mi amor por la lectura y escritura y recordando a John, el chico que me dio mi primer beso.

PRÓLOGO

Posada Vista al Mar, Veinte años atrás

Mi hermano Glen y yo corríamos por las escaleras del faro. Mi cola de caballo se agitaba salvajemente a medida que mis zapatos deportivos golpeaban los escalones de hierro en espiral. Como de costumbre, Glen tomó la delantera y yo reduje mi velocidad, con dolor en mis muslos. Ciento sesenta y siete escalones después me reuní con él en la barandilla, doblada y jadeando. Con una sonrisa pedante, él estaba allí de pie con sus brazos cruzados y relajado.

—Te gané de nuevo, Sara la tortuga. —Sacó su lengua.

Me enderecé. —Pequeño diablillo. Se lo diré a Mamá.

Glen volteó los ojos y me dio la espalda mientras caminaba por el borde del balcón, mirando hacia abajo por la barandilla.

Luego se detuvo.

—Ey, ¿qué es eso? —preguntó, inclinándose por encima de la barandilla.

Vacilé. Lo último que quería era mirar hacia abajo. Glen, por otro lado, no le tenía miedo a nada.

—Aléjate de allí, Glen. ¿Qué nos dijo Papá sobre acercarnos demasiado al borde de la barandilla?

—Tienes que venir a ver esto, Sarah. Hay un hombre allá abajo, —dijo sobre su hombro, señalando el suelo con su dedo regordete.

A pesar de mi estómago revuelto, me asomé por el borde y seguí su mirada hasta un hombre que estaba durmiendo en la hierba arenosa. Estaba boca abajo e inmóvil, sus brazos y piernas extendidos en ángulo, su camisa a cuadros rota.

1

Long Island, Tiempo presente

Estaba planeando marcharme antes de recibir la carta de mi tía. El silencio entre Derek y yo se había vuelto demasiado ensordecedor, demasiado pesado. Esta invitación para visitar mi hogar de la infancia llegaba en el momento preciso.

Inhalé profundamente un suspiro reparador y coloqué la carta en el escritorio de Derek. Eventualmente me preguntaría al respecto. Tal vez.

Levanté la nota y la leí de nuevo.

Querida Sarah,

Espero te encuentres bien. Lamento no haber permanecido en contacto durante tanto tiempo. Me he estado sintiendo un poco mal pero eso es de esperarse a mi edad. Tengo planes para reabrir la posada, y me preguntaba si a ti y tu esposo les gustaría para un tiempo aquí este verano. Pueden quedarse una o dos semanas o incluso todo el verano si así lo desean. *Tendremos otros tres invitados. No quisiera mencionar sus nombres. Estoy segura de que disfrutarás el reencuentro.*

Te llamaré durante la semana para saber qué has decidido.

Con amor, Tía Julie

La posada Vista al Mar había sido un negocio familiar. Perteneció a mi padre y su hermana, y a mis abuelos antes de ellos. La Tía Julie se encargó de él después que Papá se mudó con Mamá, Glen y yo desde Carolina de Sur hacia Nueva York en 1996 cuando yo tenía diez años. Ese año ella cerró la posada al público pero continuó viviendo allí mientras trabajaba en otra posada junto a la costa de Charleston hacia Hilton Head.

Tía Julie nunca se casó, aunque había rumores de que tuvo muchas oportunidades. Me resultaba extraño por qué había elegido invitarme ahora al Vista al Mar, pero lo tomé como una señal. Derek y yo necesitábamos un descanso. Tal vez viajar a Carolina del Sur nos ayude.

Bajé la carta y subía las escaleras hacia lo que Derek había bautizado "mi buhardilla," donde creaba bocetos e ilustraciones que hacía para libros infantiles. Rosy, mi gata roja atigrada, salió de su escondite detrás de uno de mis lienzos. Ella era la inspiración para mi dibujo actual de "Kit Kat la Gata en el Patio de la Escuela," una de las series de libros escritas por la autora Carolyn Grant, una buena amiga mía.

Me senté junto al caballete ante mi boceto medio hecho de Kit Kat, alias Rosy, pero me sentí inspirada para dibujar otra cosa. Tomé mi cuaderno de dibujo y desprendí una hoja. Coloqué la hoja en la mesa de dibujo que Derek había armado aquí cuando se mudó conmigo y comencé a trazar con un lápiz lo que recordaba del Vista al Mar. Mientras dibujaba, mi mente se llenaba de detalles. Recordé a mi madre diciéndome que mis abuelos, a quienes apenas recordaba, lo habían llamado Vista al Mar por su vista del faro cercano. Tía Julie, una artista como yo, había querido cambiar el nombre a Escape Junto al Mar, pero nuestro padre insistió en que Vista al Mar era un nombre más adecuado, y así permaneció.

El Vista al Mar que se extendía a través de la hoja mientras yo dibujaba era enorme con varias terrazas y dos pisos que envolvían una casa que poseía una encantadora vista del mar. Recordé las gaviotas volando en círculos cerca del tope superior mientras Glen y yo corríamos jugando al escondite. Como los niños que tienen una imaginación muy vívida, también nos gustaba inventar historias de fantasmas y misterios sobre la posada. Glen me asustaba hablando de un asesinato que habría ocurrido arriba en la Habitación Violeta, la que yo ocupaba junto a la suya, que tenía papel tapiz morado y una cobija color lavanda tejida a crochet en la cama de bronce. Dijo que uno de los huéspedes habría estado fumando, aunque no estaba permitido fumar en ninguna de las habitaciones, y así se iniciaría un incendio que quemaría todo el edificio. En otro escenario, algunos ladrones entraban y robaban todas las estatuas (había una cantidad de hermosas obras de escultura que decoraban ambos pisos). Glen también imaginaba un túnel del tiempo o una puerta secreta detrás de la alacena de la cocina, pero yo me reía. Mi hermano menor era demasiado imaginativo para su propio bien. Cómo lo extrañaba. Una lágrima amenazó con brotar, mientras continuaba con el dibujo. Quería agregar los dos niños saltando por el camino frente a la casa hacia el faro, pero tuve que retornar a mi trabajo. Tenía que presentar los bocetos de Kit Kat en Apple Kids Books al día siguiente.

Mientras retiraba el dibujo del Vista al Mar, sonó el teléfono.

Pensé que podría ser Derek, pero nunca llamaba durante el día a menos que fuera una emergencia.

—¿Hola?

—Sarah. Qué agradable escucha tu voz, —dijo Tía Julie.

—Oh, hola. Acabo de recibir tu invitación.

—Maravilloso. Espero que estés bien. Ansío verte de nuevo. ¿Podrán venir Derek y tú?

Hice una pausa. Tía Julie no sabía que ya no éramos una pareja, o al menos que íbamos camino a una ruptura. —No. Derek no podrá ausentarse del trabajo. Pero yo estaré allá. Gracias por invitarnos, y ansío verte pronto de nuevo. ¿Cómo estás?

Fue el turno de mi tía para hacer una pausa. A través de la línea y a cientos de millas, podía verla, una mujer alta que parecía más alta por su buena postura. Me había enseñado a practicar caminando balanceando unos libros sobre mi cabeza.

—Estoy bien, pero un poco sola. Me alegra que vengas. Te asignaré tu habitación favorita.

¿Tía Julie, sola? Eso era extraño. Cuando vivíamos en la posada, ella siempre tenía personas a su alrededor, y yo sabía que todavía daba lecciones de pintura y había vendido algunos de sus retratos en la galería de arte del pueblo.

—Gracias. —La Habitación Violeta siempre había sido mi favorita, y esperaba con ansia la hermosa vista al mar desde sus ventanas. Podría arreglármelas para trabajar allí. Una de las ventajas de mi trabajo era que podía hacerlo en cualquier lugar.

—¿Cuándo quieres venir? Todavía estoy preparando la posada para recibir los invitados, pero les estoy diciendo a todos que lleguen el quince. ¿Te parece bien?

—Me parece perfecto. —Dos semanas era más que suficiente tiempo para empacar y partir.

—Perfecto. Te veré entonces. —Estaba a punto de colgar cuando le pregunté, —Tía Julie, ¿por qué decidiste abrir el Vista al Mar este verano?

Mi tía era conocida por su sexto sentido. Casi podía creer que abriría la posada porque yo necesitaba un lugar adonde escapar.

—Pensé que era tiempo de hacerlo, Sarah. Gracias por aceptar. Espero verte pronto. —Su respuesta no fue lo esperado. Por alguna razón, no le creí.

—¿Puedes decirme algo de los demás invitados? —Tenía curiosidad por las personas que había invitado al Vista al Mar.

—Eso arruinaría la sorpresa. Todo lo que puedo decir es que estarás en buena compañía. Ahora déjame volver al trabajo. Estoy creando un retrato de Glen.

Mi corazón se hundió con sus palabras. El dolor todavía era muy fuerte. —Nos veremos el quince, Tía Julie.

—Maravilloso. Avísame si tienes algún inconveniente con la aerolínea, mi amiga Karen todavía trabaja con United.

No lograba recordar a Karen, pero agradecí a Tía Julie y me despedí.

Rosy maulló para llamar mi atención, y recordé que no la había alimentado. Derek tendría que encargarse de ella mientras yo estaba fuera. Me preocupaba cómo le explicaría el viaje a él, pero sabía que no discutiría conmigo a pesar de algunas protestas simuladas. Esto era lo mejor para ambos, una forma de prepararnos para la ruptura definitiva. En mi corazón, esperaba que las cosas fueran diferentes cuando regresara, pero no creía que la ausencia ablandara el corazón.

2

Para cuando Derek entró en la cama, ya estaba casi dormida. Se deslizó junto a mí tan silenciosamente como le fue posible. No siempre había sido así, que anduviéramos el uno alrededor del otro como extraños. Parecía haber comenzado hace dos años junto con la muerte de Glen, pero probablemente parte desde el día en que me dijo que no intentaría con tratamientos para la fertilidad y que teníamos que aceptar el hecho de que no íbamos a ser padres.

Mantuve mi respiración inalterada mientras él se alejaba de mí. No éramos tan viejos. Yo había cumplido 30 en el otoño. Derek tenía 35. Mis padres me tuvieron a esas mismas edades y a Glen dos años después, pero solo habían estado casados por un año antes de que yo naciera. La familia de papá pensaba que era un soltero empedernido hasta que llegó Mamá y conquistó a Martin Brewster.

Derek comenzó a roncar. Hasta hace dos meses, hacíamos el amor ocasionalmente pero no con el fervor que teníamos cuando estábamos tratando de concebir. Los médicos nos aseguraron que ambos estábamos sanos. "Infertilidad inexplicable" fue la explicación que no era una explicación para nuestro problema.

Era cierto que yo había usado algún método de anticonceptivo con regularidad hasta que decidimos formar una familia, pero no había tomado la pastilla durante tres años. La muerte de Glen hizo más desesperada nuestra situación, o al menos yo estaba más desesperada. Los médicos dijeron que podíamos intentar con in vitro, pero Derek pensó que era una locura. Sabía que nuestro seguro no lo cubriría y creía que todavía era posible que quedáramos embarazados a la antigua. Entonces dejó de hacer el amor conmigo.

Me preguntaba si todo el tiempo que dedicaba a sus clases y que dictaba talleres e intensivos extras, su asistencia a conferencias y seminarios para profesores, era su forma de lidiar con esto o si estaba viendo a otra mujer. Oculté mi dolor detrás de mis pinturas. No los lindos bocetos de gatos, sino el montón que había dejado arriba, pinturas sobre nosotros cuando éramos felices, durante nuestra luna de miel manejando una bicicleta doble, pintando las habitaciones cuando nos mudamos a la casa, tendidos en la playa al atardecer con copas de champaña celebrando nuestro primer aniversario. Recuerdos que podían estar en un diario pero que en lugar de eso se expresaban en un lienzo. Nunca se los había mostrado, y así como yo respetaba la privacidad de su oficina, él nunca pondría un pie dentro de mi estudio a menos que lo invitara.

Había otro juego de pinturas. Las comencé después que murió Glen. Eran pinturas de mi hermano y yo cuando éramos niños en el Vista al Mar, dentro, alrededor y arriba del faro. Solo había uno de Glen como adulto de la última vez que me visitó antes de irse a California y a su muerte. En la oscuridad de la habitación con Derek roncando a mi lado, lo visualicé. Glen compartía muchas de mis facciones en una versión masculina. Era de piel clara y cabello oscuro y lo llevaba largo hasta los hombros. Siempre estuve detrás de él para que lo cortara, pero debía admitir que lucía bien. El único detalle en su rostro era una cicatriz en su mejilla que se había hecho durante una pelea en un bar por Papá. Fue el año que Martin Glen Brewster se dio un tiro y ni siquiera dejó una nota con alguna explicación.

Saqué esos pensamientos de mi mente y traté de dormir. Si Glen estuviera aquí, podría confiarle mi situación con Derek, algo que no podía hacer con Mamá ni Carolyn aunque yo sabía que ambas sospechaban que estábamos tendiendo dificultades en nuestro matrimonio. Glen tenía una manera especial de escuchar, y probablemente era así porque era psicólogo. Sonreí al pensar en él con su chaqueta de cuero conduciendo su motocicleta en L.A. En su oficina, proporcionaba atención y seguridad a adictos, a los que luchaban con su sexualidad, aspirantes a estrellas de cine, y adolescentes embarazadas. Se sentaba allí con sus manos juntas, les dirigía una profunda mirada evaluadora, y los hacía sentir, durante una hora en su sofá, que eran valiosos, que todavía tenían algo por lo que vivir, a diferencia de su propio padre.

No me sorprendí cuando finalmente me quedé dormida y soñé con Glen y yo juntos en el Vista al Mar. No había calendario en mi sueño, pero sabía qué día era. Tuve ese sueño durante años hasta que Glen sugirió que viera su profesor de psicología quien también tenía su consulta privada. Fui a su consulta dos veces antes de abandonar. Hablar sobre el sueño no hacía nada para erradicarlo porque no era un sueño. Era un recuerdo de lo que sucedió aquel verano de hacía casi veinte años. El día que mi hermano y yo encontramos el cuerpo de Michael bajo el faro.

Mi consciencia tomó control, y la escena comenzó a desvanecerse. Me desperté con un sobresalto. Estaba sudando y me había quitado las cobijas. Mi estómago se sentía extraño.

Derek se estiró a mi lado pero no se despertó. Miré el reloj. Dos a.m. No quería volver a dormir. Temía tener otro sueño. Me quedé tendida en la cama tratando de no pensar en nada y entonces decidí levantarme para ir a mi buhardilla y dibujar, esperando que pudiera relajarme.

3

Vista al Mar, Dos Semanas Después

Julie Brewster acababa de terminar una llamada telefónica con su sobrina Sarah. Estaba encantada de que la joven asistiera y no le sorprendía que llevara una amiga en lugar de su esposo, pero a Julie no le agradaban demasiado los extraños en Vista al Mar. Le recordaba lo que había ocurrido hacía casi veinte años cuando aquel muchacho universitario, Michael, apareció muerto junto al faro y su hermano se mudó con su familia. Un año después, Martin se quitó la vida. Apretó sus ojos violeta por un momento y luego los abrió por completo. No era momento para lágrimas ni arrepentimientos. La vida era para los vivos. La supervivencia del más apto y todo eso. Ella era una Brewster, descendiente de un pescador que construyó Vista al Mar y llevó su joven esposa a través de sus puertas. Jeremiah y Josephine Brewster convirtieron su hogar en una posada para atender a los muchos turistas del pueblo. Criaron allí a Julie y Martin y les enseñaron el negocio de la hospitalidad. Josephine, una maravillosa cocinera, enseñó a Julie a preparar panecillos y otros alimentos para el desayuno en la acogedora cocina donde sus huéspedes se reunían con ellos en la mañana. Martin ayudaba a barrer el porche y la terraza de arriba, y él y Julie ayudaban a su madre a cambiar las camas.

Cuando sus padres se retiraron y se mudaron a una instalación de atención a mayores en Florida, era natural que Julie y Martin se encargaran del negocio familiar. Julie ya había obtenido un título en gerencia hotelera, pero Martin eligió no asistir a la universidad y en lugar de eso se dedicó al campo de la construcción. Después de casarse con Jennifer, una trabajadora social que conoció mientras trabajaba en un proyecto en la clínica Beaufort donde ella trabajaba, la pareja se mudó a una suite de habitaciones en el piso superior de la posada. Los niños llegaron poco después, y Jennifer dejó su trabajo. Martin contribuía con el trabajo de construcción, y Jennifer ayudaba con los libros de contabilidad. Cuando se mudaron para Long Island donde Jennifer había crecido, Julie cerró la posada al público y aceptó varios empleos en las posadas cercanas. Sin un esposo ni hijos que atender, administraba bien su dinero y continuaba viviendo en el Vista al Mar. El año pasado, en su cumpleaños número sesenta y nueve, ella decidió retirarse. Sabía que reabrir el Vista al Mar sería una buena fuente de ingresos para su retiro, pero regresó el antiguo temor. Pensó que sería bueno hacer una prueba invitando a varias personas que conocía para que la visitaran primero.

Julie se sentó en el tocador de su habitación, conocida en la posada como la Habitación Dorada. Las paredes estaban cubiertas con papel tapiz color crema y oro. La cama estaba cubierta por un cobertor y sábanas en amarillo y blanco. Siempre había sido su favorita. Solo el estudio de arte que tenía justo arriba podía competir por sus afectos. Como su sobrina, también disfrutaba pintando, pero sus obras no trataban de lindos animales para libros infantiles. Le gustaba captar retratos de personas y tenía una colección de muchos rostros que componían su portafolio de más de cuarenta años.

Mientras miraba su rostro al peinar su largo cabello castaño, Julie se sintió feliz con su reflejo. Sabía que podía pasar por alguien en sus cincuentas. Las únicas arrugas en su piel eran algunas líneas de expresión alrededor de su boca y sus ojos por sonreír. Había tenido una buena vida, completa, y a pesar de las preguntas silenciosas de su familia sobre el matrimonio, había tenido muchos amantes y nunca se arrepintió de evitar el matrimonio.

Los ojos violeta de Julie, que los hombres decían les recordaban de Elizabeth Taylor y que pensaban que al halagarla llegarían más rápido a su cama, brillaron mientras les aplicaba máscara. Todo estaría bien. Si las cosas salían bien, le pediría a Sarah que se uniera a ella en el Vista al Mar y la ayudara a administrar la posada. Tenía el presentimiento de que su sobrina estaba teniendo problemas en su matrimonio. Si ese era el caso, Sarah podría estar dispuesta a mudarse de vuelta a Carolina del Sur. De lo contrario, tal vez podría convencer a Derek para reubicarse allí con ella y aplicar por una posición como profesor en la universidad local.

Julie todavía llevaba puesta su bata cuando bajó las escaleras. Sola en el Vista al Mar, no se molestaba en preparar panecillos ni desayunos especiales. Tomaba fruta del tazón en la mesa y preparaba una taza de té. Incluso cuando uno de sus amantes se quedaba, rara vez preparaba algo especial para el desayuno. Generalmente, lo convencía de que se levantara y prepara huevos para ambos.

Cuando elegía una manzana de la cesta de metal para la fruta, escuchó un ruido en la puerta del frente. Había un pequeño buzón en el porche, pero generalmente buscaba el correo en la oficina de correos directamente. Le gustaba caminar hasta allá todos los días. La ayudaba a mantener su figura esbelta.

Cuando estaba a punto de investigar el sonido, Alabaster apareció maullando en la cocina buscando su desayuno. Alabaster, o Al, como diminutivo, era un gato negro que había adoptado hacía cinco años para hacerle compañía. Lo había bautizado por el material blanco parecido a la piedra, a manera de chiste y pensaba que era gracioso que acostumbrara pasearse por entre las estatuas de la posada que estaban elaboradas con ese material.

—Hola, Al. Justo iba a revisar el buzón antes de darte comida.

El gato la siguió, con la cola en alto, mientras Julie salía al porche. El buzón estaba a un lado detrás de las mecedoras y el columpio del patio. Era una caja larga blanca que necesitaba un retoque. Tomó nota mental de pintarlo cuando tuviera tiempo.

Mientras Al rodeaba sus piernas emitiendo cortos lamentos que indicaban su apetito, Julie buscó el correo. Había una carta dentro de la caja. No estaba en un sobre y tampoco tenía sello. Alguien la había dejado allí. Pensaba que sería alguna publicidad, pero cuando abrió el papel, vio que era una nota escrita a mano con una caligrafía infantil. Cada letra estaba escrita con un creyón de diferente color. Como una persona sensible al color, comprendió que en conjunto formaban un arcoíris.

Tomó el papel y se sentó en una de las mecedoras que había forrado con relleno para su madre hacía años y que había reemplazado una solitaria primavera en la que no tenía ningún novio.

Al continuó rogando por su desayuno.

—Un momento, muchacho. Déjame leer esto.

Julie había olvidado adentro sus lentes de lectura. No le gustaba usarlos porque envejecían su rostro. Entrecerró los ojos para leer las palabras, las letras escritas con color claro se le hacían difíciles de leer.

—¿De verdad piensas que debes reabrir la posada? ¿Cuántas muertes más quieres en tu cabeza?

Tu sobrino, Glen

Ella jadeó. Al percibió su agitación y dejó de llorar, su cuerpo se alertó ante el peligro; el pelaje en su espalda comenzaba a erizarse.

Estuvo tentada a romper el papel pero lo reconsideró. ¿Debería ir a la policía? Nunca fueron de mucha ayuda en el pasado, y obviamente esto era una broma de mal gusto. Glen estaba muerto, enterrado en el cementerio familiar desde hacía casi dos años.

Decidió ignorar la nota pero la llevó con ella adentro de la casa y la guardo en una gaveta en su habitación.

Aunque su mañana ya estaba arruinada, bajó de nuevo las escaleras, alimentó a Al, y comió su manzana. En dos días, el Vista al Mar abriría sus puertas para sus invitados. No cambiaría sus planes. Ni Sarah ni nadie necesitaban saber sobre la nota. Todo saldría bien.

4

Long Island

No esperaba que Derek, a última hora, cambiara de opinión sobre acompañarme a Vista al Mar. En realidad estaba complacido de que Carolyn ocupara su lugar.

—Diviértanse chicas retozando en Cabo Bretton. Tal vez ambas conquisten unos chicos sureños, —bromeó.

No me pareció gracioso su comentario. —Solo voy porque me invitó Tía Julie. Ese lugar no guarda los mejores recuerdos para mí.

Él levantó la mirada de su taza de café mientras nos sentábamos en la mesa de la cocina. —Creo que ya es tiempo de que exorcices esos demonios, Sarah.

No lo dignifiqué con una respuesta.

—¿Tu madre sabe que vamos?

Esa era una pregunta difícil. Había evitado intencionalmente llamarla desde que recibí la invitación. Sentía aversión hacia la mentira, y mi madre no tomaría bien las noticias. No me arriesgaría a causarle otra crisis de nervios. Estaba al límite, y solo los efectos soporíferos del alcohol y una variedad de pastillas que le prescribía su psiquiatra evitaban que cayera por el precipicio. La muerte de Glen ocasionó que la hospitalizaran durante dos meses.

—No. No he hablado con ella.

—Probablemente sea mejor que no le digas nada. —Incluso Derek estaba consciente del peligro de mencionar el Vista al Mar a mi madre.

Terminé mi café y lavé la taza en el fregadero. Todavía me sentía un tanto incómoda después de mi sueño/recuerdo de la noche anterior. Sin embargo, temía que hubiera otra razón para mi náusea. Había comenzado cuando me faltó mi segundo período la semana pasada. Sería irónico que, después de todas nuestras discusiones sobre tratamientos de fertilidad, terminara quedando embarazada de forma natural. Era un mal momento y no era algo que quisiera compartir con Derek antes de marcharme. Ni siquiera podía sentirme feliz sobre eso por la dudosa naturaleza de nuestro matrimonio en este momento.

El día que nos marchábamos, Carolyn llegó después de la hora acordada para encontrarnos. Siempre llegaba varios minutos tarde, así que no me preocupé. Nos habíamos permitido dos días completos para ir Vista al Mar con una parada cuando estuviéramos demasiado cansadas para continuar conduciendo. A mí me hubiera encantado ir volando, pero Carolyn odiaba los aviones.

El taller intensivo de verano de Derek no comenzaba hasta el diez, así que estaba allí para despedirnos. Me había ayudado a guardar todo en mi auto y se aseguró de que mi celular estuviera cargado y de que tuviera estuches de primeros auxilios y emergencias de tránsito. También había llenado el tanque de combustible la noche anterior, algo que yo casi había olvidado en mi prisa por empacar.

—Llámame cuando llegues allá, —dijo mientras estábamos afuera, la cálida brisa de Julio ondeando entre su cabello oscuro mientras empujaba hacia atrás mis mechones.

Extendió una mano y los arregló con la punta de sus dedos. —Cuídate, Sarah.

Por un momento, vi la vieja calidez y quise posponer mis planes. Podía quedarme aquí y reconquistar a mi esposo, decirle sobre el bebé si mis sospechas eran acertadas, y arreglar todo entre nosotros de nuevo. Entonces Carolyn llegó en su auto deportivo rojo, y comprendí que era demasiado tarde. Me alegraba que hubiésemos acordado utilizar mi Camry para el viaje, aunque más lento también era más estable.

Derek ayudó a Carolyn a pasar sus bolsos hasta el pequeño espacio que quedaba junto a los míos en el maletero.

—¿Por qué ustedes chicas empacan tanto? ¿Tu tía no tiene una lavadora y secadora allá?

Carolyn sonrió. No podía ver sus ojos a través de sus lentes oscuros. Le dio una palmadita en el brazo a Derek. —No solo traemos ropa. Necesitamos accesorios, maquillaje, y otras cosas de chicas.

Observé la bufanda azul que llevaba, uno de los accesorios que mencionaba. Pensé en Isadora Duncan y luego lo saqué de mi mente.

—Bueno, cuida a mi esposa. No conduzcan por más de dos o tres horas sin tomar un descanso y turnarse al volante.

Dio la vuelta y se acercó a mi lado. —Diviértanse, señoras. — Aunque se dirigía a ambas, me miraba a mí. Sentí nuevamente la urgencia de cancelar todo esto, pero Carolyn había cerrado el maletero y había subido al asiento del pasajero para esperar a que yo entrara al auto.

—Gracias, —dije. Quería agregar que lo extrañaría, pero sus labios interrumpieron mis palabras. Fue un beso breve, recortado porque Carolyn nos estaba mirando, pero sentí en ese beso algo que no sentía desde hacía tiempo.

—Te llamaré si paramos para pasar la noche, —dije, un poco agitada por el beso.

—Incluso antes si quieres. Mis clases terminan hoy a las dos. Revisaré el celular después de eso. Que tengan un feliz viaje y saluda a tu tía de mi parte.

Asentí mientras me deslizaba detrás del volante. Consideré recortar mi visita. No había razón para que me quedara tanto tiempo. Tal vez Carolyn también quisiera después de una o dos semanas. Me preguntaba cómo su novio Jack había tomado las noticias sobre su viaje.

Derek permaneció en la entrada saludando mientras me alejaba de la casa. También vi a Rosy en la ventana del frente. Derek había prometido cuidarla bien mientras yo estaba fuera, pero sabía que extrañaría su compañía enrollada a un lado de mi almohada en la noche o estirándose junto a mi lienzo mientras trabajaba arriba en la buhardilla.

—¿No estás emocionada? —preguntó Carolyn y a continuación respondió la pregunta ella misma antes de que yo pudiera hacerlo. —Yo lo estoy. Nunca he estado en Carolina del Sur, y el único faro que he visto estaba en Montauk Point cuando mis padres me llevaron al Este cuando era pequeña.

—No esperes demasiado, —dije. —El área es bonita, y supongo que el faro está bien, pero si has visto uno, los has visto todo. —Eso no era exactamente cierto. El Faro de la Isla Bretton era una atracción que generaba muchos turistas en Cabo Bretton, pero mi memoria estaba manchada por lo que había ocurrido allá. Era el último lugar que querría visitar.

Carolyn pareció leer mi mente. —Lo siento. Recuerdo que me contaste sobre lo que sucedió en el faro, y sé que debe nublar tu mente. Tal vez verlo de adulta te ayude a superar esa experiencia.

Se hizo eco del comentario de Derek sobre exorcizar mis demonios. Mientras tomaba el camino principal para entrar en la autopista, me preguntaba si eso sería posible. ¿Acaso Tía Julie estaría tratando de hacer lo mismo al reabrir la posada?

El comienzo de nuestro viaje estuvo bien. Todavía nos faltaba el embotellamiento del tráfico que cruza los puentes y pasan por las incontables taquillas de peaje, pero Carolyn continuó con su conversación y preguntas para pasar el tiempo.

—Tienes que prepararme, Sarah. ¿Cómo es tu tía? ¿Quién más se quedará con nosotras? ¿Por qué tu tía decidió abrir la posada ahora?

Yo mantuve mis ojos en el atestado camino mientras avanzábamos lentamente y trataba de contestar. —Mi tía es una mujer fuerte. Conociste a mi madre. Tía Julie es su exacto lado opuesto.

—¿Tu padre era como tu tía?

El sol llegaba a mis ojos, y desearía haber tenido el buen sentido de traer lentes oscuros como Carolyn. Bajé el visor para ayudarme a escudar su resplandor, pero mis ojos estaban lagrimeando. Sabía que parte de la razón era mi respuesta a esa pregunta. —Yo pensaba que Papá era fuerte, pero supongo que de pequeños, se tiene una visión diferente de los adultos en tu vida.

—Lo siento. Olvidé que murió cuando tenías once.

Carolyn sabía todo sobre el suicidio de Papá el año después de mudarnos a Long Island. Cambié el tema para responder las preguntas que me había lanzado antes. —Tía Julie no me dijo quién más se quedaría en el Vista al Mar. Sé que invitó a varias personas que dice que conozco pero que no he visto desde que me mudé. La posada no está oficialmente abierta todavía. Mencionó que esto era una apertura de prueba antes de la gran apertura este otoño. Ella se retiró el año pasado, así que necesita un ingreso para complementar su pensión.

—Ella trabajó en otras posadas de la zona, ¿cierto?

Asentí pero mantuve los ojos adelante en el camino. —Sí, pero ella nunca se quedó en ninguno por mucho tiempo porque le gusta estar a cargo, y el único lugar en el que podría hacerlo totalmente era el Vista al Mar.

—Suena un poco dominante para mí.

—En realidad no. Creo que la palabra que mejor la describe es segura. Prefiere guiar a las personas en lugar de seguirlas. Cumplirá setenta la próxima semana. Es la hermana mayor de mi papá. Él hubiera tenido sesenta y cinco.

—Creo que me agradará. Dijiste que también pinta.

Tuve un rápido recuerdo de estar sentada junto a Glen en el salón de dibujo recubierto con madera de roble mientras Tía Julie nos dibujaba. Ese dibujo todavía está colgado en la buhardilla. —Ella se dedica a hacer retratos, —aclaré. —Desearía tener la habilidad para pintar personas.

—Haces un trabajo maravilloso con los gatos.

Estaba a punto de darle las gracias, pero habíamos salido del puente, y estaba buscando un canal para pagar el peaje.

—Allí a la derecha, —indicó Carolyn, agitando su mano.

—No hagas eso, —le advertí, siguiendo sus instrucciones.

—Lo siento. Puedes jugar al conductor desde el asiento trasero cuando sea mi turno para conducir.

La barra roja se levantó, y pasamos en fila. Permanecí a la derecha para tomar la salida al sur. Derek y Rosy ya estaban a millas de distancia.

Hicimos una parada después de tres horas como sugirió Derek. El lugar que elegimos tenía un McDonald's y, aunque era un poco temprano para almorzar, decidimos comer. También necesitábamos estirar las piernas y usar los baños que, afortunadamente, estaban limpios. La temperatura estaba subiendo a mitad del día, y se haría más caluroso a medida que continuábamos hacia el sur.

—Podría tomar una bebida fría, —dijo Carolyn leyendo mi mente mientras entrábamos al restaurante.

—Yo también. Creo que tomaré una malteada.

Había una larga fila en el mostrador. Las mujeres y hombres con camisetas y pantalones cortos, algunos que viajaban con sus hijos, se detuvieron al igual que nosotros por la comida y para descansar.

—Estuvo bien que no esperáramos. Imagina esta fila al medio día, —comentó Carolyn.

Frente a nosotras, una joven rubia estaba junto a dos niños con cabello color arena, un niño y una niña de aproximadamente ocho y diez.

La madre tenía algo que me recordaba la mía hace muchos años. Aparte de un fin de semana en Charleston y unas vacaciones familiares en Disney World cuando yo tenía seis y Glen tenía cuatro, nunca viajamos muchos cuando vivíamos en Cabo Bretton excepto alrededor de la Isla Bretton y Beaufort, uno de los pueblos vecinos.

Observé a la pequeña niña, que le sacaba una cabeza a su hermano en estatura, mientras le preguntaba qué quería ordenar. Ella actuaba como si fuera la vendedora. Incluso tenía una pequeña libreta en su mano. Era probable que la usara para dibujar durante el viaje en auto, como acostumbra hacer yo cuando era niña.

El niño tenía una caja de creyones. —Yo escribiré mi pedido, —le dijo a su hermana. Ella le entregó la libreta.

—¿Qué vas a ordenar? —preguntó Carolyn desde detrás de mí.

Todavía tenía mis ojos en los niños. —Una hamburguesa con queso y papas fritas pequeñas con una malteada de vainilla. ¿Y tú?

—Yo voy a ordenar una Big Mac cariño, y siempre tomo una malteada. La tomaré de chocolate.

El pequeño niño le devolvió la libreta a la niña con su pedido escrito con creyones. Dado que siempre me gustó dibujar, Glen acostumbraba esconder mis creyones. Con frecuencia escribía notas con creyones en los alrededores de Vista al Mar con pistas de dónde los había ocultado. Él disfrutaba el juego. Durante nuestro último verano allí, había comenzado a dejar pistas de creyón para mi Tía Julie después de ocultar su cubertería, un libro, o piezas de joyería. Ella nunca se había enojado mucho por eso, pero nuestra madre lo castigó la vez que escondió su suéter favorito. Él nunca lo intentó con Papá, pero creo que nuestro padre lo habría encontrado divertido.

La mujer estaba haciendo el pedido de su familia. Leyó la hoja que su hija le había entregado.

El calor me golpeó con un impacto súbito, y sentí que me desmayaba.

—¿Estás bien, Sarah? Te ves pálida. No te preocupes. Somos los siguientes. Te caerá bien la comida, y luego yo conduciré.

Sonreí. —Ese prospecto no me hace sentir mejor.

Ella rió. —Sé que soy un poco pesada con el acelerador, pero esperaré hasta que terminemos de comer antes de salir corriendo.

—Muchas gracias.

Los niños salieron del restaurante con su madre y sus Cajitas Felices y refrescos y peleándose por los juguetes.

Éramos las siguientes en el mostrador. Carolyn insistió en pagar por el almuerzo de ambas con la condición de que yo pagaría por la cena.

Afuera había varios bancos, pero la mayoría de las personas estaban almorzando en sus autos o dejaban la comida para otra parada. Los bancos tenían sombrillas, y recibí de buen agrado la sombra mientras tomaba asiento frente a mi amiga.

Carolyn sacó su Big Mac de la bolsa marrón y la desenvolvió. —Me muero de hambre. —Introdujo una pajilla en su malteada y sorbió un poco junto con un bocado de su hamburguesa.

Yo comí un bocado de mi hamburguesa con queso y dos papas fritas y luego tomé mi malteada.

—¿No tienes hambre, Sarah? Si comes a ese ritmo, necesitaremos tres días para llegar a Vista al Mar.

Hice una pausa. Yo comía lentamente por naturaleza, pero mi estómago se estaba agitando de nuevo. Esperaba no vomitar esta vez.

—Por favor, Carolyn. No me estoy sintiendo bien.

—No estoy tratando de apurarte. Tómate tu tiempo. Puedes llevártelo. Traje una neverita. Debería mantenerse bien por algunas horas, aunque no sé cómo sabrá una hamburguesa fría. Al menos podemos salvar tu bebida.

Respiré hondo. —Está bien. Luego comeré algo. —Me levanté, todavía un poco temblorosa, y lancé todo a un cesto para basura cercano.

Carolyn bajó sus lentes oscuros y me miró preocupada. —¿Qué sucede? Tengo Tylenol y Tums, y el estuche de primeros auxilios está en el auto.

—Gracias, pero no necesito nada. Me estoy sintiendo mejor. —Respiré hondo nuevamente, pero el olor de la hamburguesa de Carolyn permanecía en el aire, y sentí que mi estómago se retorcía de nuevo. Me dirigí al estacionamiento.

—Tal vez necesite caminar un poco. Termina tu almuerzo. Enseguida vuelvo.

El área de la parada no era panorámica, pero se sintió bien estirar las piernas. También me ayudó a aclarar mi mente de las imágenes de la familia tan parecida a la mía. Me preguntaba por el padre. ¿Estaba esperando en el auto por su esposa e hijos para que le llevaran la comida, o estaban viajado solos mientras él tenía que quedarse a trabajar como Derek? El último escenario era que la mujer fuera madre soltera, divorciada, viuda, o nunca se había casado.

Mi celular vibró en mi bolso. Olvidé que lo había encendido cuando llegamos a la parada de descanso. Carolyn y yo llevábamos cargadores, así que no teníamos que preocuparnos por quedarnos sin batería. Sin embargo tenía sentido apagar el teléfono cuando no lo estaba usando.

Miré la pantalla con la esperanza de encontrar un mensaje de Derek, aunque yo sabía que él todavía estaba en clases. Pestañeé varias veces mientras leía el texto. El sol brillaba, reflejándose en la pantalla. Me dirigí a la sombra del baño para damas que había usado antes cerca de donde había dejado a Carolyn.

No era Derek. Tampoco era un aviso publicitario. Quien enviaba el mensaje se identificaba como Glen Brewster, mi hermano muerto. ¿Qué clase de chiste enfermizo era este? Todavía tenía el celular de

Glen programado en mis contactos. Nunca había pensado en borrarlo, o tal vez inconscientemente sentía que si lo borraba significaba que su muerte era real. Así era como él me lo explicaría si fuera uno de sus pacientes.

—¿Por qué vas a Vista al Mar, Tonta Sarah? —decían las palabras negras contra el blanco de la pantalla. Reconocí el apodo que Glen me daba cuando era pequeña.

Quería borrar el mensaje y pretender que nunca lo había recibido, pero no lograba hacerlo. ¿Debía decirle a Carolyn? ¿Compartirlo con Tía Julie? Aún más importante, ¿quién estaba usando el teléfono de Glen? Después del accidente de Glen en California, su cuerpo fue transportado de vuelta a Long Island. Como Madre y yo no lográbamos reunir la fuerza para revisar sus pertenencias, Tía Julie tuvo que volar hasta California y revisar las cosas en su apartamento. Hasta donde yo sabía, su celular nunca apareció. Cuando la motocicleta de Glen se volcó en una autopista de L.A., podría haber salido volando de su chaqueta o alguien pudo tomarlo en la escena del accidente. Mamá dijo que había llamado a la compañía y había cancelado el servicio, pero yo no estaba segura de que lo hiciera. Sufrió su segunda crisis de nervios poco tiempo después.

—Sarah, ¿estás bien? —Carolyn se acercó corriendo a mí. —Terminé de comer y pensé en alcanzarte. —Observó el teléfono en mi mano.

—¿Recibiste un mensaje?

Borré la pantalla. —No. Solo lo revisaba. Voy a apagarlo de nuevo. Deberíamos reanudar el viaje.

Me preguntaba si Carolyn sabía que le estaba mintiendo. Guardó el teléfono y me dirigí al estacionamiento.

Carolyn me siguió sin decir una palabra.

5

Vista al Mar

Julie Brewster no se sorprendió de que su primera invitada llegara con un día de anticipación. Wanda Wilson todavía vivía en Cabo Bretton y era una de sus mejores amigas a pesar del hecho de que la mujer tuviera edad suficiente para ser su hija. De hecho, hubo ocasiones en que Julie pensó en Wanda como la hija que nunca tuvo. Sabía que Wanda sentía lo mismo dado que los padres de Wanda, negros tradicionales del sur, la habían echado de su casa cuando quedó embarazada a los dieciséis años de un hombre blanco casado.

Hubo un período, antes del trágico incidente en el faro, cuando Wanda y su hija, Wendy, vivieron en Vista al Mar. Wanda no podía costear pagar por una habitación y comida pero lo compensó aceptando trabajar como ama de llaves de la posada. La joven trabajó duro para mantener las habitaciones limpias, recibir los huéspedes, y ayudar a Julie a cocinar y servir el desayuno. Julie reconoció en

Wanda la fortaleza que era parte de su personalidad y la premió con excelentes recomendaciones para trabajar en las posadas de Hilton Head cuando Vista al Mar cerró sus puertas. Julie y Wanda terminaron trabajando juntas de nuevo por un breve tiempo en una posada. Ella le brindó consuelo a Julie cuando su hermano se quitó la vida y de nuevo cuando su sobrino Glen murió en un accidente de motocicleta. Sin embargo, Wanda y Julie se apartaron durante los últimos dos años después que Wendy se divorció y se mudó de vuelta a casa. Julie quería ponerse al día con Wanda y era por eso que incluyó a su antigua ama de llaves como una de las primeras invitadas previa su reapertura. También sabía que a Sarah le encantaría ver de nuevo a Wanda.

Julie estaba en la sala limpiando y reubicando los muebles cuando escuchó el timbre. La mayoría de los visitantes de Vista al Mar usaban la aldaba de bronce en forma de ancla, pero el timbre era útil porque era más fácil de escuchar desde las habitaciones de arriba. Julie lo había hecho instalar después que la posada cerró y estaba viviendo sola en la casa.

Al abrir la puerta, sonrió. —Tenía el presentimiento de que vendrías temprano. Estoy encantada de verte, Wanda.

La mujer en el umbral de la puerta, a finales de sus cuarenta años, mantenía una apariencia juvenil. Su piel color ébano no tenía arrugas, y sus grandes ojos oscuros estaban iluminados con energía. Apoyaba su mano en una maleta con ruedas que tenía un diseño floral. Tan pronto como vio a Julie, soltó su equipaje y la rodeó con sus brazos. —Te he extrañado, Julie. Estoy aquí para ayudarte con los preparativos para el gran evento.

Julie sonrió. Mantuvo a Wanda a un brazo de distancia. La mujer era alta incluso con zapatos planos debajo de su falda hasta los tobillos. A pesar de los ochenta grados de calor, llevaba un ligero abrigo de viaje sobre su blusa sin mangas.

—Ni siquiera pienses en ayudarme. Fuiste invitada como huésped, y difícilmente lo llamaría un gran evento, aunque es muy especial para mí. La verdadera reapertura, como te expliqué cuando te llamé, será este otoño. Podrías considerar esto como una fiesta coctel antes de la recepción de bodas.

Wanda sonrió, sus dientes blancos como la nieve sobresalían en contraste con su oscuro rostro. —Aún así es emocionante, cariño. ¿Ahora podrías dejarme entrar, para poder observar tus arreglos? Me asomé al patio y vi que tu jardín está en pleno florecimiento. Necesitarás flores en cada habitación. También traje recetas para los invitados.

Julie dio un paso atrás para permitir que entrara su amiga. —La mayoría de las habitaciones todavía están cerradas, Wanda. Solo tendremos cuatro invitados incluyéndote a ti. Piensa en esto como en unas vacaciones. Me alegra tanto que pudieras disponer del tiempo para venir, aunque sé que solo podrás quedarte por dos semanas.

Wanda entró arrastrando su maleta.

—Déjame eso. —Julie extendió su mano, pero Wanda no lo aceptó. —Yo puedo encargarme de esto sin problemas. ¿Me asignaste a mi antigua habitación?

—Claro. —Julie sabía que a Wanda le gustaría la habitación color durazno en el segundo piso. Al igual que la Habitación Dorada, era un lugar alegre que aprovechaba mejor la luz de ese lado de la posada. La Habitación Durazno en realidad era una pequeña suite con una puerta comunicante. Cuando Wanda y Wendy dormían en la habitación principal, la segunda habitación había sido convertida en una sala de juegos para Wendy cuando era pequeña. Wanda siempre recibía allí a Sarah y Glen, especialmente en los días de lluvia, para que su hija tuviera compañeros de juego. Sarah y Glen no tenían una sala de juegos formal en la posada; en lugar de eso, consideraban que todo Vista al Mar era su parque privado.

Después de mudarse, el lugar se volvió silencioso. En la noche, sola en la casa, Julie imaginaba que escuchaba los pequeños pies caminando por las escaleras y el eco de risas infantiles que se habían marchado hacía mucho tiempo.

El golpeteo de la maleta de Wanda mientras la arrastraba por los azulejos hacia las escaleras, sacó a Julie de su ensoñación. —¿Estás segura de que puedes con eso?

—Estoy bien. Llevaré mis cosas hasta arriba y me reuniré contigo en la sala, y podremos conversar un poco.

—Estoy ansiosa por hacerlo. Prepararé té helado. Encontré tu té favorito de Jazmín y Especias en la tienda de té del pueblo.

—Suena encantador, cariño.

Decidieron sentarse en el porche para conversar mientras tomaban sus bebidas. Julie también había traído fruta y algunos panecillos.

—Me disculpo por no haber horneado estos, —dijo mientras colocaba en la mesa entre sus mecedoras una bandeja con una cesta, una jarra de té helado, dos vasos pequeños, y un tazón de fruta.

Wanda sonrió y tomó un puñado de uvas negras y verdes. —No te preocupes. Estoy cuidando mi dieta. Traje algunas recetas para comidas saludables y bajas en calorías. Fueron un éxito en Hilton Head.

—Estoy segura de que serán deliciosos, a diferencia de los pasteles dietéticos comerciales. —Julie hizo una mueca mientras servía el té en los vasos y luego se sentó junto a su amiga. —Aunque no necesitas preocuparte por tu peso. No debes pesar ni una libra más que cuando trabajabas aquí hace veinte años.

Wanda comió algunas uvas y las tragó con un sorbo de té. —Era mucho más fácil en aquella época. Siempre estaba corriendo detrás de Wendy, pero desde que cumplí cuarenta, debo hacer ejercicios diariamente para mantenerme en forma. —Limpió su boca con una servilleta de la bandeja. Julie notó que retiró los restos de uva de sus labios sin correr el brillante labial rojo.

—Entonces, ¿dime de qué se trata todo esto, cariño? —Wanda había tomado otro sorbo de té y dirigió los ojos a su anfitriona.

Julie tomó un largo sorbo de té para retrasar su respuesta. Al bajar el vaso, dijo, —Ya te lo dije, Wanda. Me retiré, y necesito otra fuente de ingresos. Este lugar es demasiado grande para mí. No hay razón para que no lo aproveche y lo abra de nuevo para recibir huéspedes.

Antes de que Wanda pudiera hacer algún comentario, se escuchó un ruido detrás de ellas, y Al salió trotando al patio. Agitando su cola en alto, se acercó a las mecedoras. Sus ojos dorados observaron a ambas mujeres, y dejó escapar un maullido.

—Al, —exclamó Wanda mientras el gato se frotaba contra sus tobillos, levantando con su cabeza el ruedo de su falda para acariciarlos. —¿Cómo llegaste aquí?

Julie rió, un tanto aliviada de que Al hiciera su aparición antes de que Wanda pudiera decir nada negativo sobre sus planes. —Instalé una puerta para gatos hace unos meses porque estaba llorando constantemente para entrar y salir cada pocos minutos. Nunca se aleja mucho, pero le encanta el porche. Encuentra los lugares soleados y toma baños de sol.

Wanda acarició la cabeza del gato. —Qué bueno verte, viejo amigo. —A Wanda le encantaban los animales, aunque no tenía ninguno. Cuando estuvo viviendo en la posada, le había preguntado a Julie por qué no tenía mascotas. Pensaba que un perro en la posada sería positivo para proporcionar protección así como compañía para los huéspedes más jóvenes, pero Julie siempre temió por las alergias de las personas. No fue sino hasta que cerró la posada que Julie buscó un gato e instaló un sistema de alarma en la casa. Pagaba una mensualidad para que fuera monitoreada por la policía de Cabo

Bretton, pero le avergonzaba admitir que casi nunca la usaba. Ahora que abría las puertas para recibir huéspedes, comenzaría a programar la alarma después de las diez p.m. Después de la nota amenazadora de hacía algunas semanas, incluso había comenzado a usarla cuando estaba sola en casa.

—Comprendo tu idea para complementar tu pensión, Julie, —dijo Wanda mientras Al se alejaba de ella y se dirigía hacia su dueña. —Pero podría haber mejores formas de hacerlo. Podrías vender este lugar y mudarte a una casa más pequeña. Eres muy talentosa con tu arte. Si promocionaras más tu trabajo, recibirías un buen ingreso.

Julie sacudió su cabeza mientras bajaba una mano para acariciar a Al. —He pasado mi vida en la industria de la hospitalidad. Mis padres abrieron la posada. Es una tradición familiar que desearía mantener. No puedo permitir que viejas sombras me detengan.

—Tus padres y tu hermano ya no están. No tienes hijos. No hay nadie a quien dejarle la posada.

Al súbitamente corrió detrás de un reyezuelo que vio entre los arbustos. Julie observó mientras el pájaro se marchaba volando, y el gato renunció a perseguirlo. —Me gustaría dejárselo a Sarah.

Wanda bajó su vaso y miró a Julie. —¿Ella es una de las invitadas que llegará mañana? ¿Ese es tu plan? Si es así, puedo decirte que no es una buena idea. Sarah no ha estado aquí en veinte años. La pobre chica experimentó el susto de encontrar el cuerpo de Michael. Tenía suficiente edad para recordar ese día y era lo suficientemente joven para nunca olvidarlo. —Su voz se elevó del suave tono sureño que generalmente usaba a uno que Julie raras veces escuchaba.

—Cálmate, Wanda. No voy a obligarla. No tengo planes de morir pronto, aunque la próxima semana cumpliré setenta. Sin embargo, cuando llegue mi hora, la he incluido en mi testamento para que herede Vista al Mar. Lo que haga con él depende de ella. La razón por la que la invité este verano es porque no la he visto desde el funeral de Glen, y pensé que sería un cambio agradable que me visitara aquí. Tenemos mucho de qué hablar para hacerlo por teléfono o por la red. Esperaba que su esposo la acompañara, pero en cambio traerá a una amiga escritora. Eso no importa. Planeo hacer todo lo que pueda para ayudarla a crear nuevos recuerdos que borren los viejos.

Wanda bajó su vaso y se puso de pie, haciendo retroceder la mecedora. —¿De verdad piensas que eso es posible? Lo dudo, pero te ayudaré en lo que pueda. Voy a buscar flores para colocarlas en las habitaciones para huéspedes. ¿Me acompañas?

6

En el Camino hacia Vista al Mar

Carolyn insistió en conducir durante el resto del camino antes de detenernos para pasar la noche. Dijo que estaba preocupada por lo pálida que me veía y que no le molestaba conducir.

—Espero que no estés enfermando, Sarah, —dijo cuando regresamos al auto, y le entregué las llaves.

—Estoy bien, de verdad. Puedo conducir si estás cansada. —No estaba muy segura de mis palabras. Aunque las náuseas habían cedido, todavía me sentía impactada por el extraño mensaje que había recibido en mi teléfono. Estaba apagado dentro de mi bolso. Ni siquiera me iba a molestar en conectarlo al cargador.

Hicimos buen tiempo con Carolyn al volante, aunque ajustó la velocidad en consideración a mi estómago y para evitar una multa o un accidente.

—En realidad no me molesta conducir por largas distancias, —dijo cuando regresamos a la autopista. —Son los aviones lo que puedo tolerar. Odio la sensación de no estar en control. Cuando vuelas, tu destino está en las manos del piloto.

Estuve tentada a argumentar que ocurrían más accidentes de tránsito que de avión, pero me sentí aliviada al recostarme contra el asiento para pasajeros. Aunque no me encantaba volar, tampoco era demasiado fanática de conducir, particularmente de noche. Afortunadamente, excepto por algunas paradas para descansar, Carolyn continuó conduciendo en la oscuridad hasta que entramos en un motel en alguna parte de Carolina del Norte.

—Esto estará bien por una noche. Espero que sea limpio, —dijo.

Habíamos traído bolsos de noche para nuestra parada de camino a Vista al Mar. Los sacamos del asiento trasero después que Carolyn estacionó el auto.

El vestíbulo de la Posada Econo era sencillo y eficiente. Había un joven en la recepción.

Antes de que pudiera acercarme a él, Carolyn se colocó delante de mí y sacó su tarjeta de crédito de su cartera. Ya habíamos acordado que ella pagaría por el motel dado que estábamos usando mi auto y combustible, y ella recibiría una habitación gratuita en la posada.

—Buenas noches, —dijo al encargado. —Necesitamos una habitación con dos camas, por favor. Solo por esta noche.

El hombre parecía joven, muy probablemente estudiante universitario en un trabajo a medio tiempo. Su cabello rojizo era liso y ordenado. Caía hasta sus orejas. —Buenas noches, señoras, —las saludó. —Nuestras habitaciones dobles tienen camas individuales. La hora de salida es a las diez a.m.

—Nos iremos antes, —le dijo Carolyn. Deslizó su tarjeta de crédito en el mostrador. —¿Podemos pagar ahora y dejar las llaves en la mañana?

El hombre asintió. —Está bien. Si usan la TV por Cable o el teléfono, tendrán un cargo adicional en la tarjeta.

—No hay problema.

Yo estaba junto a Carolyn mientras completaban la transacción, y ella tomó el recibo impreso y dos llaves en forma de tarjetas. Me entregó una. Decía "105."

—Al final del pasillo a la derecha, —nos indicó el encargado señalando con un dedo hacia el vestíbulo. —Disfruten su estadía. No tenemos restaurante, pero pueden comer algo en el Dunkin' Donuts en la calle de enfrente para desayudar.

—Gracias, —dijimos al mismo tiempo.

Mientras llevábamos nuestros bolsos por el pasillo, Carolyn comentó con un susurro, —Hay mucho silencio. Creo que no reciben muchos huéspedes. Esa no es una buena señal.

—Es Jueves en la noche, Carolyn. Estoy segura de que mañana llegarán más personas para el fin de semana.

El piso de madera crujió debajo de la delgada alfombra mientras buscábamos nuestra habitación. Estaba a mitad del pasillo, una puerta color beis idéntica a la de al lado.

Mientras Carolyn insertaba la tarjeta y esperaba por la luz verde, algo con lo que nunca tuve paciencia, se acercó una mujer aproximadamente de la misma edad que mi madre y del doble de su peso con sábanas y toallas.

—Buenas noches, señoras, —sonrió. —Si necesitan algo durante su estadía, llamen a servicio a las habitaciones.

—Gracias, —dijo Carolyn mientras lograba alinear la tarjeta en la ranura y simultáneamente empujó la puerta para abrirla.

La señora continuó su camino, y yo seguí a Carolyn a la habitación. Era muy sencilla pero limpia con camas individuales cubiertas por cobijas lisas del color del lodo. Las paredes eran del mismo color beis crema que el pasillo y el vestíbulo. Colocamos nuestros bolsos en la única silla cerca de la puerta. Carolyn abrió las cortinas y se detuvo ante la ventana mirando hacia afuera. —Vista al estacionamiento, desde luego. —Las cerró de nuevo y se volteó hacia mí. —Supongo que no te importa. —Tomó su bolso y lo colocó sobre la cama más cercana a la ventana.

—Claro, —le dije mientras me sentaba en la cama cerca de la puerta. El teléfono estaba en una mesa de noche entre las dos camas con una tarjeta plástica que mostraba el directorio del motel y una pequeña Biblia.

—Voy a refrescarme y a revisar el baño, Sarah. ¿Por qué no llamas a Derek? Prometiste hacerlo cuando nos detuviéramos para pasar la noche. —Abrió su bolso de noche y sacó una bolsa grande Zyploc con sus efectos de baño y sus piyamas.

—Gracias por recordármelo, —dije mientras ella tomaba su bolsa y abría la puerta frente a nuestras camas.

Aunque había planeado llamar a Derek, mi mente todavía estaba trastornada por el texto que había recibido. Mi corazón comenzó a acelerarse mientras encendía mi celular. ¿Habría otro mensaje de la persona que estaba haciendo una broma tan terrible? ¿Cómo consiguió el teléfono de Glen, y cómo él o ella sabía el apodo que mi hermano me había dado cuando era un niño?

Un pito electrónico indicaba que mi celular estaba despierto y que había recibido un mensaje mientras estuvo apagado. Mi corazón todavía latía rápidamente. Casi sentía miedo de mirar la pantalla. Mientras estuve sentada junto a Carolyn durante las últimas ocho horas, había tenido tiempo para pensar sobre el mensaje y lo que debería hacer al respecto. Había considerado llamar al número para ver quién respondía, pero incluso aunque Carolyn tuviera el agua corriendo en la ducha, tenía miedo de hacerlo. Sería más fácil con un texto. Podría responder al que había enviado y preguntar quién lo enviaba y por qué pretendía ser Glen. Mi otra opción era ignorarlo y esperar a que el bromista enviara algo más. Si el mensaje que había recibido provenía del teléfono de Glen, esa decisión ya había sido tomada.

Encendí la lámpara junto a la cama y miré la pantalla. No era del usurpador de Glen. Era de Derek.

Sarah, por favor no te olvides de llamar. Estoy pensando en ti.

Mi corazón todavía corría acelerado pero ahora por otro motivo. Tal vez alejarnos para darnos espacio había sido una buena idea después de todo.

Presioné el ícono de llamar junto al nombre de Derek.

Respondió al primer repique. —Sarah, he estado esperando por tu llamada. ¿Todo está bien? ¿Dónde estás?

—Hola, Derek. Estoy bien. Estamos en Carolina del Norte en la Posada Econo. —Bajé la mirada al teléfono del motel. —Habitación 105. —Agregué el número directo de la habitación. —Solo estaremos aquí esta noche. Carolyn quiere salir mañana temprano después del desayuno.

Derek suspiró. Se escuchaba cansado y posiblemente solitario. —Calenté la comida que dejaste en el refrigerador. Estaba bueno. Rosy quiso un poco. Pensé que no le gustaría la pasta, pero nunca se sabe con los gatos. —Se rió, pero no sonaba feliz. —Por favor llámame mañana antes de retomar el viaje. Asegúrate de tener suficiente combustible para completar el viaje. Te amo.

Mi corazón se derritió. No me había dicho esas palabras en meses. —Yo también te amo, Derek. Carolyn está ansiosa por continuar el viaje después del desayuno, así que sería más fácil para mí llamarte del Vista al Mar. Prometo que lo haré tan pronto lleguemos. Buenas noches, cariño.

—Estaré contando las horas.

El teléfono indicó, "llamada terminada" mientras Carolyn salía del baño con sus piyamas, su cabello recogido en un turbante con la toalla sobre su cabeza.

—Escuché eso. Qué dulce. Ya te extraña.

—¿No vas a llamar a Jack?

Caminó hasta la cama, se quitó la toalla, y comenzó a frotar su largo cabello. —Te dije que nosotros no tenemos ese tipo de relación. Él me llama o no me llama.

—Es tu turno, Sarah. —Miró hacia la puerta del baño que había dejado abierta. —Está limpio por cierto. No deslumbrante, pero no hay insectos que yo pudiera darme cuenta.

—Bueno, eso es un alivio, —dije, tomando mis cosas para la noche y dirigiéndome al baño libre de insectos.

Cuando terminé mi rotuna nocturna y me reuní con Carolyn, estaba sentada en la cama con sus lentes de lectura sobre el puente de su nariz mientras escribía en un cuaderno.

—¿Qué estás haciendo? —pregunté, subiendo a la cama junto a la suya. —¿Te inspiraste en nuestro viaje para los libros de Kit Kat?

Hizo una pausa y me miró. —No, pero debería estar trabajando en el próximo libro. En realidad, estoy escribiendo en mi diario. Trato de agregar algo cada noche antes de irme a dormir. Me ayuda a relajarme.

—Hmmm. Recuerdo que tenía un diario cuando era joven. No tenía tiempo para mantenerlo actualizado mientras crecía. —Eso no era precisamente cierto. Había comenzado a escribir un diario mientras estaba en Vista al Mar. No era el típico diario porque, aún a tan temprana edad, disfrutaba dibujando. Todas mis notas incluían dibujos, no garabatos sino bocetos. El texto que lo acompañaba generalmente era corto. *Estuve en la playa con Glen y encon-*

tramos un cangrejo herradura (con un dibujo del cangrejo, claro). Tía Julie y yo preparamos el desayuno para los huéspedes esta mañana (ilustrado con los panecillos que habíamos preparado). Mamá nos llevó de compras a las tiendas del Muelle (una hilera de tiendas organizadas en una línea a lo largo de la hoja). Papá nos llevó de pesca (una copia del pescado que atrapé y que hizo sentir celos a Glen). Los comentarios terminaron después del incidente en el faro. Con toda la conmoción de aquel día, después que regresé a mi habitación, no me di cuenta de que mi diario no estaba. Cuando lo hice, pensé que Glen me estaba gastando una broma, pero no había ninguna nota escrita con creyones que me indicara que así fuera. Esperaba encontrarlo cuando empacábamos para mudarnos, pero nunca apareció. Podría haber comenzado otro, pero lo tomé como una señal de que nuestro tiempo en el Vista al Mar había terminado.

—¿Cuándo vas a darle las noticias a Derek?

Salí de mi ensimismamiento sobresaltada. La pregunta de Carolyn salió de la nada. Había bajado el cuaderno y los lentes y me observaba con esa mirada que significaba que esperaba una respuesta. Me recordaba un poco a Tía Julie cuando me encontró con la mano dentro del tarro de las galletas.

—¿Cuál noticia, Carolyn?

—No te hagas la tonta conmigo, Sarah. Después de conocerte por los últimos tres años, sé que guardas un secreto. También es demasiado obvio que estás embarazada aunque todavía no se note.

Oh, Dios. Si resultaba tan obvio para ella, mi tía se daría cuenta tan pronto como atravesara la puerta. —No quiero decirle a nadie todavía. Solo me han faltados dos períodos. Ni siquiera lo he confirmado, pero me he sentido con náuseas y hay otros indicios. — Pensé en mis senos doloridos y la forma en que mi cuerpo se sentía diferente.

—Podemos comprar una prueba de embarazo en la farmacia cuando nos marchemos mañana. Si es positivo, y estoy segura de que así será, debes ver a un médico. Tu tía debe tener uno. ¿Tu médico familiar todavía está allá?

—¿Quién sabe? No he estado en Vista al Mar en veinte años. —Pensé en el Dr. Henderson, a quien Glen llamaba Dr. Hen o Dr. Gallina a sus espaldas. Debería tener cerca de setenta años porque era aproximadamente de la misma edad que mi tía cuando nos trató cuando éramos niños. —Te dije que no quería decirle a nadie todavía. Por favor mantén el secreto, Carolyn.

—¿Pero cuándo piensas decirle a Derek? —preguntó de nuevo.

Suspiré y desvié la mirada. —Creo que te comenté cómo han estado las cosas de tensas entre nosotros. Ese fue mi factor decisivo para aceptar la invitación de mi tía. Quería que tuviéramos espacio. Tenía miedo. —Hice una pausa. —No quería ser una de esas mujeres que se embarazan para salvar su matrimonio. Sé que un bebé no hace eso.

—Oh, Sarah. —La voz de Carolyn tenía una cualidad reconfortante como si estuviera calmando a un niño que se lastimó la rodilla. —Todo estará bien. Ustedes han estado tratando de concebir durante años. Derek estará encantado. Vi la forma en que te miró y te besó cuando se despidieron. Te ama. Todas las parejas pasan por estos períodos. Créeme, he tenido suficiente experiencia con los hombres.

—Nunca has estado casada, Carolyn. Es algo completamente diferente. Sé que me ama, y yo lo amo, pero hay algo que no está bien entre nosotros últimamente. Incluso temía que estuviera viendo a alguien más. —Le devolví la mirada. Todavía me estaba observando, pero sus ojos avellana estaban más cálidos.

—Creo que tu imaginación te está haciendo bromas. ¿Hay alguna evidencia?

—No, pero ha estado pasando mucho tiempo en la escuela y asistiendo a conferencias de educación e incluso haciendo viajes nocturnos. No hablamos tanto como antes, al menos sobre nada importante. No hemos hecho el amor desde la noche en que probablemente quedé embarazada hace dos meses.

Carolyn hizo silencio por un momento. Cuando respondió, lo hizo con la misma voz suave. —Cariño, tal vez no deberías haber hecho este viaje. ¿Hay alguna posibilidad de que Derek se reúna contigo? Sería como una segunda luna de miel. Ustedes necesitan reconectarse. Un cambio de atmósfera los ayudaría. Yo solo puedo quedarme durante dos semanas. Sería el tiempo perfecto para convencer a Derek de que venga. No me importan sus clases. Puede encontrar a alguien que las dicte. —Su voz comenzó a elevarse. —Tu matrimonio es más importante. Por Dios, vas a tener su bebé. Tiene derecho a saberlo. Esto podría cambiar las cosas, abrir sus ojos un poco. Creo que ya se está arrepintiendo de haberte dejado ir.

—¿De verdad lo crees? —Ya tenía esa impresión pero necesitaba que fuera confirmado por alguien más.

—Sí, definitivamente. Ahora tratemos de descansar un poco. Programé la alarma para las seis. Nos levantaremos, desayunaremos al otro lado de la calle y luego reanudaremos el viaje. Comenzaré a conducir y luego tú puedes hacerlo cuando yo me sienta cansada.

Carolyn era muy parecida a mi tía cuando se trataba de planes delicados. Era a mí a quien le costaba decidir entre la derecha y la izquierda.

—No le dirás a nadie, ¿cierto?

Carolyn colocó su cuaderno en la mesita entre nosotras y apagó la lámpara. —Soy muy buena para guardar secretos, Sarah. Buenas noches.

7

Vista al Mar

Julie despertó con un sobresalto. Una ligera lluvia golpeaba contra su ventana, pero no fue eso lo que la despertó. Se escuchaba una melodía desde abajo, una canción triste que trajo un recuerdo a su mente junto con el aroma a huevos y panquecas. Entonces recordó que su primera invitada había llegado un día antes y era probable que estuviera preparando el desayuno.

Se levantó de la cama, se envolvió en su bata y pantuflas, y siguió el sonido y aroma hasta la cocina.

Wanda estaba vestida y frente a la estufa cocinando, su larga trenza se agitaba al ritmo de la música. Sin darse la vuelta, dijo, —Buenos días, Julie.

—Pensé que te había dicho que yo prepararía algo para el desayuno. —Julie no había planeado nada muy elaborado. Ya no estaba acostumbrada a cocinar para huéspedes.

Wanda la miró por encima del hombro. —No pude evitarlo. Me gusta comenzar el día temprano, y un buen desayuno es la mejor forma de hacerlo. Siéntate. Esto está casi listo. Esperaba que te levantaras pronto.

Julie se molestó ante la idea de ser atendida, pero hizo lo que Wanda le dijo. Había dos platos, vasos, y tazas en la mesa junto con una jarra de jugo de naranja. Se sirvió una bebida mientras miraba el reloj y vio que eran casi las 9:00. No había querido dormir hasta tarde. Sarah y su amiga, así como otro invitado más, llegarían hoy.

—El café está listo y el agua caliente si prefieres un té, —dijo Wanda apagando la estufa y colocando los huevos revueltos y las panquecas en un plato que llevó a la mesa y colocó frente a Julie antes de servir su porción.

—Buscaré el café. Esto es raro, que tú me atiendas a mí.

—Como en los viejos tiempos. —La sonrisa de Wanda iluminó la mal iluminada cocina. Julie debía recordar cambiar los bombillos. En días nublados, el efecto era deprimente. La lluvia se hizo más fuerte. A diferencia de la suave lluvia de primavera que caía en Cabo Bretton casi todos los días, goteando del musgo colgante en los árboles que bordeaban la entrada, parecía que Vista al Mar quedaría empapado.

—Escucha la lluvia. —Wanda se había levantado de nuevo y trajo tostada, mermelada, y mantequilla a la mesa. Sabía dónde estaba todo. Julie siempre había sido muy organizada, y no había cambiado el lugar donde guardaba la cubertería ni los utensilios de cocina.

—Espero que la lluvia no retrase a nuestros invitados.

Julie estaba preocupada por eso. —El otro invitado que llega hoy no vendrá de tan lejos como Sarah y su amiga.

Wanda apretó los labios, con su expresión interrogadora. —¿Cuándo vas a revelar quién es el otro invitado, Julie? Traté de sacártelo ayer pero no lo logré.

Julie se rió mientras tomaba un bocado de los deliciosos huevos y panquecas y lo acompañaba con jugo de naranja. —Lo sabrás pronto, Wanda.

—¿Por qué estás tan secretiva?

Fueron interrumpidas cuando alguien golpeó la puerta. Al principio, Julie pensó que era la lluvia que golpeaba la madera por el viento, pero Wanda dijo, —Hablando del César. Creo que alguien ya está aquí.

Julie saltó de su silla. Seguramente no podía ser Sarah y su amiga. No las esperaba hasta en la tarde. —Yo voy a abrir. Espera aquí, Wanda.

Wanda alzó sus cejas pero no hizo ningún comentario mientras Julie se levantaba apresurada de la mesa.

Mientras Julie iba a abrir la puerta, se preguntaba por qué el visitante no había usado el timbre. Tal vez se había dañado de nuevo. Necesitaba hacerlo revisar. Aunque se enorgullecía de que se le diera bien arreglar cosas en la casa, siempre era bueno que un hombre la ayudara. Actualmente no tenía pareja, y se le hacía difícil encargarse de todo sola.

Golpearon la puerta de nuevo cuando se acercaba a ella. Se resistió al deseo de revisar por la mirilla y abrió la puerta ante un hombre alto totalmente empapado.

Aunque se hubiera presentado sin invitación, lo habría reconocido inmediatamente por el parecido físico con su padre.

—Russell. Entra. Estás empapado. —La lluvia había oscurecido y pegado a su cabeza sus risos color arena. Unos profundos ojos azules la saludaron, y de repente recordó que todavía llevaba su bata.

—Hola, señora. Lamento llegar tan temprano. El tráfico estaba ligero saliendo de Savannah. Supongo que las personas decidieron no salir a la carretera con este clima. —Cruzó la puerta, el agua que caía de su largo abrigo impermeable chorreaba en el azulejo de la entrada.

—Déjame buscar una toalla. ¿Quieres cambiarte de ropa? Tu habitación está lista. Te asigné la que antes era la Habitación del Faro. No sé si la recuerdas de cuando visitabas a tu padre. Tiene vista al faro y decoración náutica.

Russel bajó la mirada a su maleta. —En realidad sí la recuerdo, y creo que tiene razón. Debería cambiarme.

Wanda salió de la cocina mientras alzaba su maleta y se dirigía a la escalera. Ella se detuvo sorprendida, y sus ojos se desorbitaron al ver al visitante. —Por Dios, Russell, eres la viva imagen de tu padre. Si fueras un poco mayor, te hubiera confundido con Bartholomew.

—Tienes razón, Wanda, este es el hijo de Bart, Russell, ya crecido, —dijo Julie.

Wanda sonrió. —¿Cómo estás Russell? ¿Tu padre también nos acompañará? ¿Me recuerdas?

Russel la saludó con un gesto de la cabeza. —Claro que te recuerdo, Wanda. Siempre me dabas dulces cuando venía de visita. —Le guiñó un ojo. —Estrecharía tu mano, pero no quiero mojarte toda. Estaba a punto de ir a cambiarme. Papá está bien, pero, como le dije a Julie, está de viaje con Lydia en Europa para su luna de miel.

—¿Lydia? No sabía que Bart se había casado.

—Sí. —Russel miró a Julie. —Fue muy amable de su parte enviarles un regalo de bodas. Papá lo apreció mucho.

—Fue lo mínimo que podía hacer dado que no podía asistir. —La verdad era que no le había parecido bien aceptar la invitación. Le había sorprendido recibir la tarjeta con encaje para el gran evento en Savannah. Había despertado los recuerdos de su relación con Bart, un hombre diez años menor que ella quien tuvo una salvaje devoción hacia ella a la que no pudo responder. Se sentía feliz de que hubiera encontrado a alguien pero era consciente de que podría lastimarlo si la veía de nuevo, había roto la invitación. Su regalo para la pareja y la invitación a Russell para venir a Vista al Mar fueron pequeños intentos de hacer las paces con Bartholomew Donovan y su hijo.

—En seguida vuelvo, señoras, —dijo Russell, arrastrando su maleta por las escaleras.

Mientras desaparecía de su vista, Wanda le gritó, —Hay desayuno en la cocina. Puedo calentarlo para ti cuando bajes. —Se volteó hacia Julie, su rostro serio súbitamente, —¿Por qué lo invitaste, y por qué le diste la habitación de Michael?

8

De Camino a Vista al Mar

En lugar de detenerse para desayunar en Dunkin' Donuts a la mañana siguiente, Carolyn sugirió que fueran al restaurante de al lado.

—Necesito algo un poco más sustancial y sano que la comida rápida antes de comenzar a conducir, y tú necesitas alimentarte bien para el bebé.

Ya estábamos en el auto después de entregar las llaves a la encargada de la recepción en el motel, una mujer mayor que nos dio las gracias y nos dijo que volviéramos la próxima vez que estuviéramos en el área.

—Antes de ir al restaurante, necesitamos hacer una pequeña parada en el Walgreens de al lado, —agregó Carolyn. —Es mejor confirmar lo más pronto posible lo que ambas ya sabemos.

Suspiré. Era un día encapotado pero probablemente facilitaría el conducir el auto dado que el sol no obstruiría la vista. Me preguntaba cómo estaría el clima en Cabo Bretton. Cuando era niña, recordaba el calor y la humedad con las lluvias que caían con frecuencia pero de forma intermitente durante el verano. Sin embargo, el clima nunca me molestó mucho. Cuando eres niña, la temperatura no te afecta igual que cuando eres mayor. —No sé, Carolyn. No estoy segura de querer hacerme la prueba.

Ya estaba a punto de estacionar cerca de la farmacia. —¿Por qué no? —Me miró. Debido al cielo nublado, no estaba usando sus lentes de sol, y pude ver la pregunta en sus ojos. —¿Tienes miedo?

—Tengo un poco de miedo, —admití.

Extendió su mano y me dio una palmada en el brazo. —Cariño, sé cuánto lo has deseado por tanto tiempo. Yo te compraré la prueba y puedes hacerla después de comer en el restaurante. No tardará mucho. —Hizo una pausa e hizo su alegato final. —Al menos hazlo por mí. Me muero por saber si tengo razón. Ya me imagino como su madrina, por todos los Cielos.

Me reí, y liberé la tensión. —Está bien. Ve a buscarla, pero yo te lo voy a pagar. ¿Quieres que vaya contigo y elija una?

Ella sonrió. —No creo que tengan muchas opciones, y yo me encargo del pago. Fue mi idea, después de todo, y tú dijiste que pagarías por el desayuno.

Esperé en el auto mientras ella iba a la tienda. Regresó en cinco minutos, como si supiera exactamente en cuál pasillo estaban las pruebas caseras de embarazo. Me preguntaba si alguna vez habría usado alguna. Era muy reservada sobre sus amantes pasados, pero una vez me habló sobre alguien especial con quien estuvo a punto de caminar por el altar hasta que descubrió que ya estaba casado.

Regresó con la bolsa de Walgreens que contenía discretamente la caja, y me la entregó.

—Gracias, —dije mientras ella encendía el auto. —Creo.

Carolyn devoró sus huevos y croquetas de papa sentada frente a mí en la mesa. Yo había pedido lo mismo pero movía el tenedor alrededor del plato simulando comer.

—¿Qué sucede, Sarah? ¿Tienes el malestar matutino de nuevo?

Apoyé mi tenedor en el revoltijo que había creado con las croquetas de papas. —No. Son los nervios.

—¿Por la prueba?

—Por eso y por volver a Vista al Mar. Deseo ver a mi tía, pero no tengo idea de a quién más ha invitado. Tampoco estoy segura de si debía haber dejado a Derek. —Mi tercera y no mencionada razón era que todavía estaba pensando en el extraño mensaje de texto. No había recibido ningún otro cuando revisé el teléfono esa mañana, pero planeaba descubrir quién estaba detrás de eso. Todavía no estaba segura de qué hacer. La insistencia de Carolyn para confirmar mi embarazo lo sacaba parcialmente de mi mente.

—Estamos un poco lejos para devolvernos. Creo que te sentirás mucho mejor después de hacer la prueba. ¿Quieres hacerlo ahora y luego volver y terminar tu comida, o tal vez quieras pedir algo más? De verdad necesitas comer.

—Sí, Madre.

Sonrió. —¿Qué quieres hacer?

Había guardado la bolsa de Walgreens en mi bolso y la tenía en el restaurante. —Bien podría salir de eso de una vez. —Me levanté. —Regreso en unos minutos.

Carolyn me saludó con los pulgares arriba. —Casi quiero ir contigo, pero creo que voy a quedarme y acabar mi comida. Pero no me mantengas en suspenso. Estaré esperando.

. . .

Afortunadamente el baño de damas estaba vacío. Normalmente, el restaurante estaría más concurrido, pero era Sábado en la mañana y los clientes regulares todavía estaban en la cama. La mayoría de las mesas ocupadas tenían personas mayores como clientes. Mientras me dirigía al baño, pasé junto a una mujer mayor que estaba sentada con dos amigas y la escuché hablando sobre sus nietos. Me hizo pensar en mi misión y lo que estaba a punto de descubrir. Si efectivamente estaba embarazada, no solo significaría que Derek y yo seríamos padres sino que mi madre, una viuda que ahora solo tenía una hija, sería abuela por primera vez. Mi tía, que nunca se casó, se convertiría en tía abuela. Sin embargo, era doloroso pensar que Glen hubiera sido tío.

Después de seguir las instrucciones en la prueba casera de embarazo, esperé por los resultados. Me senté en el cubículo tratando de no mirar el palito. Estaba acostumbrada a hacer estas pruebas y a todas las decepciones que las siguieron, pero en realidad nunca había pensado que estaba embarazada hasta esta vez.

Me sorprendió que no tardara mucho en aparecer una delgada línea que luego se oscureció para mostrar que en efecto el resultado era positivo. No estaba segura de si quería llorar o saltar de la alegría. Las emociones acumuladas me hicieron saltar. No me había dado cuenta de que me impactaría tanto. Había estado evitando la confirmación pero, en mi corazón, lo había deseado tanto.

Envolví el palito con papel sanitario, lo guardé en mi bolso. No quise botarlo a la basura. Tal vez lo guardara para mostrarlo a Derek. No necesitaría mostrárselo a Carolyn. Ella sabría la respuesta tan pronto me mirara al rostro.

Traté de mantener una expresión neutra mientras volvía a la mesa. Habían retirado nuestros platos, y ella estaba sentada tamborileando sobre la mesa. Parecía que había mordido algunas de ellas.

Comprendí que ella había estado tan nerviosa como yo mientras esperaba por las noticias.

—Serías una terrible jugadora de póquer, —dijo mientras me sentaba frente a ella de nuevo evitando su mirada.

—¿Qué sucedió con mi comida?

—Van a traer un plato nuevo. No evites el tema. ¿Cuál es el veredicto? No, espera, veo una sonrisa asomando en tu boca. Es positivo, ¿cierto?

—¿Quieres ver el palito? —Fingí que estaba abriendo mi bolso.

—Te creo, Sarah. Te abrazaría ahora mismo y crearía una conmoción, pero aquellas señoras de allá podrían llamar al gerente, y de verdad quiero que comas antes de que reanudemos el viaje.

Miré en la dirección que ella estaba mirando. La abuela y sus amigas nos estaban mirando. —¿Cuándo comenzaron a molestarte las viejitas, Carolyn?

—Cuando comprendí que me estaba acercando a su edad. —Hizo una mueca.

La mesera llegó con mi nuevo plato antes de que pudiera decirle a Carolyn que ella era más joven que yo, y ya había cruzado el umbral de los 30 sin retorno para las mujeres.

—¿Una de ustedes quiere esto? —La mesera me miró y luego a Carolyn.

—No, gracias. Me gustaría pagar ahora mientras mi amiga termina. Tenemos que reanudar nuestro viaje.

La mujer asintió y desprendió una hoja de la libreta que llevaba en el bolsillo de su delantal. Sacó un bolígrafo del mismo lugar, calculó nuestro total y se la entregó a Carolyn.

—Pensaba que yo iba a pagar, —dije mientras Carolyn buscaba en su bolso y sacaba su Visa para entregarla a la señora con la cuenta.

—Considera esto un desayuno de felicitaciones. Ahora cómelo todo, para que podamos continuar y compartir tus grandes noticias con la Tía Julie.

Mientras viajábamos hacia el sur después de salir del restaurante, las nubes se espesaron como si estuviéramos conduciendo hacia la lluvia. Irónicamente, ahora que tenía evidencia de mi inminente maternidad, me costaba creerlo.

—Entonces, ¿cuándo se lo dirás a Derek? —preguntó Carolyn mientras tomábamos la salida hacia la autopista.

—Estaba considerando hacerlo esta noche cuando le diga que llegamos a salvo a Vista al Mar, pero creo que no funcionaría. Me gustaría decirle en persona. No es algo que se diga por teléfono.

Carolyn rió. —¿Estás bromeando, Sarah? ¿Sabes qué pienso? —No esperó por mi respuesta sino que respondió su propia pregunta. —Creo que deberíamos orillarnos ahora mismo, para que hagas esa llamada. Derek estará tan feliz que encontrará a alguien que dicte sus importantes cursos intensivos de verano y se vendrá para Carolina del Sur.

Aunque parte de mí de verdad quería hacerlo, vacilé. —No lo sé, Carolyn. Es muy temprano el Sábado en la mañana. A Derek le gusta dormir hasta tarde los fines de semana cuando no está dictando clases. Generalmente yo me levanto horas antes que él y trabajo en el estudio. Detesto despertarlo. Esto puede esperar hasta esta noche.

—No estoy de acuerdo. —Dijo Carolyn con firmeza. —Probablemente Derek ni siquiera puede dormir sin ti. Muy probablemente esté despierto y esperando saber de ti. Sería una sorpresa maravillosa.

Sabía que no había forma de discutir con ella. Mi celular se estaba cargando en el encendedor para cigarrillos del auto. Lo desconecté y lo encendí. La pantalla marcaba "8:30." —Está bien, tú ganas. Tal vez ya esté despierto, pero no esperará mi llamada tan tempano. Incluso podría asustarlo. Está un poco preocupado por nosotras en la carretera.

—La preocupación será reemplazada por la felicidad. Créeme. —Carolyn ya se estaba desviando hacia lo que ahora veía que era otra parada de descanso. —Voy a usar el baño para darte privacidad mientras haces tu llamada. —Se quitó el cinturón de seguridad, se volteó hacia mí, y nuevamente me dio una palmada en el brazo. —Buena suerte, Mami.

La observé entrar en McDonald's y luego miré mi teléfono. Mis dedos temblaban mientras buscaba en la lista de contactos y seleccionaba el nombre de Derek. Había dos números registrados; su celular y el teléfono de la casa. Dado que era temprano, Derek podría tener apagado su celular. Decidí llamar a la línea de la casa. La seleccioné y coloqué el aparato en mi oído, escuchándolo repicar en el otro extremo. De repente comprendí que estaba conteniendo la respiración. Dejé escapar el aire y continué esperando por una respuesta. Luego de varios repiques, consideré colgar la llamada. Probablemente todavía estaba dormido. Cuando estaba a punto de presionar el botón para "terminar llamada", hubo una respuesta.

—Hola, —dijo una joven voz femenina vacilante.

¡Oh, mi Dios! Terminé la llamada impactada. Las lágrimas se acumulaban. Había tenido razón estas últimas semanas. La dulzura de Derek cuando nos despedimos, en realidad era culpa. Había llevado su amante a nuestra casa.

Para cuando Carolyn regresó al auto quince minutos después, yo estaba llorando con una bola de toallas húmedas tamaño bolsillo, las únicas que tenía a mano.

—Sarah, —gimió cuando me vio. —Cariño, ¿qué sucede? —Entró en el auto y me entregó las servilletas que le habían dado con los dos panecillos que había comprado en la tienda. —Usa esto, por Dios. Puedo ir a buscar más. Pensé en comprar algo para el viaje, pero dime ¿qué sucedió? ¿Por qué estás llorando? ¿Hablaste con él? ¿Qué dijo?

Tomé las servilletas, ignorando su aspereza mientras secabas mis ojos y soplaba mi nariz. —No hablé con él, —le expliqué, mis palabras rompían mi corazón. —Alguien más respondió al teléfono.

Cuando lo comprendió, sus ojos se abrieron desmesuradamente. —Oh, no. ¿Era una mujer?

Suspiré y bajé la mirada a mi regazo. Formé una bola con las servilletas mojadas. —Sí. Es lo que pensaba. Está teniendo un romance con una de sus estudiantes.

—Sarah. —Carolyn extendió una mano y frotó mi brazo. —No saques conclusiones. Llama de nuevo. Lo haré yo si quieres. Tiene que haber otra explicación.

—No. —Me esforcé por controlarme. —Desde hace un tiempo he tenido la sensación de que esto estaba sucediendo. El profesor engaña a su esposa con una joven estudiante. Es mi culpa. —Me ahogué de nuevo. —Estaba obsesionada con tener un hijo. Debí creer que no necesitábamos tratamientos de fertilidad. No debí permitir que eso levantara un muro entre nosotros.

—Deja de culparte, Sarah. Si te está engañando, y es una gran suposición en este momento, esa es su decisión. Él es responsable de eso, no tú. Pero digamos que tienes razón, y no estoy convencida de que así sea, una vez que sepa que estás embarazada, cambiarán las cosas. Estoy segura de que no está enamorado de esa chica que respondió el teléfono.

Suspiré y traté de calmarme. —No puedo pensar en ninguna explicación para que una joven mujer responda el teléfono de nuestra casa a las 8:30 a.m. un Sábado. ¿Tú sí puedes?

Carolyn desvió la mirada, y supe la respuesta. —Está bien, Sarah. Si no quieres llamar ahora, esperaremos. Él espera que lo llames esta noche desde la casa de tu tía. Podrás preguntarle al respecto antes de mencionar al bebé. No hay forma de que sepa que tú llamaste, ¿cierto? ¿Tienes identificador de llamadas o algo así?

Apreté la bola de servilletas en mi regazo como lo hacía Rosy ocasionalmente con el cobertor que mantenía en la cama. —No. No dije nada, así que la mujer probablemente le diga que fue un número equivocado.

—Aún así, podría pensar que eras tú. Podría preocuparse e intentar llamarte.

No había pensado en eso. —Iba a apagar el teléfono de nuevo.

—No lo hagas. —Carolyn tomó el teléfono y lo conectó al cargador. —Reanudemos el viaje. ¿Estás lista?

Lancé las servilletas mojadas en una pequeña área para la basura entre nuestros asientos. —Eso creo. —Mi corazón se sentía abrumado. Una parte de mí quería dar la vuelta y regresar a casa, pero no podría enfrentarme a cruzar la puerta para encontrarme con el aroma al perfume de la amante de mi esposo, posiblemente encontrarla abrazada con Derek en nuestra cama. Temía nuestra conversación. Él era tan mal mentiroso como yo, pero en mi opinión, los hombres siempre eran mejores que las mujeres para ocultar la verdad. Miré por la ventana al cielo oscuro mientras Carolyn maniobraba para volver a la autopista. Ambas hacíamos silencio a medida que nos acercábamos a la tormenta.

DE LAS NOTAS DE MICHAEL GAMBOSKI

Dibujo de un antiguo faro en Alejandría (Wikipedia)

El estudio de los faros se conoce como "Farología," nombrado así por el famoso faro de Alejandría. Este fue el primer faro conocido, construido en Egipto entre los años 300 y 250 AC y tenía 450 pies de altura.

9

Vista al Mar: Veinte años atrás

Sarah estaba emocionada. Hoy era Cuatro de Julio, y ella y Glen podrían quedarse levantados hasta tarde y ver los fuegos artificiales en el faro junto con Wendy, la hija de la Sra. Wilson. Incluso mejor, Rusell, el hijo del Sr. Donovan, estaría con nosotros. Había llegado esta mañana con su padre, y se quedarían por el fin de semana. Siempre era más divertido cuando Russell venía de visita a pasar la noche. La madre de Sarah dijo que Russell era buena compañía para Glen, pero Sarah lo consideraba más su amigo porque estaban más cerca en edad. Él tenía doce, era dos años mayor que ella, y ya asistía a la Secundaria de Cabo Bretton. A ella le encantaba hablar con él sobre los faros y la historia del pueblo. Su padre había escrito varios libros sobre la historia local, y Russ podía citar hechos que Sarah nunca aprendió en la escuela.

Saltó de la cama y se vistió rápidamente. Apenas eran las siete, pero nunca dormía hasta tarde cuando la escuela estaba cerrada. Había tanto que hacer en el Vista al Mar. Disfrutaba ver llegar a los nuevos huéspedes, ayudar a la Sra. Wilson para preparar el desayuno, y jugar al escondite y buscar por toda la posada con su hermano. Siempre debían tener cuidado para no molestar a los huéspedes o serían castigados por su padre o tía.

Después de vestirse con una camiseta, vaqueros y zapatos deportivos, Sarah comenzaba a salir de la habitación cuando una hoja de papel doblada cayó en su camino. Lo levantó y abrió, reconociendo inmediatamente las pistas escritas con creyones de Glen. Esta decía:

Puedes encontrarme en la habitación con vista al faro.

Sarah golpeó la puerta de su hermano con el mensaje en su mano. —Glen, déjame entrar. Encontré tu nota. Mamá se enojará si la ve. —Sarah sabía que su madre no quería interrumpir al Sr. Gamboski, el estudiante de la Universidad de Cabo Bretton, que estaba pasando un tiempo en la posada mientras trabajaba en su tesis sobre los faros. Michael había dicho a los niños que lo llamaran por su nombre. Con el cabello oscuro liso y lentes con forma de búho enmarcando su joven rostro redondo, también parecía un niño.

Glen abrió la puerta después de golpearla tres veces. —Silencio, Sarah. —Estaba usando sus piyamas náuticas, y colocó un dedo en su boca. —Estoy en medio de un experimento. —Su hermano estaba loco por la ciencia. Nada le gustaba más que jugar con los juegos científicos que su padre le había comprado en la tienda Exploratorium en el centro comercial de Cabo Bretton. También coleccionaba juegos adicionales del museo de ciencia que visitaban una vez a la semana durante el verano. El museo estaba a corta distancia de la playa y cerca de la tienda de dulces con su renovado caramelo de agua-salada. También estaba cerca de la heladería con las mejores barquillas en Carolina del Sur, como decía con frecuencia la Tía Julie. Generalmente llevaban una mochila con sus trajes de baño, toallas, y protector solar, para poder ir a la playa después de visitar el museo. Su madre decía que podían nadar siempre que hubiera un salvavidas de turno. Cuando se cansaban del agua, podían sentarse en la arena y ver las gaviotas volar o mirar a los visitantes en la playa. Antes de regresar a la posada, compraban una caja de caramelos de agua-salada para compartir y una barquilla para cada uno que podían comer de camino a casa. La ropa que habían usado para ir al museo estaría en sus mochilas. Glen usaría la suya para envolver su nuevo juego de ciencia. Quería ocultarlo de su madre quien decía que era demasiado desordenado con los materiales, pero su papá estimulaba su interés e incluso le daba dinero extra con su mesada para cubrir sus paseos al museo y comprar en la tienda de regalos.

Sarah entró en la habitación de su hermano. Sus ojos inmediatamente notaron una gran mancha verde junto a su cama que parecía una sustancia pegajosa. A su lado había un vaso de precipitado lleno con la misma sustancia.

—Oh, no. Glen, ¿qué estás haciendo? Mamá va a matarte.

Su hermano hizo un gesto de culpa y respondió con la voz quejosa que ella odiaba. —Preparé baba. ¿Quieres tocarla? —Metió su mano en la sustancia pegajosa y comenzó a acercarla a ella.

Ella retrocedió. —Qué asqueroso. No me toques con esa cosa. ¿Dónde encontraste los ingredientes para hacerlo? —Sarah sabía que la mayoría de sus juegos de ciencia no contenían todos los ingredientes necesarios para sus experimentos. Las cosas adicionales generalmente las encontraba en la cocina o en el baño. Su madre tendría un ataque si descubría que Glen había usado alcohol, bicarbonato de soda, o cloro de la lavandería de la posada.

Vista al Mar

—Anoche traje algunas cosas para mi habitación. Solo tomé un poco de cada cosa. Mamá no se dará cuenta de que falta nada.

—Tal vez no, pero sí la Sra. Wilson. Ella se fija en todo, y se dará cuenta de que algo falta. Ya antes le ha advertido a Mamá que estás robando cosas.

—No es robar. Es tomar prestado. —Su voz se elevó a un sollozo nuevamente.

—Tomar prestado significa que devolverás lo que tomaste, —explicó Sarah. —No veo que tú devuelvas nada, ¿y quién lo querría ahora? —Miró el vaso de precipitado que parecía como si tuviera vómito acuoso.

Glen todavía tenía su baba en las manos, pero sabía que lo mejor era que no se la acercara a Sarah. Una vez, había pegado goma de mascar en su cabello, y Papá lo había castigado durante una semana haciéndolo pasar el trapeador en todos los pisos de la posada.

—Mejor te lavas las manos y limpias todo, —le dijo Sarah con su voz de hermana mayor mientras observaba la sustancia pegajosa. —Quiero buscar a Russ y a Wendy para ir a la playa. El sol está comenzando a salir. Recuerda, esta noche veremos los fuegos artificiales. Si Mamá descubre lo que hiciste con tus pistas de creyones o esa cosa pegajosa, tal vez te deje en la casa con ella y no puedas ir. —Su madre nunca iba a ver los fuegos artificiales. Decía que los ruidos fuertes la molestaban. La verdad era que ella era sorda del oído izquierdo, por lo que Tía Julie decía que temía perder la audición del derecho.

Eso hizo reaccionar a Glen. Llevó el vaso de precipitado a su baño, uno de los pocos en la posada que estaba conectado con una habitación. Ella suponía que sus padres se lo habían asignado por alguna razón. Cuando salió después de lavarse durante cinco minutos, sus manos estaban limpias, y sostenía una esponja mojada. Se puso de rodillas y frotó la mancha verde.

—Bien, —comentó Sarah cuando se levantó. —Vayamos abajo pero vístete primero.

Glen fue al tocador junto a su cama y sacó un par de pantalones cortos y una camiseta con un faro parecida a la que llevaba Sarah. —Date la vuelta.

Sarah rió. Había visto desnudo a su hermano con anterioridad, pero respetaba su privacidad e hizo como le pidió.

—Está bien. Ya terminé, —dijo unos minutos después.

Ella dio la vuelta. —También tienes que deshacerte de esto. —Le entregó el papel con su mensaje escrito con creyones. —No tienes más copias, ¿cierto? —No era inusual que dejara varias notas iguales por la posada.

—Bueno... —Una mirada de culpabilidad apareció en su rostro de nuevo.

—Estás buscando problemas. Mejor será que los busques.

—¿Por qué no podemos irnos a la playa? De todas formas ya nadie juega mi juego como antes. —Dijo con un puchero.

Amaba a su hermano menor, pero odiaba cuando actuaba como un bebé.

—Puedes dejarlos si quieres, pero no me culpes por lo que suceda. Sé cuánto te gustan los fuegos artificiales.

—¿Puedes ayudarme a deshacerme de ellos? Te diré dónde los oculté.

Sarah miró el reloj de Barbie que su madre le había dado en su cumpleaños número diez. Eran casi las 8:30.

—La Sra. Wilson nos espera pronto para desayunar. Mejor nos apresuramos. —Los fines de semana, el desayuno se servía en la posada entre las 9 y las 10 cada mañana. Durante la semana, se servía más temprano, entre las 7 y las 8 a.m.

Ella y Glen se apresuraron a bajar al vestíbulo tratando de no hacer ruido. Aunque su madre era medio sorda, la Tía Julie y la Sra. Wilson lo compensaban con su audición gatuna.

Los niños decidieron dividirse para cubrir distintas áreas. Glen ya le había informado a Sarah los lugares donde había colocado las otras notas. Su familia tenía sus habitaciones en el lado este de la posada, y la mayoría de los huéspedes se quedaban en el Ala Oeste y algunos en la planta baja. También estaba la Suite de Luna de Miel al final del Ala Oeste. Glen la envió de vuelta al Ala Este para buscar las notas que había dejado cerca de las habitaciones de sus padres y Tía Julie. Él se dirigió a las habitaciones de Michael y los Donovan. Acordaron encontrarse en el comedor para desayunar cuando terminaran de buscar las notas y se deshicieran de ellas.

—Una última cosa, Glen, —murmuró Sarah. —¿Qué dejaste en la Habitación del Faro? ¿Piensas que Michael lo encontrará?

Glen le ofreció su sonrisa traviesa. —Esa es la idea del juego.

—¿No me digas que es la sustancia pegajosa?

—Yo no haría eso, Sarah. ¿Piensas que debo deshacerme de ella?

—Tendrías que entrar en su habitación.

—Primero voy a tocar la puerta.

Sarah lo pensó. —Podrías despertarlo y, aunque estuviera levantado, podría estar tomando una ducha, estarse vistiendo, o trabajando en algún reporte importante para la universidad.

—Entonces esperaré hasta que salga de la habitación. Buscaré las otras notas primero.

—Ten cuidado.

Glen asintió y se dirigió en la otra dirección.

Mientras pasaba frente a su habitación y la de Glen, Sarah vio las notas debajo de las dos puertas al otro lado del salón, la Habitación

Dorada que ocupaba Tía Julie y la Habitación Jardín que era de sus padres. Se acercó de puntillas a las puertas, se inclinó, y comenzó a recoger las notas.

Ya había guardado la que estaba junto a la puerta de Tía Julie cuando la otra puerta se abrió. Su madre estaba en la puerta envuelta en una bata, su corto cabello rubio despeinado. —Buenos días, Sarah. ¿Qué haces en el vestíbulo? ¿Dónde está Glen? —Ella bajó la mirada hacia el papel a sus pies y lo levantó. —No me digas que está escribiendo de nuevo sus tontas notas con creyones. —Formó una bola con el papel y se lo entregó a Sarah sin leerlo. —Ve a botar esto y dile a Glen que si no se comporta hoy, no irá a ver los fuegos artificiales.

—Ya se lo dije, Mamá. ¿Papá ya se levantó?

—Lleva horas levantado. Dijo que esta mañana iría a trotar alrededor del faro, pero que regresaría a tiempo para el desayuno. Bajaré en unos minutos. ¿Por qué no vas a ayudar a la Sra. Wilson en la cocina?

—Claro. Iré enseguida. —Sarah dejó a su madre y se bajó las escaleras. En su prisa, casi tropezó con la estatua junto a la escalera. Era una de la docena aproximadamente dispersa por la posada que sus abuelos habían coleccionado y que Tía Julie exhibía orgullosa. Glen rompió una de ellas en una ocasión, pero por suerte su padre logró encontrar un escultor que pudiera repararla. Todas tenían motivos náuticos. La que estaba junto a las escaleras era una sirena tallada en mármol, su cola de pescado con un diseño muy intrincado.

Sarah todavía tenía la nota de Glen arrugada en su mano. Tomó el otro papel igual a ese y lo lanzó al bote de basura discretamente oculto detrás de una planta en una maceta. Mientras caminaba hacia el comedor, percibió el aroma a café colado y de huevos fritos. También escuchó a la Sra. Wilson tarareando una tonada sureña. La madre de Wendy cantaba en el coro de la iglesia. Tenía una voz encantadora, melodiosa, que su hija había heredado.

Cuando Sarah entró a la cocina, la Sra. Wilson la saludó. —Buenos días, jovencita. Eres la primera en levantarse.

—No. No es así. Mamá se está vistiendo, y Glen viene en camino. Papá fue al faro, pero debe regresar pronto.

—Entonces llegaste a tiempo para ayudarme a preparar la mesa. —La Sra. Wilson tomó varios platos de la alacena y los colocó en el mesón. —¿Puedes llevarlos? Ten cuidado, lleva uno a la vez.

Sarah estaba acostumbrada a ayudar en la cocina. —¿Dónde está Wendy? —preguntó, tomando los platos.

—Está afuera en el jardín, buscando flores para las mesas de los huéspedes. Vendrá pronto. ¿Piensas que podrás con este plato caliente?

—Sí, señora. —Sarah disfrutaba siendo útil. Después de colocar los platos en las mesas, regresó a la cocina a buscar el plato con huevos fritos que la Sra. Wilson le entregó con una agarradera mientras ella llevaba las croquetas de papas. Volvieron una vez más por la jarra de jugo de naranja fresco y la cafetera.

—Listo, —dijo la Sra. Wilson, mirando la mesa cuando hubieron terminado. —Todo listo para nuestros huéspedes. Ahora déjame buscar a Wendy. Tal vez necesite ayuda con las flores.

Justo después que salió la Sra. Wilson, Tía Julie y Glen llegaron al comedor. —Hola, Sarah, —saludó ella. —Mira a quién encontré escabulléndose por el Ala Oeste. —Sostenía dos de las notas de Glen en sus manos. —Estaba ordenando unas habitaciones desocupadas en caso de que recibamos nuevos huéspedes por el Cuatro de Julio. Aunque no tenemos reservaciones, podrían llegar igual.

—Por favor, Tía Julie, —le rogaba Glen de nuevo con su voz llorosa. —No le digas a Mamá ni a Papá. De verdad quiero ver los fuegos artificiales esta noche.

Tía Julie formó una bola con las notas. —Me desharé de esto, pero igual serás castigado. Tengo trabajo con el que me puedes ayudar luego. También necesito saber qué dejaste en la habitación del Sr. Gamboski.

Glen tardó un minuto para responder. —Era una concha marina que encontré en la playa la semana pasada. Es muy bonita. Incluso la limpié de toda la arena. Creo que le gustará.

—Ese no es el punto. —La voz de Tía Julie se hizo firme, pero ambos sabían que tenía un lado suave. —No deberías entrar en las habitaciones de los huéspedes. Te lo he advertido muchas veces.

—Pero Michael en realidad no es un huésped. Él es un amigo. — Sarah sabía que Glen admiraba a Michael e incluso lo veía como a un hermano mayor.

—Solo porque el Sr. Gamboski esté con nosotros todo el verano, no significa que no debas tratarlo como a nuestros otros huéspedes. Sacaré la concha marina cuando no esté en su habitación. ¿Dónde la dejaste exactamente?

—En su tocador. Allí tiene cosas geniales y muchos libros de la biblioteca que sacó para ayudarse con el gran reporte que está escribiendo.

—Eso se llama tesis, —le explicó Tía Julie. —Es un reporte que escriben los estudiantes de la universidad. Toma mucho trabajo e investigación.

—No creo que la concha lo moleste.

Tía Julie suspiró. —Estoy segura de eso, Glen, pero el asunto es que la pusiste allí sin pedir permiso.

—Pero eso es parte del juego, Tía Julie.

Ella dejó escapar un fuerte suspiro. —No tengo tiempo para esto. Me desharé de estas notas y haré algo sobre la concha más tarde. Prepárate para trabajar para mí esta tarde, jovencito.

Cuando ella estaba a punto de irse, llegó Michael. Observó el salón a través de sus gruesos lentes. —¿Estaban todos ustedes hablando de esto, por casualidad? —Sostenía en su mano una concha marina perlada con forma de cono.

Glen lo miró avergonzado. —Lo siento, Michael. Yo la puse allí. Era para el juego de las notas con creyones. No lo volveré a hacer. Sé que no debo entrar en las habitaciones de las personas sin pedir permiso.

Una sonrisa torcida se asomó por las comisuras de la boca de Michael. Se acercó y agitó el cabello de Glen. —No te preocupes por eso, amigo. De hecho, creo que me gustaría quedármela y usarla como un pisapapeles para todas mis notas. —Se dirigió a Tía Julie. —No hay ningún problema, pero tu tía tiene razón en cuanto a que necesitas pedir permiso antes de entrar en una habitación. Estoy seguro que no querrías que alguien ocultara cosas en tu habitación mientras estás dormido.

Glen miró a Sarah. —Mi hermana entra todo el tiempo.

—No es cierto, —dijo Sarah. —Siempre toco la puerta. Eres tú quien entra en la mía todo el tiempo.

—Niños, —Tía Julie alzó la voz. —Quédense tranquilos y siéntense en la mesa. Enseguida regreso. Quiero ver qué está retrasando a los demás. —Se marchó antes de que Sarah pudiera explicar que su padre había salido, Wanda estaba en el jardín con Wendy, y su madre estaba tomando el tiempo habitual en prepararse para enfrentar el día.

10

Cabo Bretton, Carolina del Sur: Tiempo presente

En el último tramo de nuestro viaje a Vista al Mar, los cielos se abrieron y dejaron caer una lluvia pesada sobre nosotros. Hicimos varias paradas antes de cruzar hacia Carolina del Sur, y yo había tomado el volante a pesar de que Carolyn aseguraba que podía continuar. Me daba cuenta por sus párpados caídos de que estaba casi exhausta, y todavía estábamos a varias millas de distancia de la posada. Ninguna de nosotras había tocado de nuevo el tema de Derek ni el bebé. Habíamos conducido mayormente en silencio y solo hablamos brevemente sobre tópicos generales cuando almorzamos y tuvimos una cena temprana en las dos paradas.

Sabía que Carolyn me estaba dando tiempo para pensar, y ya había tomado algunas decisiones en el camino. No me quedaría en Vista al Mar durante todo el verano. Regresaría a Long Island con Carolyn después del cumpleaños de mi tía e intentaría salvar mi matrimonio. No le rogaría a Derek ni arrojaría las noticias sobre el bebé en su cara, pero lo confrontaría de una forma no amenazante y le preguntaría exactamente qué tan profundos eran sus sentimientos por la estudiante con la que estaba teniendo un romance. Si solo era una aventura, lo perdonaría y asumiría mi parte de la responsabilidad en lo que lo llevó a buscarse una amante. Si, por otro lado, resultaba que sentía que estaba enamorado de su chica, tendría que aceptarlo y continuar con mi vida. Mi tía era un gran modelo a seguir, una mujer independiente que, aunque disfrutaba de los hombres, no tuvo dificultades para sobrevivir sin un esposo. Madre, por el otro lado, se hizo pedazos después de la muerte de mi padre. Para ser honesta, ella nunca había sido una mujer fuerte para empezar. A los once, tuve que enfrentar la crianza de mi hermano mientras ella se hundía cada vez más en la botella. Aunque cuidar de un recién nacido era muy diferente a un niño de nueve años que era maduro para su edad, fue un milagro que ambos creciéramos normales sin buscar el alivio de las drogas ni cometiéramos ningún delito. El alcoholismo de Glen no comenzó hasta la universidad, y él consideraba que era un consumidor social incluso después de obtener su título en psicología.

—¿Qué tan lejos estamos ahora, Sarah? —Preguntó Carolyn a mi lado. —¿Estás segura de que no quieres que yo conduzca? Está lloviendo mucho, y está oscureciendo. Sé que no te gusta conducir de noche.

—Estoy bien. Tú relájate. Has estado conduciendo todo el día. Llegaremos pronto. —Ya no ansiaba llegar a Vista al Mar. Llamaría a Derek, como lo prometí, pero mantendría breve la conversación solo para notificarle que habíamos llegado a salvo. La discusión seria la tendríamos en persona cuando yo regresara. Aunque mi mente se había concentrado más que todo en la voz femenina que respondió el teléfono en mi casa, también pensaba en el mensaje de texto que había recibido el día anterior. Aún no había tenido la oportunidad de investigarlo, pero lo haría cuando estuviera a solas en mi habitación en la posada. Tía Julie había dicho que me asignaría la Habitación Violeta de nuevo. Seguramente asignaría a Carolyn a la habitación de al lado que había sido la habitación de Glen. Me preguntaba quién más había sido invitado al Vista al Mar para esta preapertura y si ya estarían allí.

Cuando cruzamos el puente hacia la Isla Bretton, Carolyn exclamó, —Desearía que mi primera vista de Cabo Bretton no fuera con una torrencial lluvia. Aún así parece encantador. Puedo ver el faro en la distancia.

Yo también lo había notado, pero traté de ignorar las emociones que se acumulaban dentro de mí ante esa visión. Seguimos por la carretera de un canal hacia Vista al Mar junto al musgo Español que goteaba. El camino no estaba bien iluminado. Tuve que concentrarme para encontrar las curvas que llevaban a la posada, apoyándome en mi memoria más que a las instrucciones del GPS del auto que con frecuencia eran inexactas.

—Ya vamos a llegar, —le informé a Carolyn mientras tomábamos otra curva, los limpiaparabrisas se agitaban contra el parabrisas en un inútil intento por limpiarlo de la lluvia torrencial.

—Gracias a Dios, —dijo. —Ten cuidado, Sarah. Apenas puedo ver el camino.

Se sentía como si las ruedas estuvieran rodando en el lodo mientras aceleraba para que el auto pudiera subir la colina hasta la posada. Finalmente me detuve a pocos pies de la puerta del Vista al Mar junto a dos autos, uno de ellos lo reconocí como el Honda de mi tía. Me preguntaba a quién pertenecía el Ford verde.

—Aquí es, —le dije a Carolyn quien ya estaba buscando su cartera y el bolso de noche. —Creo que podemos llegar sin usar el paraguas si corremos hasta el porche.

Sarah miró hacia la casa. No era tan grande como la recordaba, pero las cosas siempre parecen más grandes para los niños. Podría decir, incluso en la oscuridad, que necesitaba mantenimiento. Los arbustos en el frente estaban muy crecidos y, aunque no podía ver el jardín de atrás, suponía que también necesitaba atención.

—Es definitivamente hermosa, —dijo Carolyn con su mano en la puerta del auto. —Me encantan estas casas Victorianas junto al mar. Se parece a las casas que vi cuando visité Cabo May hace años. La vista del mar y el faro debe ser asombrosa con buen clima. No puedo esperar para ver el interior.

—Me alegra que la apruebes. Parece que le falta un poco de mantenimiento y no es tan grande como la recordaba, pero todavía exuda ese encanto sureño del que mi tía y mi padre estaban orgullosos. Vamos, corramos hasta allá. Parece que uno de los otros invitados ya está aquí. No hay necesidad de arrastrar nuestras maletas. Con los bolsos que usamos en el motel será suficiente. Mañana podemos buscar el resto de las cosas.

Carolyn asintió, abriendo la puerta de pasajeros hacia el embate de la lluvia. Subí corriendo detrás de ella por los escalones del porche. Cuando llegué allí, golpeé la puerta con la aldaba con forma de ancla aunque vi que también había un timbre.

—Bienvenida a Vista al Mar, —dije, respirando hondo mientras esperaba por una respuesta.

DE LAS NOTAS DE MICHAEL GAMBOSKI

Faro de Boston, circa 1716 (Wikipedia)
El primer faro construido en América fue el Faro de Boston en 1716 en la Isla de Little Brewster. Fue destruido durante la Guerra de la Revolución Americana y reconstruido en 1783.

11

Vista al Mar, Veinte años atrás

Justo después que Michael vino a desayunar, Martin Brewster entró por la puerta. Llevaba sus pantalones deportivos grises y una camiseta de la Isla Bretton que goteaba con sudor. Vista al Mar no tenía aire acondicionado, pero los ventiladores de techo lo mantenían tolerable durante los veranos sureños.

—Debe estar cerca de los noventa grados, —dijo, quitando su cabello oscuro de su rostro.

—¿Cómo estaba el faro? —preguntó Tía Julie.

—Todo está listo para esta noche. Deberíamos ir temprano para encontrar puestos con la mejor vista. —Cada año, el comité del pueblo de Cabo Bretton realizaba un espectáculo con fuegos artificiales en la Isla Bretton. La mejor ubicación estaba prácticamente en el jardín del frente de Vista al Mar cerca del faro.

—Espero que no sea muy ruidoso, —dijo Jennifer Brewster, entrando a la cocina. Su cabello todavía parecía desarreglado, y su blusa con flores verdes chocaba con sus pantalones capri color naranja. Sarah se alegraba en secreto de no haber heredado el sentido de la moda de su madre. Su amor por el arte y el color venía directamente de su tía.

—Usa los tapones para los oídos como haces generalmente, y estarás bien, —le dijo su esposo.

Wanda regresó con Wendy y, mientras entraban en la cocina, el Sr. Donovan y Russell finalmente hicieron acto de presencia.

Julie y Glen estaban emocionados de ver los otros dos niños. Tía Julie ya le había prometido que Russell podía quedarse a dormir con Glen durante todo el fin de semana y, para que Sarah no se sintiera celosa, Wendy podría quedarse con ella hasta el Domingo.

Cuando todos estuvieron sentados, continuó la conversación sobre los eventos de la noche. Todos los esperaban con ansiedad excepto la madre de Sarah y Glen. Sarah notó que Bart Donovan le mostraba un libro a Michael. Supuso que era uno de los libros que el Sr. Donovan había escrito sobre los faros y decidió hacer una nota mental para preguntarle a Russell sobre eso, cuando fueran a la playa después del desayuno.

Glen y Russell tenían muy buen apetito y dejaron sus platos limpios para deleite de la Sra. Wilson, pero Sarah estaba demasiado ansiosa por salir. Aplastó las croquetas de papa y las mezcló con los huevos y tomó un sorbo rápido de jugo de naranja.

—¿Qué sucede, Sarah? —preguntó su madre. Ella no había comido mucho pero se había tomado varias mimosas que la Sra. Wilson había agregado a la mesa para adultos.

—No puedo esperar para ir a la playa. ¿Podemos ir todos? —Miró a Wendy a su lado con la servilleta en su regazo y sus largas trenzas caían por su espalda, y a Glen que estaba conversando con Russell sobre su experimento de ciencias.

—Después que ayudes a la Sra. Wilson a limpiar esto.

A medida que las personas comenzaron a levantarse de la mesa, Sarah y Wendy reunieron los platos sucios y los llevaron al fregadero donde ayudaron a la Sra. Wilson a lavarlos. Los chicos continuaron hablando.

—¿No deberían ayudar ellos también? —preguntó Sarah.

—No te preocupes. Luego les asignaré tareas que hacer, —dijo Tía Julie, secando algunos platos. —Tu hermano me debe una hora de trabajo hoy, así que no dejen que se quede demasiado tiempo en la playa. Quiero que me pague antes de irnos al espectáculo.

Cuando los platos estuvieron listos y Sarah y Wendy también habían limpiado el mantel, Sarah llamó a su hermano y a Russell para que buscaran sus cosas de playa para poder marcharse. Los niños subieron a sus habitaciones y luego se reunieron en el porche con sus mochilas. Russell y Glen llevaban sus trajes de baño y unas camisetas. Sarah y Wendy tenían cada una trajes de baño de una pieza debajo de sus camisetas y pantalones cortos. Las chicas eran de la misma edad y casi de la misma estatura y peso. Russell, el mayor, era además más alto que Glen, el más joven, y más bajito.

—¿El museo de ciencia está abierto hoy? —preguntó Glen mientras comenzaban a caminar hacia la playa.

—Lo dudo, —respondió Sarah. —Es un día feriado. Aunque las tiendas podrían estar abiertas. Podemos comprar caramelo y helado después de ir a nadar.

—Quiero subir al tope del faro, —dijo Russell. —Mi papá me mostró fotos de faros de todo el país. Me gustaría compararlo con este. Incluso traje mi cámara para tomar fotos.

Los cuatro iban caminando en dos filas, las niñas en frente y los chicos detrás. Sarah se volteó para mirar a Russell. Estaba sorprendida por lo mucho que se parecía a su padre con sus profundos ojos azules y risos color arena. Ella nunca había visto la madre de Russell. A Sarah le habían dicho que ella había muerto poco después del nacimiento de Russell, pero él siempre estaba feliz. —¿Ese es el libro que tu papá le estaba mostrando a Michael esta mañana? —preguntó ella.

Su rostro se iluminó. —Sí. Es un libro maravilloso. Te lo mostraré si quieres, Sarah. —Se escuchaba orgulloso de su padre.

—Eso sería genial. Gracias, Russ. —A Sarah le encantaba hablar con Russell sobre los faros y la historia de Cabo Bretton que su padre había investigado por años. La mayoría de las personas sabían que Cabo Bretton fue nombrado así por un marino que murió en acción durante la Primera Guerra Mundial pero no sabían que el padre del joven había hecho construir el faro en su memoria.

—¿El libro tiene algo que ver con las ciencias? —preguntó Glen.

Russell sacudió la cabeza. —No. Lo siento.

Glen hizo un puchero. —Entonces muéstraselo a Sarah. No estoy interesado en la historia.

—¿Por qué no?

—Es una tontería. Eso es todo.

El faro estaba a su derecha y al frente tenían el pequeño grupo de tiendas conocidas como las tiendas del muelle y los vestidores para la playa. El museo de ciencia estaba en el fondo.

—La historia no es una tontería, —le dijo Russell a Glen. —Es muy importante conocer nuestro pasado y las personas que vivieron antes de nosotros.

Sarah se daba cuenta de que Glen lo estaba ignorando. Ya había visto su lugar favorito. —¿Podemos ver si está abierto?

—Es el Cuatro de Julio, Glen, pero anda a ver. Nos encontraremos contigo allá.

Glen salió disparado como una bala, y Sarah se encontró caminando entre Wendy y Russell. Podía ver sus sombras frente a ella, la de Wendy se movía con sus oscilantes trenzas; la de Russell se cernía sobre ambas, la alta sombra de su padre.

Sarah podía imaginar que Wendy se sintiera como la tercera rueda cuando ella y Russell comenzaron a hablar sobre faros de camino al museo. Sintió pena por Wendy, pero la niña era más bien tímida y no hablaba mucho. Sarah sentía que tenía menos en común con ella que con el hijo del Sr. Donovan aunque Wendy prácticamente vivía en la posada, mientras que Russell solo venía con su padre. Últimamente, ambos habían venido de visita con más frecuencia, y ella estaba feliz por ello.

Resultó que el museo estaba abierto pero solo por algunas horas. Glen insistió en entrar, aunque él y Sarah no tenían mucho dinero porque su padre aún no les había entregado su dinero semanal.

—No se preocupen, —dijo el hombre en la entrada cuando Glen le explicó. Los conocía como clientes regulares y les indicó que entraran.

—No tenemos mucho tiempo, —le recordó Sarah a su hermano. —Tía Julie nos quiere temprano en casa, para que tú hagas tu trabajo antes de los fuegos artificiales.

—Hoy el museo solo abre hasta el medio día, —señaló Glen. —Si tú y los demás quieren hacer otra cosa mientras yo miro por aquí, yo no tengo ningún problema.

—Creo que debemos permanecer juntos, —dijo Sarah. —Mamá siempre nos dice eso.

—Estoy de acuerdo, —agregó Russell, dirigiéndose a una exhibición de fósiles en la primera sala que encontraron. —Mira, Glen, la ciencia involucra la historia. Estos tienen miles de años. Lee las etiquetas.

Glen se acercó a él. —Eso se parece a las cosas que recogemos en la playa. Prefiero estar en el laboratorio o en el salón espacial.

—Esas áreas también están relacionadas con la historia, —dijo Russell. Glen pasó a su lado hacia la sala siguiente. Wendy lo siguió sin decir una palabra. Sarah estuvo sola con Russell por unos minutos mientras continuaba observando la muestra de fósiles.

—Será mejor que tengas cuidado cuando duermas en la habitación de Glen esta noche, —dijo ella, mientras caminaba alrededor del exhibidor de vidrio que contenía un objeto parecido a un cangrejo. —Esta mañana preparó baba. Hice que lo limpiara del piso, pero siempre está haciendo experimentos desastrosos. No me sorprendería si encontraras algo aterrador en tu cama. —Sabía que la Tía Julie tenía algunas camitas en la casa para cuando los niños se quedaran a dormir. Tenía planeado llevar una a las habitaciones de Glen y Sarah antes de que se fueran al pueblo a las 9 p.m.

Russell le sonrió, y su corazón comenzó a revolotear. Sarah nunca había tenido novio, aunque algunos de los niños en su clase de quinto grado estaban enamorados de ella. Cumpliría once dentro de unos meses y sentía curiosidad sobre cómo sería besar a un chico. Cuando Russell le sonreía de esa forma, sentía el deseo de averiguarlo, pero se volteó en lugar de eso. Una de sus amigas en la escuela, Carmen, quien se parecía un poco a Wendy, le dijo que lo mejor era hacerse la difícil con los chicos. Le dijo a Sarah que ya había besado a Jordan Palmer, uno de los chicos más lindos en la clase pero ni la mitad de guapo que Russell.

—No te preocupes, Sarah, —dijo Russell, siguiéndola a la próxima exhibición. —Yo puedo manejar a tu hermanito.

Los sorprendió un ruido repentino proveniente de la sección de laboratorio en el museo. Sarah corrió para buscar a Glen. Russell corrió junto con ella al salón de al lado.

—Glen, ¿qué has hecho? —Sarah estaba horrorizada. Una mesa, sobre la cual colgaba un aviso en el que se leía, "No Tocar," estaba volcada sobre el piso derramando su contenido.

—No quise tumbarlo, —sollozó Glen. —Me acerqué mucho, y se cayó.

—¿Fue eso lo que sucedió? —le preguntó Sarah a Wendy.

Los ojos de Wendy estaban tan abiertos que se veía el blanco alrededor de sus oscuras pupilas. —Yo no vi en realidad, Sarah.

—No importa, —dijo Russell mientras entraba el guardia del museo. —Ahora todos estamos en problemas.

El guardia miró a los cuatro niños abrazados y luego al piso. El vidrio roto de los vasos de precipitado estaba disperso por el piso y había una variedad de líquidos mezclados en un gran charco sobre los azulejos color marrón. —Buscaré a alguien para que limpie eso. No se acerquen a los vidrios, niños. ¿Algunos de ustedes se lastimó cuando se cayó?

Sarah suspiró aliviada. El guardia no los estaba culpando sino que estaba preocupado por su seguridad. Todos sacudieron la cabeza, agradecidos de que sus padres no fueran notificados ni les cobraran por las pérdidas del museo.

Mientras el guardia hablaba por su teléfono solicitando personal de limpieza, Glen dijo, —Creo que ahora deberíamos ir a la playa.

12

Vista al Mar: Tiempo presente

La puerta rechinó al abrirse, otra señal de la edad del Vista al Mar. Exhalé el aire que no sabía que estaba conteniendo cuando vi a mi tía. No había cambiado mucho, pero solo hacía dos años desde la última vez que la vi en el funeral de Glen. Para una mujer a punto de cumplir setenta, se veía varios años más joven. Su cabello rojo ondeaba alrededor de su rostro pero era su estilo, a diferencia del cabello más corto que generalmente llevaban las mujeres mayores. No tenía ni un toque de gris o blanco. Supuse que teñía su cabello con frecuencia o iba al salón de belleza. Me sonrió y compensó el largo viaje.

—Sarah. Ven. No puedo creer cuánto está lloviendo. Y tú debes ser Carolyn. —Sostuvo la puerta abierta mientras entrábamos.

Llegó a mi mente un recuerdo mientras entraba al vestíbulo. De repente sentí que era ayer cuando Glen y yo corríamos por estos pasillos, nos deslizábamos por los pasamanos de las escaleras, y hacíamos chistes de los huéspedes.

Tía Julie me abrazó. Dado que no era muy dada a expresar sus emociones, me sorprendió la fuerza de su abrazo. —Estoy tan feliz de tenerte de vuelta, Sarah. —Noté el uso de las palabras "de vuelta" en lugar de "aquí," implicando que me estaba mudando para acá en lugar de solo venir de visita por el verano.

Después de un momento, me soltó y se volteó hacia Carolyn. Extendió su mano. —Encantada de conocerte, Carolyn, ¿o prefieres que te llame Srta. Grant?

—Carolyn está bien. —Estrechó la mano de mi tía. —También es un placer conocerla, Sra. Brewster. Gracias por su invitación. Su casa es hermosa.

Un suave tono rosa apareció en las mejillas de mi tía. —Si yo te llamo Carolyn, tú debes llamarme Julie, y mañana te daré el paseo por toda la posada. Por ahora, deben estar cansadas del viaje. Supongo que dejaron las maletas en el auto, y no las culpo. Las buscaremos en la mañana.

—¿Ya llegó algún otro invitado? —pregunté mientras la seguíamos hacia la sala.

—Todos excepto tu madre. Mañana voy a recibirla al aeropuerto. Su vuelo fue retrasado.

—¿Mamá? —Estaba sorprendida. La última vez que hablé con mi madre no mencionó nada sobre venir al Vista al Mar. Si lo hubiera sabido, hubiéramos podido venir todas juntas en el auto. ¿Por qué el secreto?

—Jennifer no estaba segura de venir, —continuó mi tía. —En realidad no la invité hasta hace unos días cuando le envié el boleto aéreo. Supuse que no se negaría si sabía que había gastado dinero. Le pedí que no te dijera nada. En ese momento, todavía pensaba que vendrías con Derek. Cuando llamaste y explicaste que vendrías conduciendo con una amiga, supe que había tomado una decisión acertada. Jennifer no hubiera hecho el viaje muy agradable. —Arqueó las cejas y comprendí a qué se refería.

—Tomen asiento, ambas. Serviré té a menos que prefieran café.

Carolyn y yo nos sentamos una junto a la otra en el sofá. Un gato negro entró a la sala y se acercó a acariciar mi tobillo.

—Oh, allí está Al, —dijo Tía Julie, y recordé que había mencionado que tenía un gato en la posada. —Veo que le agradas.

—¿No es mala suerte si un gato negro se atraviesa en tu camino? —preguntó Carolyn. Yo sabía que a ella le gustaban los perros, aunque de momento no tenía ninguna mascota.

Mi tía rió. —Esa es una superstición loca. En varias partes del mundo, como Inglaterra y Japón, las personas piensas que los gatos negros traen buena suerte.

—¿No quieres darnos una pista sobre quién más estará aquí? —Pregunté para cambiar el tema. —¿Supongo que ya están en sus habitaciones?

Mi tía asintió, una mirada divertida en sus ojos. —Son casi las diez p.m., pero los verás pronto, aunque ya los conoces. Déjame preparar el té, y podemos pasar unos minutos conversando. Como te dije, te asigné nuevamente la Habitación Violeta, y Carolyn estará justo al lado. —No agregó "en la habitación de Glen," y me sentí agradecida por ello.

Cuando nos dejó solas, Carolyn dijo, —A tu tía le gustan las sorpresas. Espero que el clima sea mejor mañana. Me encantaría ver de cerca el faro.

—Estoy segura de que será parte del paseo de mañana, —le dije, reclinándome y acariciando a Al que todavía estaba rodeando mis piernas.

—Me encantará mostrarle el faro, señorita, —llegó una voz desde la escalera. Pestañeé al hombre alto que entró en el salón, y Al se alejó. Bart Donovan. No, era su hijo Russell veinte años mayor.

—Qué bueno verte de nuevo, Sarah, —dijo él. —Creo que Julie mencionó que tu nombre era Carolyn. —Sus profundos ojos azules se dirigieron a mi amiga.

—Sí. —Su voz sonaba extraña cuando le respondió. Tartamudeó. En todo el tiempo que la he conocido, nunca la había escuchado vacilante, pero Russ había crecido para convertirse en un hombre guapo, y me di cuenta de que yo también estaba reaccionando a su atractiva sonrisa.

—Encantado de conocerte. —Se acercó al sofá y extendió su mano. Carolyn se levantó y la estrechó. Parecía como si estuviera en estado de shock, algo inusual en ella, solo los grandes desastres alteraban su compostura. Entonces él se volteó hacia mí. Me levanté y también extendí mi mano. En lugar de estrecharla, la besó y luego me dio un abrazo y me dio otro beso ligero en la mejilla. Un recuerdo me estremeció.

—Bienvenida de vuelta en Vista al Mar, Sarah Brewster. Debo decir que has crecido para convertirte en una hermosa mujer. —Sentí que me sonrojaba cuando noté que también utilizó las palabras "de vuelta" refiriéndose a mi visita. También había utilizado mi apellido de soltera.

—Ahora soy Sarah Collins, —le corregí.

—Mis disculpas. El Sr. Collins es un hombre afortunado.

Sentí la necesidad de explicar la ausencia de mi esposo. —Derek es profesor. Está dictando un curso de verano en la universidad en Long Island, donde vivimos.

Mientras nos mirábamos a los ojos, una voz conocida dijo, —Por Dios. Estamos todos juntos de nuevo. —Me volteé para ver a la Sra. Wilson que traía una bandeja con galletas. —Tu tía está preparando el té, pero me pidió que trajera esto. Es bueno verte, Sarah. —Ella no había dicho "de vuelta."

—Sra. Wilson. —Dejé a Russell y me acerqué a ella. —Parece que no ha envejecido ni un día.

Un poco de color asomó a sus mejillas, iluminándolas. —Ahora soy de edad media. Yo era una chiquilla, no mucho mayor que Russ y tu hermano, cuando trabajaba aquí.

Incluso parecía más cercana a la edad de Michael. Recuerdo cuando celebramos los veintiún años de Michael cuando vivía con nosotros. La Sra. Wilson debía tener unos veintiséis en ese entonces.

Colocó la bandeja en la mesa oval de mi tía que estaba decorada con un jarrón con flores frescas. A la Sra. Wilson le encantaba colocar arreglos florales por la posada y en las habitaciones de los huéspedes. La mesa brillaba muy pulida. Supuse que había dado una mano a mi tía llenando el lugar con flores después que llegó.

—Sírvanse. —Miró a Carolyn y a Russ. —Por favor, dejen de llamarme 'Sra. Wilson.' Me hace sentir vieja. Mi nombre es Wanda.

Mi tía regresó en ese momento con otra bandeja con té. Noté que tenía cinco tazas. Debió anticipar que el resto se reuniría con nosotras.

Sonrió mientras colocaba la bandeja junto a la que tenía galletas. —Me alegra mucho que se encontraran todos, o reencontrado en realidad. —Miró en mi dirección.

—No conozco todavía a la amiga de Sarah, —dijo Wanda.

Carolyn, todavía de pie, se acercó a ella. —Soy Carolyn Grant.

Wanda estrechó su mano. —Wanda Wilson. Trabajé aquí hace veinte años cuando Julie y Martin se encargaban de la posada.

—¿Cómo está tu hija? —interrumpí. —¿Wendy también estará con nosotros?

Ella sacudió la cabeza. —Me temo que no. Sé que le hubiera encantado verlos de nuevo, pero no ha estado muy animada para socializar desde su divorcio hace unos años. Me dijo que les envía saludos a todos, pero prefirió quedarse en casa.

—Lamento escuchar sobre su divorcio.

Wanda asintió. —Sí, pero algunas veces es lo mejor. No llevaban mucho tiempo casados, y no había niños involucrados.

Sus palabras formaron un nudo en mi estómago mientras recordaba mi situación y que debía llamar a Derek cuando llegara a mi habitación.

—Es muy interesante, —dijo Russell tomando asiento junto a Carolyn, —Todos excepto la amiga de Sarah estuvieron aquí ese verano.

Me recosté contra el espaldar en el lugar que había ocupado antes mientras Wanda y mi tía se sentaban en los sillones frente al sofá.

—Es cierto, —confirmó Tía Julie. —Espero que tengamos una temporada mucho más placentera en esta ocasión.

Comprendí a qué se refería. Ella, Wanda, Russell, y yo, así como mi madre quien llegaría al día siguiente, estábamos en la posada el fatídico día de Julio antes de cerrar. ¿Fue una coincidencia o éramos parte de una lista intencional de invitados que había preparado mi tía?

DE LAS NOTAS DE MICHAEL GAMBOSKI

Ilustración de un faro (Creative Commons, OpenClipart Vectors)
Un faro es una torre, edificio, u otro tipo de estructura diseñada para emitir la luz de un sistema de bombillas y lentes, y para servir como guía de navegación para los pilotos marítimos en el mar o en los canales de una isla.
Los faros señalan lugares peligrosos en las costas, bancos, arrecifes, y entradas seguras a los puertos, y pueden ayudar en la navegación aérea. Una vez de amplio uso, una cantidad de faros operacionales han declinado debido al costo de mantenimiento y el uso de sistemas de navegación electrónicos.

De las notas de Michael Gamboski

(Wikipedia)

13

Vista al Mar: Veinte años atrás

Después del incidente en el museo, el resto de la mañana transcurrió sin inconvenientes mientras los niños disfrutaban nadar bajo la atenta mirada del salvavidas, un hombre de aproximadamente la misma edad que Michael. Él no estaba de turno solo. Una chica rubia con bikini estaba sentada a su lado en la estación de vigilancia tomando algo de un vaso plástico con una pajilla.

—Hola Adam. Hola Sandy, —los saludó Glen. Él, Sarah, y Wendy los conocían bien. Russell no había estado en la playa con ellos hasta ese momento.

Adam saludó mientras levantaba una lata de Budweiser y tomaba un sorbo. Sarah había comenzado a aprender sobre el alcohol en la escuela el año anterior y se preguntaba si el salvavidas tomaba tanto como su madre, aunque su madre no tomaba cerveza. Ella recordaba las botellas de escocés y ginebra que una vez había visto ocultas detrás del closet de su madre, escondidas entre sus vestidos largos y trajes de noche que nunca había usado.

Los niños pasaron algunas horas nadando, caminando sobre la arena mientras buscaban conchas marinas, y disfrutando el cálido sol sobre sus cuerpos mientras construían castillos de arena. Sarah nunca fue buena en eso, pero Glen y Russell, trabajando juntos, habían construido uno que era muy alto y no se hundía en la arena. Glen había encontrado la mayoría de las conchas y guardó muchas en su mochila. Sarah le hizo prometer que no las ocultaría en las habitaciones de ninguno de los huéspedes.

Russel y Wendy habían ido a la heladería mientras Sarah y Glen recogían sus cosas. Glen se volteó hacia ella de repente cuando mencionaron su última travesura con las pistas de creyones. —Olvidé mencionar que algo extraño sucedió cuando encontré el papel debajo de la puerta de Michael, —dije.

Ella hizo una pausa, sacudiendo la cobija de playa que estaba llena de arena de cuando los cuatro se habían tendido en ella. —¿Qué viste? —le preguntó ella a su hermano, preparada para una de sus historias dramáticas. Ella siempre le seguía la corriente cuando hablaba sobre fantasmas y otras cosas en la posada.

—No fue lo que vi. Sino lo que escuché. —Le hablaba en un susurro aunque no hubiera nadie alrededor excepto las gaviotas que sobrevolaban sobre la arena y los jóvenes salvavidas que estaban entretenidos en su conversación y no los estaban escuchando.

—Está bien. ¿Qué escuchaste? ¿Te molesta si doblamos esto mientras me lo dices? —Lanzó un extremo hacia él, quien la tomó mientras le respondía. —Eran estos sonidos extraños que salían de la habitación de Michael. Me asustaron un poco.

Sarah unió los extremos. —Tal vez había un monstruo allí adentro, —bromeó. —Me pregunto cómo Michael podía dormir con todo eso.

Glen le acercó el otro extremo de la cobija mientras se colocaba junto a Sarah. —No era el ruido que hace un monstruo.

Sarah tomó la cobija doblada y la guardó dentro de su mochila. —¿Cómo sonaba? ¿Podrían ser los ronquidos de Michael?

—No. —Glen sacudió la cabeza. —Sonaba más como esos ruidos que salen de algunas de las habitaciones de huéspedes tarde en la noche cuando me escabullo al vestíbulo. Los escucho mucho en la suite de Luna de Miel.

Sarah arqueó las cejas. Tía Julie le había hablado el mes anterior sobre lo que ella llamaba "las aves y las abejas" aunque tenía que ver con hombres y mujeres. Ella dijo que pensaba que Sarah tenía suficiente edad para saber estas cosas y que su madre estaba equivocada al esperar hasta que Sarah cumpliera quince años.

Después de explicarle sobre los períodos menstruales, algo que Sarah no estaba ansiosa para que iniciaran, la Tía Julie describió lo que las parejas hacían detrás de las puertas cerradas para hacer bebés y mostrarse su amor mutuo. Sarah había pensado que era un poco asqueroso, pero Tía Julie se había reído y dijo, —No pensarás lo mismo dentro de unos años, cariño, créeme. Ahora no le digas a tu madre que tuvimos esta conversación. Podría molestarse conmigo. Si alguna vez te habla sobre estas cosas, pretende que es la primera vez que te lo dicen. —Entonces guiñó un ojo a Sarah y la hizo sentir que compartían un secreto especial.

—Te merecías que te asustaras, —le dijo Sarah a su hermano volviendo al presente. —Tal vez eso te enseñe una lección para que dejes de escuchar por las puertas de las personas. Ahora vayamos con los demás y comamos helado. —Mientras corría con Glen hacia la heladería y sus dos amigos, sintió curiosidad por lo que él le había dicho. Michael se estaba quedando solo en la posada y, hasta donde ella sabía, nunca había llevado una novia de visita, ni siquiera para su fiesta de cumpleaños la semana anterior.

14

Vista al Mar: Tiempo presente

Pasamos una hora conversando y reencontrándonos mientras tomábamos el té con galletas. La discusión sobre Michael y el verano de 1996 quedó atrás cuando mi tía guio la conversación hacia sus planes para la gran apertura de la posada en el otoño.

—¿Por qué estás esperando hasta este otoño? —preguntó Carolyn. —¿No es el verano la temporada más concurrida por aquí?

—Eso puede ser cierto, pero el otoño es hermoso en Cabo Bretton, y hay muchos visitantes de fines de semana. Además, todavía no estoy completamente preparada.

Wanda, silenciosa hasta entonces, dirigió una extraña mirada a mi tía y dijo, —Imagino que no estás preparada porque no estás lista para administrar este lugar tú sola.

Fue entonces cuando dejé escapar un bostezo que había tratado de contener durante los últimos veinte minutos. Le dio a Tía Julie la oportunidad de terminar la conversación por la noche y evitar responder al comentario de Wanda.

—Se hace tarde, y Sarah parece cansada. ¿Por qué no vamos todos a dormir y continuamos en el desayuno? Tengo que levantarme temprano para ir a buscar a Jennifer. Su vuelo llega a las nueve, pero no quiero llegar tarde porque es un trayecto un poco largo hasta Charleston. ¿Les molestaría bajar a desayunar alrededor de las siete? Sé que es temprano para un fin de semana. Si prefieren dormir hasta tarde, puedo preparar el almuerzo cuando regrese.

Russell fue el primero en responder. —A mí no me molesta. De todas formas me levanto temprano para escribir.

—¿Eres escritor? —Noté que Carolyn se había acercado a él gradualmente desde que llegó.

Él sonrió y se volteó hacia ella. —¿Sarah no te dijo sobre los libros de mi padre? Le encantaba que se los mostrara cuando era pequeña. Supongo que seguí sus pasos, aunque yo escribo ficción. Baso todos mis libros en Carolina del Sur. Mi trabajo actual tiene lugar en Cabo Bretton, pero estoy cambiando algunos hechos y le cambié el título.

—Qué interesante, —declaró Carolyn. —Yo también soy escritora. Escribo libros infantiles. Sarah es mi ilustradora.

—Parece que tenemos algo en común. —Le guiñó un ojo, y pude darme cuenta de que Carolyn disfrutaba la atención. Sin embargo, pareció molesta cuando Wanda le preguntó a Russell, —¿Qué tipo de libro estás escribiendo sobre este pueblo?

Hizo una pausa y la miró. —Escribo misterios, Wanda.

—Ya veo. ¿Puedes compartir la trama con nosotros, o es mala suerte hacerlo antes de que sea publicado?

Carolyn atrajo nuevamente la atención de Russ al decir, —Tal vez Russell pueda compartirla con nosotros mañana. Creo que Julie tiene razón y es hora de ir a nuestras habitaciones y descansar un poco. He estado viajando todo el día, y mis ojos están a punto de cerrarse.

—Claro. —Wanda apretó los labios de la vieja forma en que yo recordaba cuando tenía más que decir pero se contenía. —Ayudaré a recoger todo mientras ustedes suben a las habitaciones.

Mientras ella y Tía Julie recogían las tazas, bandejas, y el resto de las cosas, mi tía dijo, —Te lo agradezco, Wanda. Has sido de mucha ayuda, aunque te considero una invitada. No espero que hagas nada más durante el resto de tu estadía.

—Todos somos invitados, —dije, —pero eso no significa que no podamos darnos una mano, Tía Julie. Me sentiré feliz de cocinar y limpiar mientras esté aquí.

—Eso depende de ti. Agradezco toda la ayuda, pero quiero que disfruten su visita. Si hay algo en sus habitaciones o en la posada que sientan que debe ser cambiado, por favor díganmelo. Aunque quiero que todos consideren esto unas vacaciones, también es una prueba para cuando reabra oficialmente el lugar al público.

Yo ya había notado las reparaciones que hacían falta en la parte de afuera pero todavía no había visto con atención el interior.

Mientras Carolyn y yo nos dirigíamos a las escaleras, Russell iba justo detrás de nosotras. —¿Las señoritas necesitan que saque su equipaje del auto esta noche?

Todavía podía escuchar la lluvia golpeando contra las ventanas. —Está cayendo un diluvio, Russ, y tenemos todo lo que necesitamos para dormir en los bolsos de noche, gracias por preguntar.

Él sonrió. —No me molestaría salir en la lluvia por ustedes, pero si no necesitan nada, buscaré sus maletas en la mañana.

. . .

Vista al Mar

En el corredor de arriba, le hice señas a Carolyn para que cruzara a la derecha. Russell ya se había dirigió por la izquierda al Ala Oeste. Me había dicho que Tía Julie le había asignado la antigua habitación de Michael porque sentía que la vista del faro inspiraría su escritura.

—¿Por qué tu tía no nos asignó a todos al mismo lado de la posada? —preguntó Carolyn, y me di cuenta de que estaba decepcionada de que la habitación de Russell no estuviera cerca de las nuestras.

—Creo que estaba tratando de asignarnos nuestras antiguas habitaciones. Supuso que nosotras dos querríamos estar cerca, así que te asignó la habitación de mi hermano que está justo al lado de la mía.

—¿Eso significa que estaré en la habitación de un niño pequeño?

Me reí. Estábamos frente a la Habitación Violeta. —No. Mi tía redecoró ambas habitaciones después que nos mudamos y agregó camas tamaño Queen en ellas. Antes dormíamos en camas individuales.

—¿Quieres que entre y te acompañe por unos minutos? —Me daba cuenta de que Carolyn pensaba que yo podría necesitar consuelo después que llamara a Derek.

—Puedes venir a verlo, y yo te mostraré el tuyo, pero me gustaría acostarme a dormir lo más pronto posible. —La verdad era que quería estar sola por un momento antes de llamar a casa.

Carolyn asintió mientras yo abría la puerta. —¿No nos darán llaves?

—Las habitaciones nunca se cierran con seguro, —le expliqué. —Incluso cuando vivíamos aquí, los huéspedes podían cerrarlas por dentro para tener privacidad, pero no había llaves como en un hotel normal, al menos mi tía no se las daba a los clientes. Ella podía abrir las habitaciones en caso de una emergencia.

—Qué extraño, —dijo Carolyn, entrando en la Habitación Violeta. —Nunca antes me había hospedado en una posada, entonces así es como funcionan.

—Eso creo. —Encendí la luz con el suiche junto a la puerta, y coloqué el bolso sobre la cama perfectamente arreglada.

—Es una habitación encantadora, —dijo Carolyn. —El morado es hermoso. —Caminó para ver la vista desde la ventana que yo sabía que daba al agua y dejaba ver solo una parte del faro.

—¡Oh, vaya! Un banco en la ventana. Siempre quise uno de estos cuando era niña. —Se sentó en el borde volteándose hacia el librero en la esquina. —¿Esos eran tus libros?

Caminé hacia allá y observé los lomos de los libros en los estantes que parecían recién pulidos. Ni una mota de polvo cubría ninguno de los libros aunque habrían estado allí por veinte años. Algunos eran libros de arte pero la mayoría eran novelas para jóvenes, *Jane de Green Acres, Mujercitas,* y *El Mago de Oz.* Había sido una lectora voraz cuando era niña.

—Ese era mi lugar para leer, —le expliqué. —Glen se sentía celoso porque él no tenía uno, pero él solo leía libros de ciencia, y usaba sus estantes para los juegos de ciencia.

—¿Pero pensaba que me habías dicho que tu tía había redecorado estas habitaciones?

—Me refería a que cambió las camas, y creo que pintó las paredes de Glen. Acostumbraba tener afiches de planetas, la tabla periódica, y otros gráficos sobre ciencia. Veremos si todavía está decorado de esa forma. Tal vez Tía Julie quiera que revise mis libros y las cosas de Glen antes de hacer algo con ellos.

Mientras comenzábamos a salir, Carolyn dijo de repente, —Espera. ¿Qué es eso en tu almohada? ¿Tu tía te dejó una nota?

Seguí su mirada hacia el trozo de papel sobre la cama. Mis manos temblaban cuando lo tomé, el recuerdo de las notas con creyones me abrumaba.

—¿Qué dice? —Carolyn se asomó sobre mi hombro mientas lo abría.

Lo leí rápidamente y lo doblé de nuevo. —No es nada.

—Sarah. —Su voz era insistente. —¿Por qué me lo ocultas? ¿Qué sucede?

Sabía que no se rendiría hasta que le dijera todo, así que le comenté sobre Glen y su juego favorito así como sobre el mensaje de texto que recibí durante el viaje.

Mientras hablaba, la expresión de Carolyn se hizo seria. —¿Por qué no me lo dijiste antes? Alguien está pretendiendo ser tu hermano muerto. Necesitas descubrir quién es y por qué lo hace.

—Pensaba llamar al número del que envió el mensaje o enviarle otro mensaje y esperar por una respuesta. ¿Qué piensas? —Se sintió bien confiar en mi amiga.

—Te diría que lo ignoraras, pero ahora que has recibido una nota física, es obvio que alguien aquí es responsable de esto. Por favor déjame verlo.

Se lo entregué, y ella leyó el corto mensaje, escrito con creyones. —Envía a Madre a casa.

—¿Qué significa esto? Tu madre ni siquiera ha llegado aquí.

Me encogí de hombros. —Desearía saberlo, Carolyn. No puedo siquiera comprender cómo Tía Julie convenció a Mamá para que viniera. Ella no ha puesto pie en este lugar en veinte años. Nunca habla de la posada y siempre me hace callar cuando trato de hacerlo. Tampoco estoy convencida de que se recuperara de su crisis de nervios posterior a la muerte de Glen. Es casi cruel que mi tía la traiga de vuelta aquí.

—No solo es cruel, también es peligroso.

—¿Piensas que estas notas son amenazas, no una broma enfermiza que alguien está haciendo?

Me devolvió el papel. —Yo no lo botaría a la basura, Sarah. No estoy segura de que tenga huellas dactilares, pero si ocurre algo más sustancial, tal vez quieras llamar a la policía.

—Primero necesito mostrárselo a Tía Julie.

Carolyn me miró. —¿Cómo sabes que no es ella quien lo está haciendo? Es quien tiene más acceso a tu habitación, y es posible que también tenga el teléfono de Glen. Dijiste que ella revisó sus cosas en su apartamento de California.

—Eso no tiene sentido. ¿Por qué dejaría una nota diciendo que enviara a mi madre de vuelta a casa cuando fue ella quien la invitó a venir aquí?

—Sé que es extraño, pero sigue siendo una posibilidad. Además, tuvo que ser Wanda o Russell. No imagino a Russell haciendo esto.

La forma en que ella pronunció su nombre confirmaba que se sentía atraída hacia su antiguo amigo. —¿Por qué tengo la sensación de que te gusta Russ?

Nunca había visto a Carolyn sonrojarse antes, pero sus mejillas se enrojecieron con mis palabras. —Debo admitir que es bastante guapo, y tenemos algo en común. Espero que este bromista no acorte mi visita porque me gustaría pasar tiempo con él. Me fijé en su mano, y veo que no lleva un anillo de bodas.

—No te ilusiones, Carolyn. Aunque esté soltero, es posible que esté saliendo con alguien, y solo esté aquí para trabajar en su libro. También tendrías que pensar en Jack.

Se rió. —Te lo dije, Jack y yo no vamos en serio. ¿Y qué hay de Derek? Todavía estás planeando llamarlo, ¿no es así?

Suspiré. —Sí. Pero quiero hacerlo a solas. Por favor, comprende.

—Claro, pero ¿qué vas a hacer sobre esa nota y el mensaje de texto?

—Nada en este momento. Guardaré la nota, como me recomendaste. Podría hablar con Tía Julie sobre esto mañana si tengo una oportunidad. Mamá estará aquí, y no puedo hacerlo frente a ella.

Carolyn tomó el bolso que había dejado sobre una silla junto a la puerta y apoyó su mano en el picaporte. —Comprendo. Creo que puedo instalarme en mi habitación, pero cerraré la puerta mientras esté adentro. Si necesitas algo, toca la puerta o llámame al celular. Lo dejaré encendido. Tiene la carga completa.

—Está bien, —prometí. —No estaba planeando cerrar mi puerta con seguro, pero supongo que debería hacerlo con vista a esto. —Miré de nuevo la nota, la doblé, y la guardé en la gaveta de la mesita de noche.

—Buenas noches, entonces, —dijo Carolyn, abriendo la puerta para salir, —y buena suerte con Derek. Mantén la mente abierta cuando hables con él.

—Eso es lo que intento hacer, pero solo voy a avisarle que llegamos. Le diré que decidí regresar antes, para que tenga tiempo de sacar a su novia de la casa.

—Yo no le haría ese favor. Todavía no estoy segura de que alguien se esté quedando allí, pero si es así, es mejor sorprenderlo. Por más que odie que los encuentres en el acto, podría ser la mejor opción. —Se acercó a mí de nuevo y me dio un abrazo. —Recuerda, cuentas conmigo para lo que sea.

Sentí que las lágrimas se acumulaban detrás de mis ojos pero traté de no dejarlas salir. —Gracias, Carolyn. Eso significa mucho, y estoy de acuerdo contigo.

DE LAS NOTAS DE MICHAEL GAMBOSKI

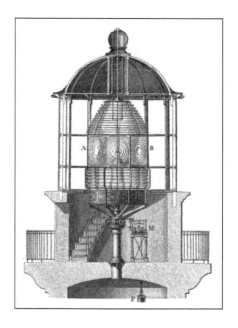

Salón de la Linterna con lentes Fresnel (Wikimedia Commons)
El Salón de la Linterna es una habitación cerrada con vidrio que se encuentra en la cima del faro y que contiene el sistema de iluminación. La Sala de Observación es la habitación que se encuentra debajo del Salón de

De las Notas de Michael Gamboski

la Linterna donde el encargado almacena el combustible y hace vigilancia. La Galería es la plataforma, caminería, o balcón que se encuentra en el exterior de la Sala de Observación y el Salón de la Linterna. Los encargados usaban la galería para limpiar por fuera las ventanas del Salón de la Linterna.

15

Vista al Mar: Veinte años atrás

Cuando se levantó, Sarah se sorprendió al encontrar a su madre sentada afuera en el porche y la cocina vacía. La Sra. Wilson siempre despertaba temprano incluso en los fines de semana, y su tía nunca tardaba mucho en alcanzarla. Sin embargo, era raro que su madre se levantara antes de las diez a.m. en cualquier día de la semana.

La casa estaba en silencio cuando bajó las escaleras sin siquiera molestarse en despertar a Glen. Todavía no había muchos huéspedes, pero esperaban algunos la semana siguiente para el feriado del Cuatro de Julio. Actualmente, solo estaba Michael. Había llegado el fin de semana pasado y dijo que tomaría un curso de verano que incluía un estudio independiente lo que significaba que no tenía que asistir a clases, sino que era más trabajo que ir a clases. Sarah lo dudaba mucho, y Glen quería saber si podías tomar un estudio independiente en tercer grado.

Sarah se reunió con su madre en el porche. Estaba aliviada de ver que este era lo que su padre llamaba unos de los "días sobria" de su esposa. No estaba muy segura de la definición de esa palabra; pero, en esos días, su madre se veía más bonita y joven, sus ojos estaban más claros y no rojos, y su voz era más suave.

—Buenos días, Sarah. —Sonrió cuando vio a su hija. —Es un hermoso día. Papá salió temprano de nuevo a trotar, y no quise perder el tiempo en la cama. ¿Sabías que tu tía tiene las aves más inusuales anidando en aquel árbol de olivo? —Señaló en dirección hacia uno de los robles que embellecían la entrada a la posada.

Sarah asintió. —Creo que Glen puede decirte sus nombres. —Recordó que su hermano pasaba toda la primavera observando aves antes de ir a la escuela, con su guía Audubon en su mochila.

Jennifer Brewster sonrió. —Apuesto a que podría hacerlo. Ven a sentarte a mi lado, Sarah. No tenemos mucho tiempo para conversar con la posada tan agitada.

Sarah tomó la mecedora junto a su madre. —¿Dónde están todos esta mañana, Mamá?

Su madre echó hacia atrás su cabello rubio miel que generalmente llevaba recogido en un moño. Sarah recordaba que su padre decía que eran hilos de oro comparado con el cabello cobrizo de Sarah y Glen. —La Sra. Wilson y tu tía fueron al pueblo para comprar las decoraciones para la fiesta de cumpleaños de esta noche. Recuerda, es el cumpleaños del Sr. Gamboski.

—Él deja que lo llamemos Michael, —la corrigió Sarah, —y, sí, recuerdo la fiesta. Tía Julie me dijo que sería una sorpresa. —Aunque su tía no celebraba el cumpleaños de todos los huéspedes de la posada, había mencionado a Sarah que este era un cumpleaños particularmente especial como cuando Sarah había celebrado en Octubre su cumpleaños número diez. Sarah sabía que Michael cumpliría veintiuno, pero no comprendía por qué era un cumpleaños especial porque no era un número par como diez, veinte, o treinta. Ni siquiera habían celebrado el cumpleaños de su madre cuando cumplió cuarenta en Mayo pasado, pero eso pudo ser porque lo había pasado en la cama con uno de sus "días no-sobria" y Papá se había disculpado con todos porque su esposa no se sentía bien y quería pasar el día sola.

—¿Hay algo de lo que quieras hablar, Sarah? —la pregunta de su madre la trajo de vuelta al presente.

—¿Por qué veintiuno es un cumpleaños especial, Mamá?

—En algunos estados, veintiuno es considerada la edad legal para hacer más cosas de adultos, Sarah. Señala el comienzo la adultez.

—Pensaba que eso era la pubertad. —Sarah casi se mordió la lengua después de dejar eso escapar, recordando que su tía le había hecho prometer que no mencionaría a nadie lo de "las aves y las abejas" que ella le había explicado a Sarah el mes anterior. Afortunadamente, su madre estaba de tan buen humor que no le preguntó a Sarah sobre su conocimiento de ese término.

—Eso es diferente, Sarah.

—¿Entonces qué cosas pueden hacer las personas que tienen veintiuno y no pueden cuando tiene veinte?

—No es lo que pueden hacer; sino lo que la ley les permite hacer.

Sarah no comprendía. —Si te refieres a conducir, puedes tener un permiso para conducir en Carolina del Sur a los quince y puedes votar a los dieciocho. —Recordaba eso de la escuela.

—Sí, eso es cierto, Sarah. Si eres menor a veintiuno, sin embargo, no puedes entrar en ciertos lugares en particular aquellos en los que se sirven bebidas alcohólicas. Las leyes varían entre los distintos estados.

Sarah digirió eso. —¿Eso significa que ahora Michael puede tomar escocés y ginebra como tú?

Notó cómo su madre se removió, y sus ojos grises se oscurecieron.
—Creo que es hora de que vaya para adentro, Sarah. Tu tía y la Sra. Wilson regresarán pronto. Tal vez puedas ayudarme a limpiar la cocina.

16

Vista al Mar: Tiempo presente

Después que Carolyn se marchó, cerré la puerta con seguro. Saqué la nota de la gaveta y la leí de nuevo. Lo que mi amiga argumentaba sobre los posibles sospechosos era cierto. Tampoco podía imaginar a Russ como el culpable, así que debía ser Wanda, pero ¿por qué? ¿Debía confrontarla? ¿Debía hablar primero con mi tía?

Todavía no tenía un plan definido, guardé la nota y tomé mi teléfono celular. Eran casi las once. No podía posponer más la llamada a Derek. Mientras lo buscaba en mi lista de contactos, me preguntaba si estaría en la cama con su joven amante cuando yo llamara. La idea casi me hace guardar el teléfono. Él me había dicho que esperaría mi llamada sin importar lo tarde que fuera. Tenía miedo de llamar a la línea de la casa de nuevo, así que seleccioné el número de su celular y contuve la respiración.

Respondió más rápido de lo que esperaba. —Sarah. —Suspiró con fuerza, pero no escuché a nadie en el fondo. —Estaba tan preocupado. Revisé el clima, y vi que tenían una terrible lluvia. ¿Está todo bien?

No podía creer lo preocupado que parecía, cómo se alegraba mi corazón al escuchar su voz. Traté de mantener la mía bajo control. —Estoy bien. Estoy en mi antigua habitación. Estuvimos conversando abajo por un rato. Hace veinte años que no veía a la mayoría de los otros invitados.

Derek dejó escapar un suspiro. —Estoy muy aliviado. Me siento terrible por no haber podido ir contigo.

Sí, claro. Nunca me había dado cuenta de que fuera tan buen mentiroso, pero descubrí que podía igualarlo al decirle, —Te dije que estaba bien. Comprendo que estés dictando un curso de verano.

—Termina en dos semanas. Estaba pensando en viajar hasta allá. Llegaría a tiempo para nuestro aniversario.

¿Por qué tenía que mentirme así? ¿Acaso pensaba que ya estaría cansado de su novia, o planeaba retractarse a última hora con una excusa? Me preguntaba si debía mencionar que regresaría con Carolyn para ese entonces, pero recordé su sugerencia para sorprenderlo. —Eso sería bueno. Mira, Derek, es tarde y estoy cansada por el viaje. Voy a acostarme a dormir.

—Dejaré que descanses, Sarah. Te llamaré mañana. Te amo. Te extraño.

Me preguntaba si había percibido la frialdad en mi voz cuando le dije que también lo amaba y extrañaba. Terminé la llamada antes que lo hiciera él, las lágrimas que había contenido de repente comenzaron a brotar. Carolyn me había aconsejado que mantuviera la mente abierta, y con todo mi corazón quería creer que el padre de mi hijo no me estaba engañando y que de verdad quería reunirse conmigo en la posada de mi tía cuando terminaran sus clases. Sin embargo, la parte lógica en mí me decía que sería ingenua de confiar en la honestidad de Derek y sus falsas promesas.

Sequé mis ojos con una toallita y tomé el teléfono de nuevo. Tenía una cosa más que hacer antes de irme a la cama. Necesitaba llamar a la persona que estaba haciéndose pasar por Glen. Si de verdad era Wanda, solo estaría llamando al Ala Oeste. Estaba decepcionada pero no sorprendida cuando entró directamente al correo de voz. Debía haberlo esperado, así como mi reacción cuando escuché a Glen diciendo que dejara un mensaje y que él devolvería la llamada. Mi corazón dio un salto al sonido de su voz. Glen nunca se comunicaría conmigo porque estaba muerto. Corté la llamada y envié un mensaje de texto en respuesta al que había recibido antes. "¿Quién eres? ¿Qué quieres?" Antes de presionar enviar, agregué, "Si no contesta, contactaré a la policía."

Después de verificar que el mensaje había sido enviado pero no leído, conecté el teléfono de nuevo al cargador y me cambié de ropa para dormir, mi mente llena de tantas preguntas.

Di vueltas durante media hora antes de levantarme para revisar el teléfono nuevamente. Vi que mi texto no había sido leído.

Sabía que no era la cama extraña lo que evitaba que durmiera sino mi mente que se negaba a descansar. Tuve la idea de que al concentrarme en algo distinto a mi situación me ayudaría, así que encendí la luz y fui hacia los estantes. Me dije que no importaría si leía una historia para niños, siempre que me distrajera de mis problemas. Mientras revisaba los libros, de repente noté uno que estaba invertido en el ordenado estante. Lo saqué para descubrir que era el diario que había perdido cuando tenía diez años. Lo llevé a la cama, preguntándome cómo me sentiría al leerlo después de tanto tiempo. Abrí la cubierta y encontré un boceto del Vista al Mar que no recordaba haber dibujado. A través del diario estaban mis dibujos garabateados junto con mis descripciones de las personas y eventos de 1996.

En lugar de leer desde el inicio, decidí elegir una fecha al azar. Hojeé las páginas hasta que mi mano se detuvo en una cerca del final, tenía fecha del 29 de Junio. Recordaba que ese había sido el día que celebramos el cumpleaños de Michael. Me recosté contra la almohada y comencé a leer mis recuerdos sobre la fiesta.

DE LAS NOTAS DE MICHAEL GAMBOSKI

Uno de los 124 faros de Michigan (Pixabay.com)
Existen faros en 31 estados. Los estados sin faros incluyen a Arizona, Colorado, Iowa, Kansas, Montana, and Nevada. El estado con más faros es Michigan (124).

17

Vista al Mar: Veinte años atrás

Wanda dejó que Sarah y Glen ayudaran a decorar la torta de cumpleaños de Michael después de enfriarse. Dado que a Glen no se le daba muy bien con el glaseado, Sarah fue elegida para usar el cuchillo de mantequilla para untar la cubierta blanca sobre la torta de chocolate. Le costó mucho resistir la tentación de lamer la crema de mantequilla, pero Wanda estaba vigilando, sus ojos transmitían una secreta advertencia. El trabajo de Glen era colocar en un círculo los pequeños faros y botes que Tía Julie había encontrado en una tienda de artesanía. La Sra. Wilson ya había escrito 'Feliz Cumpleaños Michael' con glaseado azul claro en el centro y agregó velas con la forma de los números 2 y 1 detrás de las felicitaciones.

El padre de Sarah estaba inflando los globos mientras su madre colgaba los que ya estaban inflados alrededor del patio porque la fiesta sería en la parte de afuera en la cálida noche de verano. Tía

Julie había encontrado en el ático un juego de luces y velas de citronela para mantener alejados a los mosquitos.

Todos estaban emocionados mientras esperaban al invitado de honor. Había salido después de la cena, como era usual, para trabajar en el faro. Siempre llevaba su cuaderno, libros de la biblioteca, bolígrafos y una cámara en un bolso que Sarah consideraba la versión adulta de su mochila. Pasaba alrededor de dos horas todas las noches en el faro, terminando alrededor de las ocho. Ocasionalmente, dejaba que ella y Glen lo acompañaran para ayudarlo en su investigación. Esta noche no los había invitado, y se alegraban porque querían ayudar a preparar la fiesta.

Una vez que todo estuvo en su lugar, la Sra. Wilson se ofreció para vigilar y avisarles cuando viera que Michael se acercaba. Se coloco junto a uno de los robles al final de la entrada, una delgada silueta con un vestido floral que Sarah no le había visto usar nunca antes.

Fue difícil para Sarah quedarse tranquila pero fue incluso más difícil para su hermano. Su madre continuaba colocando un dedo sobre sus labios y les decía que se calmaran. Wendy no necesitaba que se lo recordaran porque era de naturaleza tranquila. Ella había colocado todos los regalos de Michael sobre una mesa en la esquina como su madre le había indicado y permanecía de pie cuidándolos. Incluso los niños le dieron regalos a Michael. Sarah había contribuido con una libreta; Glen con un pisapapeles del museo de ciencias; y Wendy con unas galletas que ella y su madre habían horneado junto con la torta. Sarah no sabía qué contenía el paquete más grande decorado con faros ni tampoco el mediano que tenía botes. Solo sabía que su padre le daría a Michael una tarjeta de regalo de la librería y Tía Julie había comentado que había encontrado la camisa perfecta que creía le encantaría a Michael. Sarah también observó una pequeña caja blanca sin envolver colocada detrás de una planta en la mesa de los regalos. Pensaba que no era uno de los regalos de Michael, pero se preguntaba por qué estaba allí.

Cuando a las nueve Michael no había llegado aún, el padre de Sarah propuso que fueran al faro para ver qué lo tenía entretenido. Aunque ya había terminado la escuela por el verano y Sarah, Glen y Wendy podían estar despiertos hasta tarde, todos estaban ansiosos por iniciar la fiesta.

Sarah observó que su padre se reunió con la Sra. Wilson al final del camino, quien al estar cansada de estar de pie, se había recostado contra el árbol. Sarah apenas podía distinguir sus siluetas en la creciente oscuridad. Tía Julie dudaba para encender las luces de afuera porque temía que arruinarían la sorpresa.

Aunque Sarah no podía verlos, escuchó sus palabras que llegaron hasta ella en la noche.

Escuchó decir a su padre. —Puedo ir a buscarlo. No me molesta.

—Eso es una tontería, —respondió la Sra. Wilson. —Es tarde y está oscureciendo. Regrese y espere con los demás.

—Podemos ir juntos.

—La Sra. Brewster podría necesitarme.

—Todo está preparado. Ella solo necesita esperar por Michael, pero ya es una hora tarde.

Sarah se preguntaba por qué sus voces se alzaban. ¿Estaban discutiendo? Entonces observó a la Sra. Wilson cruzar sus brazos y recostarse contra el árbol mientras su padre daba la vuelta y comenzaba a caminar en dirección al faro. Se había salido con la suya con la Sra. Wilson como generalmente hacía con su madre.

Sentí que pasó una eternidad pero probablemente no fueron más de veinte minutos o algo así antes de que ambos hombres volvieran por el camino. Uno junto al otro, eran casi de la misma estatura, pero el papá de Sarah era más corpulento que el delgado Michael. Aunque tenía suficiente edad para ser su padre, el Sr. Brewster estaba en buena forma. A los cuarenta y cinco, podía pasar por el hermano mayor de Michael.

La Sra. Wilson, que todavía estaba junto al árbol, se colocó frente a ellos. Estrechó la mano de Michael, lo llevó al patio donde Tía Julie encendió las luces en el momento exacto y todos se pusieron de pie y gritaron, —¡Sorpresa! ¡Feliz Cumpleaños, Michael!

Sarah no podía estar segura de si su expresión era de verdadera sorpresa, pero tan pronto como se hizo el anuncio, la Sra. Wilson lanzó sus brazos a su alrededor. Antes de soltarlo, le susurró algo al oído, pero las palabras no se pudieron escuchar por la conversación del grupo. La madre de Sarah fue la siguiente. Le dio un breve abrazo después de lo cual el Sr. Brewster estrechó su mano y le dio una palmada en la espalda. Glen, Sarah, y Wendy se reunieron a su alrededor cantando, "Cumpleaños feliz, cumpleaños feliz," pero la Tía Julie les dijo que dejaran la canción para la torta. Le dio a Michael un rápido beso en la mejilla y lo llevó a una silla.

—No sé qué decir, —respondió Michael. —Ustedes son tan amables. Gracias. —Bajo las luces que colgaban en el porche, Sarah se dio cuenta de que estaba sonrojado.

—No fue mi idea, Mike, —dijo el papá de Sarah. —Yo te hubiera llevado a un bar ya que ahora eres mayor de edad. —Miró hacia la cocina. —Culpa a mi hermana. Ella siempre tiene una excusa para una fiesta.

Tía Julie le dio un golpe en el brazo. —No te escuché quejarte, Martin.

—Ouch, —dijo el padre de Sarah en reacción al ligero golpe.

—¿Por qué Michael no abre ahora sus regalos? —sugirió la Sra. Wilson.

—Es una excelente idea, —dijo la madre de Sarah. Sarah notó que se había alejado del grupo que se había reunido alrededor de

Michael y estaba observando la botella de champaña sin abrir, que estaba en la mesa junto a otras bebidas.

Tía Julie dijo, —Dado que Wendy hizo tan buen trabajo organizando los regalos, tal vez Sarah y Glen quieran entregárselos a Michael. Sarah, ¿puedes traer el primer regalo, por favor?

Sarah y Glen se turnaron para llevar los paquetes envueltos para que Michael los abriera. El regalo de tamaño mediano era la camisa náutica que Tía Julie había mencionado. Era azul claro para que combinara con los ojos de Michael, con mangas cortas, cuello abotonado, y un faro en el bolsillo izquierdo del pecho. Después que Michael dijo cuánto le gustaba, el padre de Sarah le entregó un sobre con la tarjeta de regalo de la librería. Michael ya había abierto los regalos de Sarah, Glen, y Wendy, de forma que solo faltaba el regalo más grande. Sarah se lo acercó, preguntándose qué sería.

—Creo que necesitaré ayuda para abrir este, —dijo Michael.

—Tal vez primero debas leer la tarjeta, —sugirió Tía Julie.

Sarah observó que la Sra. Wilson se había acercado a la silla de Michael.

Michael abrió el sobre. Sarah logró ver una parte del interior de la tarjeta. Tenía la imagen de un faro bajo el sol del atardecer. Sarah consideró que le encantaría pintar así si su tía la enseñaba, pero tía Julie solo pintaba personas.

—Gracias, Wanda, —dijo Michael cerrando la tarjeta. Sarah se preguntó por qué no la leyó en voz alta, pero ya estaba rompiendo el papel plateado que envolvía el regalo. Sarah lo ayudó a quitar la cinta autoadhesiva del otro lado. La Sra. Wilson observaba con expresión nerviosa como si no estuviera segura de qué pensaría Michael de su regalo.

Cuando retiraron el papel, Sarah pudo ver por la foto en la caja que era un soporte para una cámara.

Mientras Michael lo sacaba, la Sra. Wilson dijo, —Pensé que podrías usar un trípode para todas esas fotografías que estás tomando.

—Es muy considerado de tu parte, —dijo Michael, y la Sra. Wilson apretó los labios. No parecía feliz por cómo había recibido su regalo.

—Ahora vamos a comer torta, —dijo Tía Julie.

—Me duele un poco la cabeza, —dijo la madre de Sarah saliendo de las sombras. —Por favor, discúlpame, Michael. Creo que debería irme a la cama. —Mientras caminaba hacia la puerta del patio, la Sra. Wilson la siguió. —Creo que iré contigo. Lamento no poder recoger todo, Sra. Brewster. Estoy muy cansada. Disfruta tu noche, Michael. —Miró a su hija. —Puedes quedarte si quieres, Wendy. — La niña asintió y se acercó a Sarah.

—Más torta para nosotros, —murmuró Glen mientras la Tía Julie encendía las velas y apagaba las luces.

Eran los tres niños y la tía de Sarah y su padre quienes permanecieron junto a Michael mientras soplaba las velas con los números 2 y 1 y la de la buena suerte que Tía Julie había agregado.

Cantaron mientras Michael cerraba los ojos y, con un suspiro, apagó las velas.

El padre de Sarah le dio una palmada en la espalda. —Buen trabajo. Espero que logres tu deseo.

Entonces Tía Julie le pidió a Sarah y Wendy que la ayudaran a cortar la torta para servirla en los platos de fiesta decorados con faros. El padre de Sarah abrió la botella de champaña y le pidió a Glen que sirviera limonada para los tres niños.

—¿No puedo probar eso? —preguntó Glen mientras su padre le entregaba a Michael la primera copa del burbujeante líquido.

—Sabes que eres demasiado joven, Glen, —dijo él, mientras su hijo hacía un puchero y tomaba uno de los trozos más grandes de torta.

La Tía Julie declinó la champaña y se unió a los niños tomando limonada. El padre de Sarah propuso un brindis para Michael en su cumpleaños veintiuno, y todos chocaron sus vasos.

Mientras la fiesta terminaba, Wendy se ofreció para ayudar a Tía Julie a recoger todo. Sarah y Glen entraron a la casa, y Michael y su padre continuaron tomando en el porche.

Arriba, Sarah notó que la luz debajo de la puerta de sus padres estaba encendida y comprendió que su madre todavía estaba despierta.

—¿Piensas que deberíamos ir a ver si Mamá está bien? —le preguntó Sarah a su hermano.

—Tú puedes ir si quieres. Yo me voy a la cama.

Sarah se dio cuenta de que Glen llevaba una servilleta doblada. —¿Qué llevas allí? No me digas que tomaste otro trozo de torta.

Él le sonrió con picardía.

—Tía Julie se enojará si encuentra grumos en el piso.

—Lo limpiaré todo. Te lo prometo. —Abrió su puerta. —Buenas noches, Sarah.

Sarah esperó hasta que hubo entrado y luego atravesó el pasillo para tocar a la puerta de sus padres. Tardó varios minutos, pero al fin su madre le dijo que entrara.

Sarah entró a lo que se conocía como la Habitación Jardín, la favorita de su madre porque daba al jardín de atrás. Las cortinas estaban cerradas, por lo que la habitación estaba oscura. Su madre estaba sentada en la cama, una botella vacía a sus pies, toallitas arrugadas a su lado. Incluso en la sombra, podía ver que los ojos de su madre estaban rojos, una combinación de bebida y llanto.

—¿Estás bien, Mamá? —preguntó Sarah en voz baja.

—Estoy bien. Ahora ve a la cama. Es tarde.

Sarah no quería molestar más a su mamá al desobedecerle, así que se dio la vuelta para marcharse. Cuando colocó la mano en el picaporte, su madre le dijo, —Buenas noches, cariño. Gracias por ayudar con la fiesta. Lamento ser una aguafiestas.

—Está bien, Mamá. Sé que te dan fuertes dolores de cabeza. —Lo que Sarah sabía era que los dolores de cabeza generalmente seguían y no precedían episodios de bebida.

De regreso a su habitación, Sarah pensaba haber visto a la Sra. Wilson bajando las escaleras con su bata. Supuso que iba a buscar a Wendy y terminar de ayudar a Tía Julie para recoger todo. Había sido una fiesta interesante, pero Sarah pensaba que no había sido una fiesta feliz.

18

Vista al Mar: Tiempo presente

Levanté la mirada del diario. Junto con mis comentarios, había varios dibujos distribuidos entre las páginas, un dibujo de la torta de Michael, la tarjeta de cumpleaños que tenía un faro, mi madre sentada en la Habitación Jardín con una botella vacía en el piso y las toallitas a su lado. Observé el talento en la incipiente artista, aunque el dibujo de mi madre no era muy exacto. Tía Julie era la artista de retratos en la familia.

Estaba comenzando a sentirme lo suficientemente cansada para dormir. Devolví el diario al estante esperando leer más durante mi visita. Además de despertar recuerdos de mi infancia, podría darme una pista sobre lo que actualmente estaba sucediendo en el Vista al Mar.

Había apagado la luz y entrado debajo de las cobijas cuando escuché un ruido detrás de la puerta. Era como si rasparan suavemente la puerta. Entonces recordé al gato. ¿Recorría los pasillos en la noche o dormía con mi tía? Deslicé mis pies descalzos en mis pantuflas y abrí la puerta. No había luces encendidas en el pasillo, pero igual pude notar la forma del gato que me estaba mirando con sus brillantes ojos.

—Nos vemos de nuevo, Al, —dije inclinándome para acariciar su cabeza, pero se alejó rápidamente. Estaba a punto de cerrar mi puerta, cuando escuché otro sonido. Un sonido de pies arrastrándose en la habitación frente a la mía, la que antes era la habitación de mis padres. Hasta donde yo tenía conocimiento, esa habitación no estaba ocupada porque mi madre aún no había llegado. Antes de que pudiera revisar, alguien susurró mi nombre. Di un salto.

Era Russell en sus piyamas. —Lamento asustarte, Sarah. No podía dormir y estaba pensando en bajar las escaleras para buscar una última copa. Parece que tú tampoco has tenido suerte para quedarte dormida. ¿Quieres acompañarme?

Estaba consciente de mi camisón para dormir. Vacilé.

—Si tenemos suerte, Wanda dejaría algunas de aquellas deliciosas galletas. —Su sonrisa me hizo sentir más cómoda.

—Yo no quiero más galletas, pero te acompañaré. Un buen vaso de leche podría ayudarme a dormir.

Russell me dejó ir delante de él al bajar las escaleras. La casa estaba en silencio en la planta baja. Supuse que todos arriba estaban dormidos excepto por quien estaba en la habitación al otro lado del pasillo. Esperaba que fuera mi imaginación y que ese ruido solo fuera parte de los crujidos y gruñidos de la vieja casa.

Para deleite de Russell, todavía había algunas galletas cubiertas con un plato sobre la mesa de la cocina. Él se dirigió al refrigerador y sirvió un vaso de leche para cada uno. —Me siento como un niño comiendo galletas con leche antes de dormir, —dijo mientras se sentaba frente a mí.

—Gracias por servir mi leche. —Tomé un sorbo.

—¿Estás segura de que no quieres compartir las galletas?

Lo miré a sus ojos azules. Tal vez era lo tarde de la hora o mi recuerdo de nuestra amistad de la infancia, pero me encontré contándole todas mis preocupaciones de los últimos días. —Russ, han estado sucediendo cosas muy extrañas desde que llegué a Vista al Mar e incluso mientras venía en el camino.

Él arqueó una ceja mientras mordía una galleta. —Sabes que sé escuchar. Cuéntame qué está sucediendo, Sarah.

Suspiré y le conté todos los incidentes comenzando con el mensaje de texto y finalizando con el ruido en la Habitación Jardín.

—Hmm. —Lo consideró. —Suena misterioso y parece que alguien te está jugando una broma cruel. Deberías decirle esto a tu tía. —Hizo una pausa. —Por cierto, lamento mucho que mi papá y yo no pudiéramos ir al funeral de Glen. Estábamos de viaje en ese momento. Cuando regresamos y supimos las noticias, enviamos tarjetas de condolencias a tu madre y tu tía. Consideraba a Glen como un hermano menor porque yo no tenía uno.

Sentí que se formaba un nudo en mi garganta. —No sé quién está detrás de esto. Carolyn piensa que es Wanda, pero no tengo idea de por qué haría ella esto.

Él terminó su galleta. —Volvamos arriba cuando termines con tu leche. Quiero ver ese teléfono y la nota.

Russ me acompañó de regreso a mi habitación y luego cruzó el pasillo y abrió la Habitación Jardín indicándome que entrara con él. Encendió la luz y miró alrededor. Estaba vacía y un poco mustia, aunque noté que la ventana estaba un poco abierta para dejar entrar el cálido aire de la noche. También había una arreglo floral fresco junto a la cama.

—Parece que aquí no hay nadie, —dijo él luego de revisar las puertas cerradas del baño y el closet.

Miré en su dirección. La habitación me era familiar, la misma cama tamaño Queen de bronce con un cobertor con rosas y paredes en un tono rosado claro. Mi madre amaba esta habitación, viéndola como su oasis privado mientras que mi padre rara vez entraba excepto para dormir.

Russell abrió el armario. Casi esperaba ver la reserva de licor oculto de mi madre, pero estaba vacío.

—Tal vez tu tía estaba dando los toques finales a esta habitación para la llegada de tu madre mañana, —sugirió mientras salíamos de la habitación.

No creí en esa explicación, pero asentí como si lo estuviera considerando.

—Vayamos a ver qué está sucediendo en tu habitación, ¿te parece?

Asentí de nuevo sintiéndome ansiosa todavía.

Mientras entraba por la puerta con Russ detrás de mí, algo rozó mi pierna. Contuve un grito mientras daba un salto.

—Es solo el gato, —dijo Russ mientras Al se escabullía por el pasillo. —Debes haberlo encerrado cuando saliste.

—No. Él estaba en el pasillo cuando cerré la puerta. —Recordaba claramente haber visto a Al dirigirse hacia la habitación de mi tía.

Russell entró conmigo. —Muéstrame tu teléfono y la nota.

Fui a la mesa de noche para desconectar mi teléfono que había dejado allí cargando la batería y para buscar el mensaje escrito con creyones en la gaveta. El cable del cargador colgaba contra la cama, y la gaveta estaba vacía.

—Desaparecieron, —exclamé alzando la voz por el pánico.

—¿Estás segura, Sarah? Tal vez dejaste tu teléfono en otro lugar. Busca por allí.

—Lo tenía allí cargándose. —Señalé el cable suelto. —También estoy segura de haber guardado la nota en esa gaveta.

Russell levantó el cable del teléfono y pasó a mi lado para revisar la gaveta. Cuando me miró de nuevo, su rostro estaba serio. —Esto no es bueno, Sarah. ¿Tienes una aplicación de rastreo en tu teléfono?

—Sí, pero creo que la apagué.

—Si no lo hiciste, podría haber una forma para encontrarlo. —Sus ojos se cruzaron con los míos. —¿Tu esposo tiene esa aplicación en el suyo? Tal vez puedas llamarlo y ver si puede revisarlo.

Vacilé. Lo último que quería era hablar de nuevo con Derek. —No creo que funcione desde esa distancia, y no quiero molestar a Derek. Son más de las once. Probablemente esté dormido.

—Estoy seguro que no le molestará. Probablemente esté despierto pensando en ti. —Una sonrisa asomó a sus labios. De repente recordé el primer beso que había compartido con él cuando tenía diez.

—Sarah, —continuó, trayéndome de regreso al presente. —Incluso si no quieres llamar a tu esposo, creo que deberías despertar a tu tía y decirle lo que está sucediendo.

—Ella va a buscar a mi madre al aeropuerto temprano en la mañana. No quisiera molestarla a esta hora.

Me miró exasperado. —Está bien. Hagamos esto. Estoy en la Habitación del Faro. Es la primera habitación en el lado opuesto del pasillo.

—Recuerdo la habitación, Russ, —¿Cómo podía olvidarlo? Había sido la habitación de Michael. Glen, Wendy, y yo con frecuencia habíamos sido invitados allí para conversar con él, revisar sus libros de historia sobre los faros y Carolina del Sur, y mirar por la ventana al faro y los barcos que navegaban por el agua.

—Bueno. Si sucede algo más esta noche, no dudes en despertarme. Mañana te ayudaré a buscar tu teléfono, pero necesitas decirle a tu tía todo lo que has compartido conmigo. Si Wanda está detrás de esto, es necesario confrontarla.

—Sí, —estuve de acuerdo. —Gracias, Russ.

Me miró con cautela mientras salía de la habitación. Me preocupaba que pudiera despertar a Tía Julie para decirle todo, pero esperaría a que yo lo hiciera en la mañana como había prometido.

Después de cerrar la puerta con seguro, se me hizo imposible dormir. Continuaba pensando en Al escabulléndose para salir de mi habitación después de haber quedado encerrado por quienquiera que tomara mi teléfono y se llevara la nota de la gaveta. También pensaba en Derek. ¿Estaba durmiendo solo o con su joven amante? Alejé esos dolorosos pensamientos y me dirigí hacia el librero. Me sentí aliviada de ver que mi diario todavía estaba allí. Sabía que leer otro capítulo probablemente no me ayudaría a quedarme dormida, pero debía admitir que sentía curiosidad sobre cómo había descrito mi primer beso con Russell hacía tantos años. Busqué la página del 4 de Julio, dos semanas antes de que Michael presuntamente se lanzara de la torre del faro.

DE LAS NOTAS DE MICHAEL GAMBOSKI

Henry Wadsworth Longfellow (Wikimedia Commons)

Inquebrantable, sereno, inamovible, el mismo
Año tras año, a través de la noche silenciosa

De las Notas de Michael Gamboski

Arde por siempre, esa llama que no se apaga,
¡Brilla con aquella luz inextinguible!
(de "El Faro" por Longfellow)

19

Vista al Mar: Veinte años atrás

Sarah y Wendy ayudaron a Tía Julie a guardar la merienda en una cesta de picnic para ir a ver los fuegos artificiales. Le pidió a Glen y Russ que le ayudaran a llevar las sillas plegables para que los adultos se sentaran y una cobija grande para que la compartieran los niños. Glen le preguntó a su padre si podía llevar los binoculares y su papá había aceptado. La Sra. Wilson sugirió que también llevaran suéteres en caso de que hiciera frío. Ella se había colocado un abrigo de encaje blanco sobre sus hombros.

La Sra. Brewster se quedó en la puerta saludando al grupo que partía. El padre de Russell y Tía Julie iban al frente guiando al grupo hacia el faro. Michael ya estaba allá instalando el trípode que la Sra. Wilson le había regalado para tomar las fotos del evento.

Cuando se llegaron hasta donde él estaba en la amplia hierba frente al faro, Glen corrió hasta él y le preguntó si podía ayudarlo a tomar fotos cuando todo comenzara. Michael sonrió. —Claro. Puedes ser mi ayudante. Te mostraré cómo ajustar la luz de la cámara, para que podamos capturar los fuegos artificiales en el cielo nocturno.

El rostro de Glen se iluminó. Durante la semana pasada, había pasado tiempo en la biblioteca pidiendo al bibliotecario información sobre los fuegos artificiales, no solo qué eran sino cómo eran fabricados y la ciencia detrás de ello. Podía citar los libros y también las páginas de internet que el bibliotecario había encontrado en la computadora de referencias de la biblioteca para hacer consultas. Le había dicho a Sarah que los fuegos artificiales habían sido inventados por los Chinos hacía mucho tiempo y que habían sido usados en festivales para espantar a los espíritus malvados y atraer la buena suerte. Los fuegos artificiales fueron usados al principio de la historia de América e incluso fueron parte del primer Día de la Independencia. Se fabrican fuegos artificiales de distintos colores con distintos metales. A Glen le encantaban los rojos creados con litio, mientras que Sarah prefería los azules elaborados con cobre. Ambos disfrutaron de los brillantes efectos del aluminio. Sarah advirtió a Glen que aunque ahora supiera sobre la pólvora negra, el mortero, conchas, cargas de ignición, y fusibles, que eran parte de los fuegos artificiales, no debía pensar en fabricarlos porque podría ser demasiado peligroso. Glen prometió que no lo haría, pero dijo que deseaba tener una computadora en casa para buscar otros hechos de la ciencia. Su papá prometió que le compraría una para su noveno cumpleaños.

Sarah y Wendy extendieron la cobija de cuadros. Era delgada y no muy suave, pero era lo bastante amplia para los cuatro niños. Por experiencias pasadas, Sarah sabía que Glen no se sentaría allí. Preferiría estar de pie y volver locos a los adultos repitiendo lo que había aprendido sobre los fuegos artificiales. Aunque estaba cansada de escuchar los discursos de ciencia de Glen, había descubierto que lo opuesto era cierto cuando Russ hablaba sobre historia. Él no alardeaba sobre los hechos que conocía sino que comentaba detalles que a ella le parecían interesantes. Él había aprendido cosas de su padre que Michael idolatraba porque había sido de mucha ayuda en su investigación.

Mientras Glen se jactaba de que el espectáculo de fuegos artificiales se realizara en su faro, Sarah lo corregía señalando que el faro era propiedad del pueblo. Estaba en un lote de tierra separado de la posada, y el espectáculo no era solo para ellos como se hacía obvio por la creciente multitud de personas del pueblo y aquellos que habían viajado desde otras partes de Carolina del Sur para verlo. Sarah estaba feliz de que su padre hubiera insistido en que fueran temprano para poder ubicarse en un buen sitio para ver el faro y los fuegos artificiales que pronto llenarían el cielo a su alrededor.

Cuando las festividades comenzaron finalmente, la emoción así como el ruido subieron de nivel. Sarah veía a su hermano todavía junto a Michael en un pequeño grupo que incluía a su padre y a Wanda a un lado y el papá de Russell y Tía Julie al otro. Ella estaba tendida sobre su espalda mirando las estrellas que a Glen le hubiera encantado identificar si no hubiera estado tan ocupado jugando con la cámara de Michael. Wendy había estado recogiendo dientes de león y otras hierbas. A Sarah le preocupaba que su piyamada de esa noche fuera aburrida porque la hija de la Sra. Wilson no hablaba mucho.

—Mejor será que nos levantemos, —le dijo Sarah. —No podremos ver mucho tendidas en la cobija.

Wendy estaba entretenida tomando las flores y soplando sus pétalos mientras susurraba algunas palabras.

Sarah le insistió de nuevo. —Apresúrate. Nos perderemos del espectáculo.

Wendy se levantó finalmente para reunirse con ella a tiempo para la primera explosión de luz, un chorro de luz roja desde la cima del faro. —Estaba pidiendo un deseo, —dijo ella.

—Shhh, está comenzando, —Sarah le hizo hacer silencio mientras todos dirigían sus ojos hacia adelante y Michael accionaba la cámara.

El resto de la noche estuvo llena de color, sonidos, exclamaciones de asombro, y risas. Contra el cielo oscurecido, los fuegos artificiales brillaban con hermoso detalle. Las sonoras explosiones cubrían la música que los acompañaban que provenía de un CD. Aunque Sarah mantenía los ojos en el cielo, también observaba la multitud, observando a su familia y otros huéspedes de la posada que estaban observando el espectáculo. Michael le había permitido a Glen tomar algunas fotos, y los ojos de su hermano estaban llenos de emoción. La Sra. Wilson bailaba con la música mientras estaba al lado de Michael y el padre de Sarah. En algún punto, trató de persuadirlos para que se unieran a ella, pero ninguno aceptó. Sarah notó que Tía Julie observaba a la Sra. Wilson con disgusto mientras estaba sentada cerca del padre de Russell y tenía sus manos entrelazadas con las suyas.

Russell, quien se había separado del pequeño grupo para reunirse con Sarah y Wanda, susurró en el oído de Sarah, —Es por eso que esta noche me quedaré con tu hermano. —Él también estaba observando a su padre y Tía Julie.

Sarah, recordando su conversación adulta con la Tía Julie, asintió comprensiva.

Wendy, quien había escuchado las palabras de Russell a pesar del hecho de que su atención estaba concentrada en los fuegos artificiales, dijo, —Yo estoy en la habitación de Sarah porque mi mamá estará con su novio.

Sarah miró de nuevo a la Sra. Wilson meneándose junto a Michael y su papá, pero ambos parecían inmunes a sus encantos.

—No sabía que tu mamá tuviera novio, —dijo Russell.

Wendy sonrió y sacudió sus trenzas para dar una respuesta afirmativa.

—¿Quién es él? —preguntó Russell.

—No lo diré.

—No lo dices porque no lo sabes. Si tu mamá tiene un novio, ¿por qué nunca viene a visitarla en la posada y la invita a salir? Es como tu padre imaginario. —Aunque a Sarah le gustaba Russell, sabía que algunas veces podía ser cruel como los otros chicos de su clase en la escuela.

—No lo diré porque es un secreto. Mamá ni siquiera sabe que yo sé de él, pero los vi besándose. Espero que él se case con ella, pero no creo que ella pueda.

El corazón de Sarah comenzó a correr cuando observó a la Sra. Wilson sonriendo a su padre y a Michael, riendo de las cosas que ellos le decían pero que no podía escuchar por los fuegos artificiales. Tía Julie lo llamaría coqueteo. Sarah se preguntaba si la razón por la que la madre de Wendy no podía casarse con su novio era porque ya estaba casado con la madre de Sarah.

Cuando terminó el espectáculo de los fuegos artificiales con cohetes multicolor que Glen y Michael se apresuraron a fotografiar, Russell le preguntó de nuevo a Wendy, —Entonces, ¿quién es el novio de tu madre? Si no me lo dices, te haré cosquillas.

—No, Russell, —dijo Sarah. —Déjala tranquila, o se lo diré a mi tía. —La boca de Wendy estaba apretada parecido a cómo lo hacía su madre cuando quería contener las palabras.

Entre todos comenzaron a recoger las cosas. Glen cerró el trípode siguiendo las instrucciones de Michael después de entregarle la cámara. El padre de Sarah estaba ayudando a la Sra. Wilson a ponerse su abrigo de encaje sobre los hombros que ella se había quitado mientras bailaba. Tía Julie llamó a Sarah y a Wendy para que la ayudaran a recoger la basura que el grupo había dejado. Russell se reunió con su padre que estaba conversando con Michael. Sarah esperaba que no mencionara la conversación que había tenido con Wendy.

Mientras Sarah botaba lo último de la basura en un cesto que los organizadores habían colocando para ello, Russell la llamó, — Espera, Sarah.

Wendy lo miró cautelosa, retrocediendo a medida que él se acercaba.

—Si ya terminaste de ayudar a la Sra. Brewster, quería mostrarte algo antes de regresar a la posada. Está arriba en el faro.

La Sra. Wilson, Glen, Michael, y el padre de Russell estaban llamando e indicando a todos que se reunieran con ellos en el camino de regreso. Sin los fuegos artificiales iluminando el cielo, la noche se había oscurecido. Tampoco se veían las estrellas, por lo que Sarah estaba un tanto agradecida porque Glen habría comenzado a recitar un montón de hechos científicos de astronomía durante todo el comino a Vista al Mar.

Russell corrió de vuelta a su padre. —Papá, ¿está bien si llevo a Sarah después que todos se vayan? No tardaremos mucho.

El Sr. Donovan asintió. —Me parece bien, hijo, pero pregunta también al Sr. Brewster.

La tía de Sarah ya estaba junto al Sr. Donovan. —Está bien, Russell, pero tengan cuidado. Ha oscurecido mucho. Y, recuerda, te quedarás esta noche con Glen cuando regresen.

Los otros comenzaron a caminar colina abajo. Russell regresó donde Sarah mientras Wendy corría hacia su madre y se colocaba detrás de ella junto a Glen. La Sra. Wilson no se dio cuenta. Estaba caminando entre el padre de Sarah y Michael, todavía sonriendo mientras hablaba con ellos. Mientras caminaba, sus caderas se balanceaban. ¿Todavía estaba coqueteando?

Sarah también vio que su tía y el Sr. Donovan iban tomados de la mano mientras seguían a los demás. No extrañarían mucho ni a ella ni a Russell aunque se quedaran fuera toda la noche.

—¿Qué quieres mostrarme? —preguntó Sarah mientras Russell la llevaba hacia el faro. A medida que se acercaban, el olor a humo por los fuegos artificiales se hacía más fuerte, y ella comenzó a toser. —Espero que sea rápido. Huele mucho a humo por aquí.

Estaban solos excepto por las dos personas de mantenimiento que todavía estaban limpiando, con sus chalecos color naranja que decían "Ayuntamiento de Cabo Bretton."

Ella estaba sorprendida de que ninguno de los hombres dijera nada cuando ellos pasaron entre los arbustos que crecían a lo largo del camino que llevaba a la estructura de piedra. La puerta del frente del faro estaba cerrada porque el faro solo estaba abierto durante el día, aunque Michael tenía permiso para visitarlo después del horario con un pase especial y una llave.

—Supongo que tenemos que regresar, —le dijo Sarah a Russell.

No podía discernir su rostro en la oscuridad y se preguntaba por qué se acercaba a ella. —Está bien. No tenemos que alejarnos más.

Detrás de los arbustos, estaban ocultos de los hombres de mantenimiento, solos con el brillo incandescente del faro encendiendo y apagando su luz.

—Pensaba que querías mostrarme algo en el faro.

Russ se encogió de hombros. —No es necesario. Solo quería hablar contigo lejos de todos los demás.

Sarah sintió curiosidad. —¿Sobre qué?

—Ven aquí. —Russ deambuló por la arena hacia la playa y se dirigió a una de las grandes rocas que estaban dispersas por la orilla. Se sentó en una de ellas, con su espalda hacia ella por un minuto para mirar al mar.

Ella lo siguió todavía preguntándose qué tendría que decirle. ¿Se trataba de su padre y la Sra. Wilson?

—Sé por qué Michael ama tanto este lugar, —dijo mientras ella se sentaba a su lado en la roca. —Creo que viene aquí para estar lejos de las personas más que para su investigación.

La noche se estaba enfriando. Sarah no quería hablar sobre Michael. Quería ir a casa. Tal vez podría sacarle algo más a Wendy sobre el novio de la Sra. Wilson si hablaba con la niña en privado.

—¿Vas a decírmelo ya, Russ, o vamos a esperar hasta la mañana?

Russ se rió, y se escuchó un leve eco. Todavía podía oler los fuegos artificiales, pero el olor era más ligero, superados por el aire salado del océano.

—Lo siento, Sarah, pero esto no es fácil. —Tragó, y ella se dio cuenta de que él estaba temblando. Pensaba que tenía tanto frío como ella, pero entonces comprendió que él estaba nervioso.

—¿Algo está mal, Russ? —Ella sabía que su padre hacía esa pregunta cuando su madre estaba en unos de sus días no-sobrios.

Russell bajó la mirada y luego la miró a los ojos, su mirada azul era seria. —No, Sarah. Es toda esta conversación sobre novios y novias. Ni siquiera he besado nunca a una chica, y en realidad quiero saber cómo es. —En la oscuridad, ella pudo ver que sus mejillas se sonrojaban. —¿Estaría bien si hago la prueba contigo?

Sarah recordó lo que su tía había dicho sobre lo que debía y no debía permitir a los chicos con ella. Besar estaba bien, pero con frecuencia llevaba a otras actividades que podían hacer un bebé.

—Supongo que sí. —Su corazón latió un poco más fuerte mientras Russell acercaba su rostro al suyo. Ella cerró los ojos.

Sus labios se tocaron brevemente. Era como el revoloteo de las alas de una polilla, la suave dulzura de la piel de un durazno.

—Eso estuvo bien, —dijo Russell mientras se alejaba luciendo un poco aturdido.

Sarah asintió. Deseaba que hubiera durado más tiempo.

Los sonidos de la noche a su alrededor se hicieron más profundos, y un mosquito zumbó cerca de ellos. —Sí, me gustó. También fue mi primer beso.

—Los mosquitos están comenzando a salir. Volvamos a la casa. —Ella notó que él todavía estaba un poco rojo.

Mientras bajaban de la roca, Sarah dijo. —Creo que no deberíamos decirle a nadie sobre esto.

—No, por favor no lo hagas. Papá podría castigarme.

—Dudo que haga eso. ¿Sabes si va a casarse con mi tía?

Estaban frente a la roca mirando el faro.

—No estoy seguro. Me encantaría que ella fuera mi nueva madre.

—¿Recuerdas a tu madre? —Sarah sabía que la esposa del Sr. Donovan había muerto joven.

—No mucho.

Comenzaron a caminar de regreso. Cuando ya podían ver la posada, Sarah se detuvo.

—¿Qué sucede, Sarah?

—Russ, ¿tienes idea de quién podría ser el novio de la Sra. Wilson?

—Si lo supiera, no le hubiera preguntado a Wendy. —Sonrió con una mueca. —Además, no estoy aquí con tanta frecuencia.

Sarah lo consideró. Si su tía y el papá de Russell se casaban, Russ iría a vivir con ellos en la posada. La idea hizo que volaran mariposas en su estómago.

20

Vista al Mar: Tiempo presente

Desperté por el insistente golpeteo en mi puerta. Al principio, no comprendía dónde estaba pero rápidamente recordé que estaba en mi antigua habitación en el Vista al Mar. Mi diario estaba tirado en el suelo abierto en una página que había estado leyendo antes de quedarme dormida. Lo levanté y fui a abrir la puerta.

Carolyn estaba allí completamente vestida, sus ojos muy abiertos.
—¿Por qué tardaste tanto? Estuve tocando por una eternidad.

Dudaba que hubieran sido más de cinco minutos, pero mi amiga podía ser muy impaciente cuando tenía que esperar por algo. —Estaba dormida. Entra.

Carolyn entró en la habitación. —Nunca pensé que podría quedarme dormida, pero esa cama es muy cómoda, y debo haber estado verdaderamente cansada del viaje.

—¿Entonces supongo que no escuchaste nada anoche en el pasillo?

Carolyn pasó sus dedos por su cabello y tiró de su bufanda azul claro que combinaba muy bien con sus vaqueros y suéter de manga corta. —¿Me perdí de algo? ¿Sucedió algo? —Su rostro estaba lleno de preocupación.

Me dirigí al librero y guardé mi diario sin responder.

—¿Qué es eso?

—Mi diario de cuando vivía en el Vista al Mar. Lo estaba leyendo, y supongo que me ayudó a quedarme dormida después que alguien robó mi celular y la nota que te mostré.

—¿Qué? Oh, Dios mío. ¿Alguien irrumpió aquí? ¿Cómo pudiste dormir después de eso?

—Nadie irrumpió. El gato raspó mi puerta, así que la abrí y él salió corriendo por el corredor. Fui a seguirlo pero entonces escuché un ruido que salía de la habitación donde se hospedará mi mamá. Russell subió las escaleras y lo revisó, pero no había nadie allí. —Omití la parte sobre Russell y yo compartiendo galletas y leche.

Carolyn arqueó las cejas. —Qué malo que yo estaba dormida. Me hubiera encantado pasar el rato con Russell. Pero, continúa, ¿qué sucedió con tu teléfono y la nota?

Ignoré el comentario sobre Russell. Era obvio que le gustaba a Carolyn, pero la mayoría de sus relaciones comenzaban con una atracción física que se disipaba rápidamente. —Le conté a Russell lo que compartí contigo, y él quiso ver el mensaje y la nota, pero cuando entré en la habitación, ambos habían desaparecido.

—Qué extraño. —Carolyn caminó hacia donde el cable del cargador colgaba desconectado. Abrió la gaveta y miró adentro como los habíamos hecho Russell y yo y sacudió la cabeza. —¿Tienes idea de quién pudo llevárselos? ¿Viste a alguien en el corredor?

Comprendí que tenía que contar el resto de mi historia. —En realidad, Russell y yo habíamos ido a la cocina. Él pensó que un poco de leche y galletas nos ayudaría a dormir. Cuando regresé a la habitación, encontré a Al adentro, así que alguien definitivamente entró mientras yo estaba abajo.

Carolyn pensó en lo que le dije. —Me sorprende que no invitaras a Russ a quedarse para que te protegiera.

—Solo somos viejos amigos, y cerré la puerta con seguro.

—¿Y si quien se llevó tu teléfono tiene una llave?

—Solo mi tía tiene llaves para las habitaciones de la posada.

—¿Estás segura? ¿Qué hay de su ayudante, Wanda?

Pensé en eso. —Es posible, y sé que tú sospechas de Wanda, pero no tiene sentido para mí.

—Bueno, debe haber una razón. Supongo que hablarás hoy con tu tía. —No era una pregunta.

—Sí. Russell me recomendó que lo hiciera. —Miré el reloj en la pared. Eran casi las ocho, una hora más tarde de la hora que nos había dado mi tía para bajar a desayunar, así que pensé que ya se habría marchado. —Desafortunadamente, probablemente tenga que esperar hasta que regrese del aeropuerto.

—Otra cosa que tienes que considerar es que Derek no podrá contactarte. ¿Cómo resultó la llamada de anoche?

—Como lo esperaba. Él pretendió que todo estaba normal. Dijo que podría venir a reunirse conmigo dentro de dos semanas.

—Eso es maravilloso. —Los ojos de Carolyn se iluminaron, y yo me pregunté brevemente si era porque anticipaba pasar tiempo ininterrumpido con Russ si yo estaba esperando la visita de mi esposo.

—No lo sé. —Fui al closet para buscar algo que usar. Logré desempacar alguna ropa. —tengo la sensación de que la muchacha que respondió el teléfono en nuestra casa estaba con él anoche aunque no escuché nada, y él puede contactarme al teléfono de la posada, tiene el número.

—Recuerda, te dije que mantuvieras la mente abierta. —Carolyn se dio la vuelta. —Voy a bajar. Si queda algo de desayuno para quienes nos levantamos tarde, trataré de guardarte algo.

Saqué del closet un par de pantalones capri y una camisa manga corta en rojo, blanco y azul que había usado el Cuatro de Julio. —Muchas gracias. —En realidad la comida era lo último en mi mente.

Carolyn asintió mirando la ropa que había colocado sobre la cama. —Vístete. Pronto estarás comprando ropa materna.

Le di una suave palmadita en el brazo. —Te veré pronto abajo, Carolyn.

Me vestí de prisa, pero como sospechaba, para cuando bajé las escaleras, Tía Julie se había marchado hacía rato. Mientras entraba en la cocina, Russell, Carolyn y Wanda estaban sentados en la mesa conversando como viejos amigos tomando café y comiendo panecillos Sureños y las galletas que habían quedado de la noche anterior.

—Buenos días, —dijo Wanda cuando uní a ellos. —Toma asiento. Tu tía cambió de opinión y me pidió que preparara el desayuno esta mañana. Debe regresar pronto con tu madre, y entonces prepararé una comida caliente.

Me senté junto a Wanda observando que Carolyn había acercado su silla a Russell. Ambos parecían disfrutar la conversación que no incluía a Wanda. Carolyn leyó mi mente cuando dijo, su voz un poco melodiosa, —Russ y yo hemos tenido una agradable conversación mientras te esperábamos, Sarah. Es tan agradable conversar con un colega escritor.

Russell sonrió. —Sí, es bastante interesante, pero creo que Sarah tiene algo que preguntarle a Wanda.

Wanda arqueó las cejas mientras me acercaba la cesta con los panecillos. —Toma un panecillo, Sarah, y puedo traerte café si quieres. Estaré encantada de contestar tu pregunta.

No sabía cómo comenzar. Miré a Russell y a Carolyn en busca de apoyo y entonces narré la historia desde el comienzo con todo lo que me sucedió en camino a Vista al Mar hasta lo ocurrido la noche anterior. A lo largo de mi narración, Wanda permaneció en silencio, sus labios apretados de la misma forma que yo recordaba. Terminé preguntando, —¿Sabes algo sobre esto, Wanda? —No podía acusarla directamente, pero respiré hondo mientras esperaba por su respuesta.

—Debes hablar con tu tía, —dijo luego de una pausa. Sus ojos nunca dejaron los míos, y parecía sincera, pero yo no era muy buena reconociendo mentirosos. Mi propio esposo probablemente había estado acostándose con una mujer durante meses antes de que estúpidamente permitiera que ella respondiera nuestro teléfono y finalmente me alertara sobre la situación.

—¿Entonces no sabes nada? —preguntó Russ como si fuera un abogado o policía verificando la respuesta de un testigo.

—No, claro que no. ¿Por qué tomaría el teléfono de Sarah y dejaría esos locos mensajes?

Antes de que se pudiera decir nada más al respecto, se abrió la puerta del frente, y escuché las voces de mi madre y tía. No podía escuchar sus palabras exactas, pero estaban discutiendo. Eso sería normal desde luego, dado que Mamá y Tía Julie nunca fueron las mejores amigas.

—Parece que ya llegaron, —dijo Russell, poniéndose de pie. —Iré a ayudar a tu madre con su equipaje. También puedo sacar el resto de tus cosas de tu auto si me das tus llaves.

Había olvidado la tormenta que caía cuando llegamos. El día estaba soleado y caluroso. Los ventiladores soplaban por toda la casa.

Temiendo que alguien entrara de nuevo en mi habitación, había bajado con mi bolso para desayunar, así que busqué y saqué las llaves. —Gracias, Russ, —dije entregándoselas.

—Puedo ayudarte, —se ofreció Carolyn colocándose rápidamente junto a Russ como una sombra. Los seguí hasta la sala donde Tía Julie y mi madre todavía estaban discutiendo.

Cuando entramos los tres, finalmente hicieron silencio.

—Sarah, —dijo mi madre. Era más un reconocimiento que un saludo, sin abrir los brazos para un abrazo, pero yo la abracé de todas formas. Ella se separó fríamente. Noté que llevaba lentes de sol, una señal de que estaba ebria, posiblemente por demasiadas bebidas en el vuelo. Había ganado algunas libras desde la última vez que la vi el mes anterior. Desde que yo era niña, ella constantemente había luchado con su peso y había envidiado a Tía Julie que decía tener un "metabolismo rápido."

—No sabía que vendrías, —dije. —Conduje hasta aquí con Carolyn.

Madre asintió. No podía ver sus ojos detrás de los lentes. —Hola, Carolyn, —dijo. —Encantada de verte de nuevo. —Se volteó de nuevo hacia mí después que Carolyn respondió a su saludo. —Yo tampoco sabía que tú vendrías hasta el último momento, y sabes que detesto los viajes largos en auto, aunque volar no es mucho mejor. Se suponía que llegaría anoche, pero el vuelo fue retrasado. Fue todo un lío.

—Debió ser muy frustrante, —le dije. —¿Recuerdas a Russell?

Madre se volteó hacia donde Russ y Carolyn estaban ahora junto a la puerta a punto de ir a buscar las maletas. Ella bajó sus lentes en el puente de su nariz como si eso la ayudaría a ver mejor, e inmediatamente reconocí sus ojos rojos. Me preguntaba si habría empacado algo con alcohol y, si lo hizo, cómo la aerolínea lo había permitido en el avión.

—Oh, por Dios. Se parece mucho a Bartholomew.

Tía Julie hizo una mueca. —Russell es hijo de Bart, así que tiene sentido que se parezca a él.

Rezaba para que no comenzaran a discutir de nuevo por ese comentario, pero Madre la ignoró. —Bueno, creció para convertirse en un joven muy guapo.

—Gracias, Sra. Brewster.

—Por favor, llámame Jennifer.

De repente, mi madre notó a Wanda de pie en la esquina.

—Wanda Wilson después de todo este tiempo. ¿No me digas que mi cuñada te ha contratado de nuevo para trabajar aquí?

—Solo la estoy ayudando, —explicó Wanda. —Si tienes hambre después del vuelo, hay panecillos y galletas en la cocina, y prometí calentar luego los huevos y las croquetas.

—Estoy más cansada que hambrienta, gracias.

—Tengo la Habitación Jardín preparada para ti, Jennifer, —dijo Tía Julie, mirando hacia la escalera. —Russell subirá tu equipaje si quieres instalarte antes de bajar a conversar con nosotros.

Madre empujó sus lentes oscuros como si tratara de ocultar su disgusto por las palabras de mi tía. —Parece que has pensado en todo, Julie. —Pasó junto a mi tía y, mientras pasaba a mi lado, la escuché murmurar para sí misma, —¿Por qué acepté venir aquí?

Russell y Carolyn vieron que ese era un buen momento para ir a los autos por el equipaje. Wanda se escabulló silenciosa hacia la cocina. Quedé sola en la sala con Tía Julie.

Cuando ella estuvo segura de que mi madre estaba lejos y no podía escucharla, dijo, —La misma Jennifer de siempre. Debo aprender a ser más paciente con ella. Está sufriendo.

—Eso no significa que tenga que ser ruda contigo, —dije. —¿Podemos hablar un momento, Tía Julie?

—¿En la cocina?

—No. Hay algo que tengo que discutir contigo a solas.

Ella asintió. —Claro. Vamos a sentarnos en el patio. Es un día hermoso después de la tormenta de ayer.

Mientras salíamos, Al salió de su escondite y se unió a nosotras. Se frotó contra mi pierna ronroneando, y me incliné para acariciar su cabeza. Mis pensamientos estaban concentrados en lo que estaba a punto de decirle a mi tía.

Nos sentamos en las mecedoras una junto a la otra. El sol brillaba sobre los robles que bordeaban la entrada a Vista al Mar, y podía ver el océano y el faro en la distancia. Sería un lugar fabuloso para trabajar en los bocetos de Kit Kat, pero mi mente estaba en otra cosa.

—Me disculpo por guardar en secreto el haber invitado a tu madre, Sarah, pero esperaba que esta visita fuera una catarsis para ella.

—Esto no se trata de mi madre.

Al se acercó a mi tía, y ella acariciaba su cabeza mientras rodeaba la silla. —¿Entonces qué te tiene preocupada, Sarah? Trataré de ayudarte si puedo.

De repente comprendí que ella pensaba que yo le estaba confiando los problemas de mi matrimonio. Lo aclaré todo compartiendo con ella todo lo que le había contado a Carolyn, Russell y Wanda y también cómo Wanda había negado estar involucrada en lo ocurrido. Cuando terminé, su rostro reflejaba su preocupación. —

Desearía que me lo hubieras contado junto con llegar. Espera aquí. Hay algo que necesito mostrarte.

Regresó con un papel doblado que me entregó. —Encontré esto en mi buzón hace dos días.

Con dedos temblorosos, abrí el papel para encontrar el mensaje escrito con creyones. Gemí. —¿También recibiste una nota con creyón?

Mi tía asintió. —Iba a botarla, pero pensé que debería guardarla. Me alegra haberlo hecho. Tendré que hablar con Wanda en privado. Aunque niegue tener parte en esto, estoy de acuerdo con Carolyn en que ella es la única aquí que pudo haberlo hecho.

—¿Por qué? —le pregunté.

Mi tía miraba hacia el faro. —No sé, pero voy a descubrirlo, y recuperaremos tu teléfono, Sarah. No te preocupes. Sentía temor de que esto pudiera suceder. Cuando remueves el sucio viejo, es posible que descubras algo que alguien quiere mantener oculto.

Yo estaba impactada. —Tía Julie, ¿no te parece que esto está conectado con lo que sucedió en el faro hace veinte años?

Ella continuó mirando al frente mientras respondía. —Me temo que eso es lo que creo, Sarah. Volvamos adentro. Voy a llegar al fondo de esto, así que puedes disfrutar el resto de tu estadía aquí con tus amigos.

—¿Vas a llamar a la policía?

—No. —Se volteó hacia mí, sus ojos oscuros. —Puedo manejar esto. Si es Wanda, puedo encargarme de ella yo misma. Confía en mí, Sarah.

DE LAS NOTAS DE MICHAEL GAMBOSKI

Faro de Cabo Hatteras (Wikipedia)
Con una altura de 193 pies (por encima de la tierra), el Faro de Cabo Hatteras en Buxton, NC es el faro más alto de los Estados Unidos.

De las Notas de Michael Gamboski

El Servicio de Parques Nacionales permite a los visitantes subir al Faro de Cabo Hatteras a partir del tercer Viernes de Abril hasta el Día de Columbus. El ascenso es agotador, equivalente a subir las escaleras de un edificio de doce pisos.

21

Vista al Mar: Veinte años atrás

Cuando llegaron a la habitación de Sarah, Wendy se tendió sobre la camita que Tía Julie había colocado allí más temprano. Ella había traído su bolsa para dormir. Esta no era la primera vez que se quedaba en la habitación de Sarah. Sarah sabía que Wendy estaba acostumbrada a tomar turnos con ella para ir al baño a cepillar sus dientes y a prepararse para la cama. Sarah la dejó ir de primera y observó cuando regresó en sus piyamas rosadas, peinando sus trenzas de forma que su cabello cayera suelto sobre su pecho.

—¿Tu mamá también suelta su cabello en la noche?

—Sí. Generalmente nos ayudamos mutuamente.

—Siempre pensé que ustedes dos dormían con las trenzas. ¿Cómo lo arreglan en la mañana? —A Sarah siempre se le habían hecho difíciles las trenzas, pero su cabello no era lo bastante largo. Apenas podía recogerlo en una cola de caballo sin que se salieran los extremos cortos.

—No es difícil. Puedo enseñarte si quieres.

—Está bien. Gracias, de todas formas.

Sarah estaba a punto de ir al baño para su propia rutina nocturna cuando escuchó a su hermano y a Russ riendo en la habitación de al lado. Ella golpeó la pared que los separaba. —Cálmense, ustedes dos.

El ruido disminuyó, pero todavía podía escuchar sus voces, la voz de su hermano más alta que la de Russell. Dudaba que fueran a dormir aquella noche.

Después que Sarah usó el baño y salió para reunirse con Wendy, que ya estaba dormida abrazando su muñeca favorita hecha con hojas de maíz que había sido empacada en su bolso. Ella le había dicho a Sara que la había hecho con su madre quien le enseñó el arte. Parecía que nunca estaba sin ella.

Sarah estaba decepcionada. Había planeado preguntarle por el novio de su madre. Pensaba que se abriría con ella una vez que estuvieran a solas. Entonces Sarah tuvo otra idea. Podría descubrirlo por si misma si hacía de detective. Hacía un año, Glen había estado leyendo libros de detectives privados y programas de TV, distanciándose de su obsesión por la ciencia. Él la había reclutado para investigar cosas con él alrededor de la posada. Así fue como comenzó el juego de las pistas escritas con creyón.

Sarah recordó la forma en que había resuelto los casos. Apoyándose en el método científico de Glen, establecieron hipótesis que pensaban podrían demostrar. Un día había sido el hecho de que la Sra. Wilson usaba ropa interior negra. La razón por la que pensaban esto era que cuando Tía Julie organizaba la lavandería de la familia, a Sarah le habían dado un par de ropa interior de encaje negro. Sarah solo usaba pantis blancas de algodón. Las pantis negras podrían haberse mezclado con las suyas, pero Sarah no iba a devolverlas a la Sra. Wilson sin saber si le pertenecían a ella. Había otros huéspedes en la posada, y aunque ellos hacían su propia lavandería, siempre existía la posibilidad de que un artículo de ropa quedara en la lavadora o secadora y terminara en la carga de ropa de la familia.

Glen se había reído cuando Sarah hizo la sugerencia, pero se lanzó a ella y creó un plan de investigación. Él dijo que ella estaría encargada de entrar en la habitación de la Sra. Wilson cuando ella estuviera fuera y revisaría su gaveta de ropa interior para ver si las pantis negras combinaban con las que hubiera allí. Él vigilaría por la puerta y le avisaría a Sarah si veía o escuchaba a la Sra. Wilson regresando a la habitación. Entonces la mantendría ocupada hasta que su hermana pudiera escapar sin ser vista.

Sarah recordaba lo nerviosa que estaba mientras caminaban de puntillas por el pasillo. Era un Sábado en la mañana, y la Sra. Wilson había llevado a Wendy a sus lecciones en la escuela bíblica. Generalmente la dejaba allá y regresaba a la posada hasta que fuera hora de ir a buscarla. La clase solo duraba una hora y estaban a cinco minutos de distancia. Tan pronto como ella y Glen escucharon que se marchaban, se escabulleron de puntillas a la Habitación Durazno que estaba junto a la Habitación del Faro. Glen vigilaba la puerta mientras Sarah se escabullía hacia adentro. La Sra. Wilson tenía una cama doble con su cobertor color crema muy bien arreglada. Tía Julie siempre andaba detrás de Sarah para que arreglara su cama antes de salir de la habitación en la mañana, pero Sarah generalmente la dejaba sin arreglar. Había una foto escolar de Wendy en un marco sobre la mesa de noche junto al teléfono con un jarrón con flores de verano frescas del jardín de Vista al Mar. De lo contrario, la habitación estaba bastante desnuda. Sarah escuchó a Glen respirando afuera de la puerta. Sabía que él no quería que ella perdiera tiempo revisando la habitación, pero ella no había estado allí antes. A través de la puerta de comunicación, Sarah vio la habitación de Wendy. No era tan ordenado como el de su madre, pero no había juguetes ni ropa regados por todos lados como en la habitación de Glen. Sarah también tenía el hábito de dejar libros y sus materiales de dibujo en todas partes.

—¿Qué estás haciendo allí? —Escuchó Sara el susurro de su hermano desde el pasillo. Ella aceleró su búsqueda. Se acercó al tocador de la Sra. Wilson, de pino color claro con perillas de bronce que brillaban con pulitura. Había tres gavetas grandes. Sarah abrió cada una hasta que encontró dónde guardaba la Sra. Wilson su ropa interior. Era la gaveta del medio. Junto con pantis bien dobladas, la Sra. Wilson también guardaba sujetadores y camisones para dormir. Sarah notó que todo tenía encaje y que efectivamente, había varias pantis negras. Ella agregó la que había traído porque sería demasiado embarazoso llevarla para entregársela a la Sra. Wilson. Sarah se aseguró de doblara muy bien y de colocarla encima de la pila. Temía que la Sra. Wilson las contara, pero probablemente pensaría que la tía de Sarah fue quien la devolvió. Sarah se volteó y comenzó a dirigirse a la puerta cuando escuchó a Glen susurrar, —Viene hacia acá, Sarah. Dame cinco minutos para llamar su atención y sal de allí.

Sarah siguió sus instrucciones, abrió un poco la puerta para asegurarse de que la Sra. Wilson no estaba afuera. Glen debió desviarla hacia abajo o hacia el Ala Oeste.

Sarah se escabulló y se dirigió al comedor para ver si el desayuno ya estaba listo. Sentía la cabeza agitada con la emoción de haber completado su misión.

Ahora, al escuchar los ronquidos de Wendy, Sarah decidió crear su propio caso. Quería descubrir si su padre era efectivamente el novio de la Sra. Wilson. Como había hecho con Glen, Sarah hizo un mapa de su plan. Revisó la hora en su reloj Barbie que había dejado en su mesita de noche, Sarah vio que era casi media noche, lo bastante tarde para que la mayoría de los adultos estuvieran durmiendo.

Ella caminó de puntillas muy silenciosa asegurándose de que Wendy todavía estaba dormida. Mientras cerraba la puerta suavemente, se escuchó un ruido en la habitación de al lado, y Russell y Glen se reunieron con Sarah en el pasillo. Su hermano dio un salto, sorprendido de verla. —¿Qué estás haciendo aquí, Sarah? —susurró.

Ella debió saber que Glen reclutaría a Russ en su deambular nocturno por la posada.

—Creo que tú deberías responder la misma pregunta.

—Tú primero.

Sarah lo miró en su piyama azul de marinero de pie junto a Russ en su piyama verde de trenes. Sentía la urgencia para reír pero no quería despertar a nadie.

—Si debes saberlo, estoy en un caso.

Glen sonrió y la llamó por el apodo que odiaba pero que era solo para ocultar su interés. —Tonta Sarah. ¿No sabes que necesitas detectives asistentes en los casos? Afortunadamente, Russ y yo íbamos a embarcarnos en nuestra propia misión.

—¿Eso hacíamos? Yo pensaba que solo estábamos patrullando el pasillo, —dijo Russ, igualando sus susurros.

Glen le dio un leve golpe en el brazo. —Sí, así es, Detective Donovan. Íbamos a tratar de descubrir cuántos huéspedes nuevos hay en la posada esta noche.

Sarah estaba consciente de que un montón de personas se habían registrado para los fuegos artificiales del Cuatro de Julio y que otros más llegaron al día siguiente por el fin de semana, pero también sabía que la mayoría estaba en las habitaciones de abajo, aunque había varias habitaciones para huéspedes en el Ala Oeste.

—¿Y cómo piensas hacer eso, Detective Brewster? —le siguió la corriente.

—No voy a decírtelo, Tonta Sarah, a menos que nos digas en qué caso estás trabajando.

Se movieron un poco lejos de la Habitación Violeta mientras hablaban. Sarah vacilaba sobre revelar su idea y un poco avergonzada por su naturaleza, pero sintió que no tenía otra opción. —Bueno, detectives, —ella miró a ambos niños, —estoy tratando de determinar quién es el novio de la Sra. Wilson. Iba a preguntarle a Wendy de nuevo, pero se quedó dormida, y sé lo testaruda que puede ser sobre guardar secretos.

Glen asintió de acuerdo. —Está bien, entonces ¿cuál es tu plan para descubrir esta información?

Hasta entonces, Sarah había estado segura de qué hacer pero ahora se le hacía difícil explicarlo. No era porque los ojos muy abiertos de Glen estuvieran fijos en ella sino por la forma en que se sentía tímida cuando estaba cerca de Russ después de su beso.

—Iba a escuchar en la puerta de la Sra. Wilson, —explicó definitivamente. Si su padre era el novio de la Sra. Wilson, tendría que ir por la puerta junto a su habitación sin despertar a su madre lo que generalmente era fácil porque era medio sorda de un oído y usualmente dormía como un tronco, especialmente después de una de sus borracheras que Sarah esperaba tuviera esa noche.

Glen se rió, y Russ llevó un dedo a sus labios. —Shhh. Despertaremos a todos si no haces silencio.

—Lo siento, pero no puedo evitarlo. Tonta Sarah tiene un plan estúpido. Creo que deberíamos olvidar el nuestro y ayudarla. Cada uno de nosotros puede escuchar en una puerta diferente. Es la única forma de eliminar sospechosos.

Sarah vio cierto razonamiento en eso. Después de todo, era posible que el novio de la Sra. Wilson no fuera su padre. En ese caso, la Sra. Wilson podría estar en otra habitación.

—Está bien, —dijo ella, recordando mantener la voz baja. —Pero yo digo que limitemos la búsqueda al piso superior.

—De acuerdo. —Glen suspiro y se acercó a Sarah y a Russell. —Este es el plan. Sarah, tú revisa la habitación de la Sra. Wilson como originalmente querías hacer. Russ, tú revisa la primera habitación de huéspedes en el lado izquierdo del Ala Oeste, —señaló con la cabeza el lado opuesto del pasillo, —y yo revisaré la Habitación del Faro y la otra habitación de huéspedes.

—Eso no es justo, —dijo Sarah. —Te tocan dos habitaciones y Russ y yo solo tenemos una cada uno.

—Además, nadie va a revisar la habitación de la Sra. Brewster.

Glen sonrió con su sonrisa traviesa. —Todos sabemos lo que está sucediendo en esa habitación, Russ, pero para ser justos, puedes revisar la Habitación Jardín donde están nuestros padres mientras Sarah revisa la Habitación de Vista al Océano donde generalmente duermen tú y tu papá. Estoy seguro de que esta noche está vacía, pero nos iguala a dos habitaciones para cada uno. ¿Les parece bien?

Russell y Sarah asintieron, obviamente siguiendo la corriente al chico menor.

—¿Necesitamos un mapa? —Sarah se dio cuenta de que Glen llevaba una libreta en sus manos y tres lápices. —No creo que eso sea necesario, Glen.

Él desprendió tres hojas de papel y le entregó una a Sarah y a Russell junto con los lápices que Sarah se alegró de que tuvieran la punta afilada. —Pueden tomar notas si quieren. Espero que mi grabador no esté dañado. —Glen había dejado caer su regalo especial de tercer grado después de recibirlo varios días atrás, y su papá dijo que no lo reemplazaría porque Glen debía aprender a ser más cuidadoso con sus cosas. Había prometido hacerlo reparar si Glen lo pagaba con su mesada, pero no lo habían hecho todavía.

—Si continuamos hablando por mucho más tiempo, despertaremos a todos, —señaló Russell.

—Vamos entonces, —dijo Glen, añadiendo, —No reportaremos aquí. Recuerden las reglas. Sean tan silenciosos como puedan, no entren en las habitaciones, y, si los atrapan, digan iban al baño o que tenían hambre y querían algo de comer.

A Sarah le pareció gracioso que su hermano tomara esto tan en serio y que actuara como si fuera el líder aunque era el menor. Después de aceptar las instrucciones, ella y Glen se dirigieron al Ala Oeste mientras que Russ caminó por el pasillo hacia la puerta de la Habitación Jardín.

22

Vista al Mar: Tiempo presente

Cuando entraros de nuevo, Russell y Carolyn me dirigieron miradas interrogadoras como si quisieran saber lo que Tía Julie había respondido a lo que yo le había dicho. Wanda estaba en la cocina.

—Es una mañana hermosa, —dijo Tía Julie, —si alguno de ustedes desea aprovecharlo. Sarah, puedes colocar tu caballete y trabajar en el patio o en el jardín. Russell, tal vez puedas mostrarle los alrededores a Carolyn. Yo voy a ayudar a Wanda en la cocina. Tendremos un desayuno caliente para todos en media hora. Estoy segura de que Jennifer bajará y también se reunirá con nosotros.

No podía comprender la frivolidad de mi tía. Actuaba como si nada hubiera sucedido.

—Me encantaría ver los alrededores con este agradable clima, —comentó Carolyn, y noté la forma en que prácticamente agitó sus pestañas hacia Russ.

—Entonces demos un paseo, —dijo él. —Podemos conversar un poco más sobre Kit Kat. —Cuando pasaron a mi lado, murmuró, —supongo que va a hablar con Wanda. —Tía Julie ya se había ido a la cocina.

Asentí.

Carolyn sonrió. —Nos vemos luego, Sarah. —Ella no estaba interesada en lo que estaba ocurriendo

Me preguntaba si debería dibujar, como había sugerido Tía Julie, u ocultarme detrás de la puerta de la cocina y escuchar la conversación que tendría con Wanda como había hecho con Glen y Russ cuando éramos niños con nuestras orejas pegadas a las puertas de las habitaciones de los huéspedes. Decidí en contra de esa conducta infantil y subí las escaleras para ver si podía ayudar en algo a mi madre.

La puerta de la Habitación Jardín estaba cerrada. Toqué con suavidad. —Mamá, —la llamé. —¿Puedo entrar?

Pasaron varios minutos, y no estaba segura de que me hubiera escuchado. Sabía que la audición en su oído bueno se había deteriorado con la edad, de modo que toqué la puerta y le hablé más fuerte. —Mamá. Es Sarah. ¿Estás despierta?

Pensé que habría tomado una siesta después del vuelo, pero finalmente respondió, completamente despierta y más sobria de lo que pensé que estaría. —Estaba colgando mi ropa. —Abrió la puerta para que yo entrara.

Entré en la habitación. Las cortinas estaban abiertas para dejar entrar la luz del sol, y había flores frescas colocadas por Wanda sobre un pedestal blanco junto a la mesa. La habitación estaba tapizada con un diseño de rosas color crema. Siempre me había parecido un diseño antiguo. La maleta de mi madre estaba abierta sobre la cama tamaño Queen, la ropa dispersa sobre el cobertor con diseño floral. Tuve la impresión de que la habitación estaba decorada adecuadamente para su nombre, pero sabía que era por el jardín que se veía de sus ventanas.

—¿Puedo ayudarte en algo? —pregunté.

Madre sacudió su cabello platinado. Noté que sus raíces grises necesitaban un retoque. —No veo cómo, Sarah. ¿Por qué no te sientas? Podemos conversar un poco mientras desempaco.

Me senté en el sillón tapizado cerca de la ventana y miré hacia afuera. Vi a Russ y a Carolyn caminando entre las flores. Estaban concentrados en su conversación. Escuché parte de sus palabras flotar en la ligera brisa que llegaba por la ventana.

—Este jardín es hermoso, —dijo Carolyn. —Me encantaría sentarme aquí en uno de estos bancos y escribir.

—Deberías hacerlo, —dijo Russell. —Recuerdo que, cuando era niño, acostumbraba venir mucho aquí y pensar sobre cosas. Es un gran lugar para tener buenas ideas.

—¿En qué pensabas?

—Algunas veces pensaba en mi mamá. En realidad nunca la conocí. Murió cuando yo tenía tres años.

—Lo lamento mucho.

Los vi sentarse en un banco debajo del sauce llorón y frente a un pequeño estanque que mi tía me contó lo había agregado mi abuelo al jardín antes de que yo naciera.

—¿Sarah? —Me llamaba mi madre.

Me volteé. —Lo siento, Mamá. Mi amiga está en el jardín con Russ, y los estaba escuchando.

—¿Sabías que es de mala educación escuchar las conversaciones de otros? —Sonrió, y eso hizo ver su rostro tan bonito como lo recordaba de hace años cuando no estaba deprimida. —Tu amiga es muy atractiva. Creo que ella y Russ harían una buena pareja.

No estoy segura de cómo sentir al respecto. No quería que ninguno de ellos resultara lastimado.

—¿Puedes pasarme algunas perchas, por favor?

Me levanté y deslicé la puerta con espejo para abrir el closet. Al hacerlo, cayó un trozo de papel. Gemí.

—¿Qué sucede, Sarah? ¿Te golpeaste un dedo?

—No. —Tomé el papel tratando de pensar cómo ocultarlo de mi madre, pero era demasiado tarde.

—¿Qué es eso, Sarah? ¿Acaso tu Tía Julie me dejó una nota? Qué lugar tan extraño para colocarla. —Se acercó a mí antes de que yo pudiera abrirla. —Déjame ver.

No tuve opción excepto entregársela. Vi cómo cambiaba su rostro al leerla. —¿Qué clase de broma es esta? —preguntó enojada, pero sabía que no era conmigo que estaba molesta. —Esto está escrito con creyones como hacía Glen con su juego.

Mi corazón latió rápido. Recordé que la noche anterior había visto luz debajo de la puerta de la Habitación Jardín. —Madre, yo he recibido dos de esas y Tía Julie recibió una. Pensamos que lo hizo Wanda. Julie está hablando con ella en este momento. ¿Qué dice esa?

Mamá me miró, sus ojos oscuros inundados de lágrimas, su voz se ahogaba con las palabras, —Michael fue asesinado. —Colapsó en la cama, con sus manos cubriendo sus ojos. —Nunca debí venir, —murmuró. —Sabía que era un error.

DE LAS NOTAS DE MICHAEL GAMBOSKI

Faro de la Isla Hunting (Wikimedia Commons)
El Faro de la Isla Hunting en Carolina del Sur fue construido originalmente entre 1857 y 1859. Fue construido con ladrillos y se eleva a 95 pies de altura. Esta estructura reemplazó el buque faro en las costas de la Isla Sta. Helena. En 1861, el faro fue destruido por los Confederados para que la Unión no pudiera usar la luz en su contra. En 1875, se erigió

De las Notas de Michael Gamboski

otro faro en la Isla Hunting. Los ingenieros diseñaron la estructura para ser movible en caso de que el océano invadiera su territorio. En 1889, la estructura fue desmantelada y desplazada 1-1/4 milla al suroeste de su ubicación original. Tardaron cuatro meses de principio a fin.
(Información suministrada por Parques de Carolina del Sur)

23

Vista al Mar: Veinte años atrás

Sarah estaba emocionada cuando su padre les pidió a ella y a Glen que ayudaran con su equipaje a las personas que llegaran a la posada. El papá de Russell lo había llevado de pesca, y Wendy estaba en el jardín con su madre cortando flores para las habitaciones de los huéspedes. Aunque se suponía que los huéspedes no llegarían hasta las 3:00, muchos llegaron antes. Tía Julie estaba sorprendida de que no hubieran llegado más huéspedes nuevos el día anterior, pero estaba programado otro espectáculo en el faro para ese fin de semana al que probablemente querrían asistir los huéspedes. Mientras los huéspedes esperaban por sus habitaciones, Tía Julie los entretenía en la sala con té, galletas y duraznos frescos.

Mientras Glen subía el equipaje por las escaleras, el papá de Sarah le entregó las maletas para los invitados en la planta baja. Estuvieron solos por unos minutos y mientras el Sr. Brewster le entregaba tres maletas, ella dijo, —¿Puedo hacerte una pregunta, Papá?

—Claro, Sarah. Te vez un poco cansada, cariño. ¿Dormiste bien anoche?

Sarah recordó que había estado trabajando de detective la noche anterior pero no podía admitir que eso le había ocasionado los círculos oscuros debajo de sus ojos. —Bueno, me costó un poco quedarme dormida después de los fuegos artificiales.

El Sr. Brewster sonrió. —Imagino que tú y Wendy estuvieron despiertas toda la noche conversando.

En verdad, cuando Sarah regresó a la habitación después de compartir sus descubrimientos con los chicos, Wendy todavía estaba dormida abrazada a su muñeca, pero Sarah asintió para estar de acuerdo con su padre.

—Entonces, ¿qué querías preguntarme, cariño?

Se acercó a él en los confines del closet extendido que su tía consideraba el cuarto del equipaje, observando si alguien podría escucharlos. Cuando estuvo segura de que no había nadie, le preguntó, —¿Tú amas a Mamá?

Una mirada extraña apareció en el rostro de su padre. Ella se preguntaba si sería culpa, pero él rápidamente la cambió por una de curiosidad. —¿Por qué preguntas eso, Sarah?

—Quiero saberlo.

—Claro que la amo. Sé que algunas veces discutimos como cuando tú y Glen lo hacen pero eso no significa que no nos amemos. —Él mismo no parecía convencido con su propia respuesta.

—¿Se puede amar a más de una persona a la vez?

Su padre pasó la mano por su frente. No había ventiladores en el cuarto del equipaje, pero ella pensaba que él estaba sudando por otra razón. —Claro, Sarah. Yo te amo a ti, a tu mamá, y a Glen.

—No me refería a eso. —Bajó la mirada. —Me preguntaba si un hombre puede amar a su esposa y a otra mujer al mismo tiempo.

—¿Por qué estás haciendo esas preguntas, Sarah?

Se sobresaltó por la dureza en la voz de su padre, pero necesitaba saber la verdad porque la noche anterior no había demostrado nada.

—Solo quiero saberlo. —Lo miró a sus oscuros ojos enojados.

—Es posible que una persona casada, hombre o mujer, pueda sentirse atraído por alguien más pero si esa persona está enamorada de su esposo o esposa, no debería importar, —murmuró bajando la voz y mirando hacia la puerta, asegurándose de que no hubiera nadie cerca. —Mira, lleva esto a las habitaciones que dicen las etiquetas. Tía Julie se enojará si los invitados no reciben su equipaje a tiempo. —Le estaba diciendo que se marchara.

—En muchas ocasiones, —insistió ella, pero su padre ya había deslizado las tres maletas hacia ella y caminaba hacia la puerta. —Gracias por tu ayuda, Sarah. Voy a ver si mi hermana necesita algo de ayuda. —Su voz se escuchó serena, pero se dio cuenta de que el tono era fuerte. Lo observó alejarse y pensó sobre el dicho popular que tenía algo que ver con "dar en el clavo" y nada que ver con el dentista.

24

Vista al Mar: Tiempo presente

Sentí cómo crecía la rabia dentro de mí. Apretando la nota, le dije a mi madre, —Vamos a bajar. Voy a llegar al fondo de esto.

Me dirigí a la cocina, Madre venía detrás de mí llorando.

Al entrar en la cocina, el olor a papas, tocino, y café despertó el hambre, pero no dejaría que me desviara de mi misión.

Wanda estaba en la estufa tarareando mientras mezclaba algo en la sartén. Tía Julia estaba a su lado colocando rebanadas de pan en la tostadora.

—Oh, qué bien. Están ambas aquí, —dijo Julie. —El desayuno estará listo en pocos minutos.

—¿Qué sucede? —pregunté. —¿No hablaste con ella? —Mis ojos se enfocaron en Wanda quien continuó mezclando lo que tenía al fuego.

—Lo hice, Sarah, y ella no tiene nada que ver con esto. Conozco a Wanda lo suficiente para saber que está diciendo la verdad.

Ignoré el hecho de que estábamos hablando de Wanda como si ella no estuviera presente. —Pues definitivamente alguien sí lo está haciendo. Mira lo que estaba en el closet de Mamá. —Le entregué el papel. Wanda dejó de mezclar.

—Carolyn no podría haberlo hecho, y dudo que Russell sea responsable.

—¿Responsable de qué? —preguntó Russell, quien entraba por la puerta del patio con Carolyn.

—Bien. Ahora todos estamos aquí, —dije. —Lamento arruinar la comida, pero encontré otra nota. —Me volteé hacia Russ. —Esta dice que Michael fue asesinado. Mi tía se niega a aceptar que Wanda tiene que ser la que dejó estas notas, y no es una broma.

Madre colapsó en una silla y comenzó a sollozar de nuevo en sus manos.

Russ dejó a Carolyn para colocarse entre mi tía y yo. —¿Puedo ver la nota?

Tía Julie se la entregó.

—Tenemos que llamar a la policía. No has encontrado tu teléfono, ¿cierto, Sarah?

Sacudí mi cabeza.

—Dado que sabemos que es uno de nosotros, no hay razón para llamar a la policía, —dijo mi tía con firmeza. Wanda continuó mirando, con los labios apretados. Me preguntaba si su silencio sería evidencia de su culpa.

—Ha habido un robo, y estas notas pueden ser consideradas como amenazas. Si no llamas a la policía, lo haré yo. —Russ sacó su teléfono celular del bolsillo.

—No, espera. —Dijo Wanda finalmente. —Creo saber quién está haciendo esto.

Apagó la estufa y se volteó hacia nosotros. —Por favor, tomen asiento, y les explicaré. Es una larga historia.

DE LAS NOTAS DE MICHAEL GAMBOSKI

Faro McGulpin (Wikimedia Commons)
Un amor joven viene de nuevo, permanece adentro
Usa cada grieta de tiempo ya pasado.
De memoria todavía ágil
Para escalones abiertos, torre de hierro.
Torre-viento segura como una canción –
Una vez conocido y amado en décadas pasadas,
Los recuerdos son pura dicha –
Duran más, y más...

De las Notas de Michael Gamboski

(de La Carta de Amor a una Luz por Thelma Shaw—edad 98—propietaria del Faro McGulpin desde 1937 hasta mediados de los 1970. El Faro McGulpin está ubicado en la parte alta del Lago Michigan cerca de la Ciudad Mackinaw.)

25

Vista al Mar: Veinte años atrás

Sarah, Glen, Russ, y Wendy estaban en la habitación de Michael. Había llegado a la posada la semana anterior llevando una mochila llena de libros, ropa, binoculares, y una cámara. Le había dicho a Tía Julie que estaba estudiando historia en la Universidad de Cabo Bretton y estaba haciendo una investigación sobre los faros durante el verano. Pensó que Vista al Mar sería un lugar ideal para pasar varias semanas, para poder estudiar el faro de cerca. Había llegado el día después que otro estudiante universitario había renunciado repentinamente a un empleo a medio tiempo como botones en la posada. El padre de Sarah se había molestado por eso, pero resultó bien para Sarah y Glen porque consiguieron el trabajo de llevar el equipaje a las habitaciones de los huéspedes.

Glen tomó un interés especial en Michael, y todos ellos estuvieron encantados cuando el joven los invitó a su habitación. La Habitación del Faro era la favorita de todos porque tenía una excelente vista del faro.

Glen, en modo detective muy activado, estaba examinando los objetos que Michael tenía en su tocador. Había una foto suya con sus padres, una pareja de edad media a ambos lados el día de su graduación; una concha marina grande que Michael usaba como pisapapeles; un libro ilustrado del tamaño de una mesa con fotos de faros, y una llave con un cordón rojo que le había dado el ayuntamiento para abrir el portón.

—Mi papá también ha escrito sobre faros, —dijo Russ, sentado en la cama con el cobertor de diseño náutico. —Es parte de los libros de historia que escribe sobre Carolina del Sur. —Russ estaba muy orgulloso de su padre.

Michael sonrió y empujó sus lentes sobre su nariz. —Tu papá me ofreció su ayuda, y estoy muy agradecido por ello, Russell. Probablemente lo entreviste la próxima semana.

Sarah y Wendy miraban por la ventana. —Esta vista es la mejor de toda la posada, —dijo Sarah.

—Sí, no hubiera podido pedir una habitación mejor que esta. ¿Cuánto tiempo ha sido tu familia la propietaria de este lugar, Sarah?

—Desde siempre, —respondió. —Era de nuestros abuelos antes de que se mudaran para aquel lugar para personas mayores en Florida.

—Se llama casa de cuidado, —la corrigió Glen. Él se volteó hacia Michael al otro lado de la cama. —Después que se mudaron nuestros abuelos, Papá y Tía Julie se encargaron de todo, pero a nuestra mamá no le gusta mucho estar aquí.

—¿De verdad? —Michael arqueó un poco una ceja clara. —¿Por qué es eso?

—Mamá tiene sus cambios de humor. Creo que no sería feliz en ningún lugar.

—Glen, —le advirtió Sarah. —No hables así de Madre.

—Bueno, es cierto.

—¿Cuánto de tu reporte ya tienes escrito? —preguntó Russell, cambiando de tema.

—Estoy con el primer borrador, pero avanza lentamente. Ya he escrito sobre algunos otros faros a lo largo de la Costa Este, pero este es el primero que he tenido la oportunidad de explorar de primera mano. —Michael mencionó los detalles sobre su trabajo que a todos excepto a Wendy les causaba interés. Mientras los tres niños se reunían a su alrededor en la cama, abrió el libro sobre los faros de la Costa Este que había tomado de su tocador y les mostraba las fotos. Wendy permaneció junto a la ventana con su muñeca de hojas de maíz y observaba las olas que chocaban contra las rocas frente al faro. Algunos botes estaban navegando. Recordó que su madre le había dicho que su padre había sido un pescador, ¿o era un marinero? La historia cambiaba cada vez que la contaba.

26

Vista al Mar: Veinte años atrás

Después que se calmaron los susurros y las preguntas, Vista al Mar se hizo silencioso, pero era el silencio lo que hacía eco en los pasillos y en la parte de afuera. Glen le dijo a Sarah que el término científico para algo bajo la superficie listo para explotar era durmiente. Así se sentía la posada para Sarah una semana después de la muerte de Michael mientras caminaba con Wendy por el jardín. La Sra. Wilson no se sentía bien, así que Tía Julie le pidió a las niñas que cortaran flores frescas para reemplazar las mustias en algunas habitaciones. No sería una tarea demasiado difícil porque la mayoría de los huéspedes ya se habían marchado después que la policía terminara sus interrogatorios.

—Cuando terminemos, Sarah, ¿podemos ir al faro? —preguntó Wendy mientras cortaba algunas caléndulas con la tijera de podar que su madre le había dado. Sarah solo tenía una tijera normal y se le hacía difícil cortar los tallos más gruesos. Se sorprendió por la pregunta de Wendy. Todos en Vista al Mar evitaban el faro, y el Detective Marshall le dijo a Tía Julie que mantenían el portón cerrado y no permitirían visitantes hasta nuevo aviso.

—¿Por qué quieres ir allí? ¿Le preguntaste a tu madre?

Wendy sacudió la cabeza, y la ligera brisa agitaba sus trenzas. —No. Está enferma en cama con un fuerte dolor de cabeza. Dice que es una migraña. No se supone que la moleste.

Sarah cortó algunas petunias apretando fuerza las tijeras para cortar los tallos. —Creo que no nos dejarán ir más al faro sin un adulto. Puedo preguntarles a mi tía y a mi madre. Papá no está en casa.

Wendy se acercó a ella, sosteniendo las flores que había cortado. —No, —susurró mirando detrás de ella como si alguien estuviera escuchando. —Quiero ir solo contigo.

—¿Por qué? ¿Cuál es el gran secreto? —Sarah no comprendía. Wendy era del tipo de persona tranquila que generalmente se mantenía aislada cuando acompañaba a Sarah, Glen y Russell. Aunque nunca habían sido amigas exactamente, Wendy había comenzado a pasar más tiempo con Sarah desde el incidente en el faro. Sarah no podía comprender por qué, pero había rumores de que la Sra. Wilson estaba buscando un lugar en el pueblo y que ella y su hija se marcharían de Vista al Mar en Agosto.

—Yo quiero ir, —imploró Wendy, sus ojos marrones grandes y suplicantes. —Por favor, Sarah. Me lo debes. Limpié el piso de la cocina anoche cuando Tía Julie te castigó por preguntarle al Detective Marshall si era su nuevo novio.

Sarah recordó el incidente con vergüenza. Fue la primera noche que el detective había ido a la posada por una invitación personal. Tía Julie se había puesto un vestido de seda color lila con su cabello recogido. Incluso cuando el papá de Russell había venido a cenar, su tía no se había vestido tan bonita. El Sr. Donovan ya no era un visitante regular de la posada, y Sarah debía admitir que extrañaba a Russell. Aunque la oferta de una nueva amistad por parte de Wendy podría no ser sincera y probablemente durara poco, Sarah quería darle una oportunidad.

—Está bien, —aceptó, —aunque no podremos acercarnos mucho al faro. —Sentía curiosidad para ver el lugar de nuevo con los nuevos avisos y candados. Era un tipo morboso de curiosidad parecida a cuando alguien se detiene para ver un accidente de tránsito en la carretera.

Wendy le sonrió a Sarah mostrando el lugar donde le faltaban dos dientes en la parte de arriba de su boca. —Gracias. Llevemos esto hasta adentro. —Señaló las flores y, dando cortos saltos, se dirigió a la puerta de atrás, sus trenzas se balanceaban detrás de ella.

—No comprendo por qué quieres ir al faro y por qué necesitas que yo venga contigo, —le dijo Sarah mientras caminaban hacia la playa. —Podrías haberte escabullido sola.

—Sentía miedo de ir sola. He estado teniendo pesadillas con el faro.

—No te culpo. Ahora es un lugar escalofriante. Michael murió allí.

Estaban ante el portón, y Sarah vio el nuevo candado y el aviso que decía, "No Pasar. El Faro Permanecerá Cerrado al Público Hasta Nuevo Aviso."

—No podemos entrar, de todas formas.

—Sí podemos.

Sarah observó con sorpresa cómo Wendy comenzaba a subir por la cerca.

—Wendy, no. Baja. Nos meteremos en problemas. —Sarah había visto a la policía patrullando el área desde la semana pasada. Le sorprendía que no hubiera nadie por allí, pero estaba segura de que los hombres del Detective Marshall regresarían pronto.

Wendy la ignoró. —Sígueme. Apura. No tomará mucho tiempo. Necesito buscar algo.

En contra de su mejor sentido común, Sarah colocó su zapatilla a través de los agujeros en la cerca y se impulsó para saltar, cayendo a unos pies de distancia de Wendy. Poniéndose de pie y sacudiendo la hierba mezclada con arena de sus vaqueros, dijo, —¿Esto es todo lo que querías? ¿Qué perdiste?

Wendy sacudió su falda y miró a Sarah. —Quiero encontrar a Dottie. —Dottie era el nombre que Wendy le había dado a su muñeca de hojas de maíz. Sarah se dio cuenta de que últimamente Wendy no llevaba su muñeca, pero no sabía que estaba perdida.

—¿Cuándo la perdiste?

—No lo sé. No lo recuerdo.

—¿Por qué piensas que está *aquí*? No has venido al faro en mucho tiempo. —La última vez que Sarah había estado en el faro fue con Glen cuando encontraron a Michael. Wendy no había estado con ellos ese día. Sarah trató de recordar cuándo había visto por última vez a Wendy con Dottie, pero la semana pasada había sido una locura tal que no había prestado atención a cosas menores como una muñeca.

—Supuse que tendría que revisar por si acaso. He buscado por toda la posada e incluso pregunté en la escuela bíblica. —Súbitamente se le llenaron los ojos de lágrimas. —Mamá prometió que me daría otra muñeca, pero no será lo mismo.

Sarah sabía cómo era cuando uno quería mucho un juguete. Nunca le gustaron mucho las muñecas, ella tenía una Minnie Mouse rellena que había traído de Disney World cuando ella y sus padres habían ido de vacaciones cuando tenía seis años. Ya era muy grande para dormir con ella y llevarla a todas partes, pero esa ratoncita todavía ocupaba un lugar especial en el tocador de su habitación.

—Está bien. Demos una mirada, pero debemos hacerlo rápido.

Wendy secó sus ojos. —Gracias, Sarah.

Las chicas revisaron el área alrededor del faro sin suerte. Sarah acabó la búsqueda primero. —No veo tu muñeca, Wendy, y uno de los oficiales que vigila este lugar para evitar que entren personas podría volver en cualquier momento, eso sin mencionar a la Tía Julie, cuando se dé cuenta de que no estamos allá.

Wendy todavía caminaba en círculos con los ojos fijos en el suelo buscando su muñeca con trenzas de hilo. Cuando Wendy se dirigió de nuevo a la cerca, se detuvo de repente. —Espera, Sarah. Hay un lugar más donde necesitamos buscar.

Sarah suspiró. —Hemos cubierto toda el área. ¿Dónde más podemos buscar?

—En el faro. —Wendy señaló la lúgubre estructura. Con nubes grises en el húmedo día de Julio, parecía un mal presagio para Sarah.

—Te dije que no podemos entrar allí. Las puertas están cerradas.

—Creo que sé de una puerta que no está cerrada, —dijo Wendy. —Es la entrada secreta que Glen nos mostró. ¿Recuerdas?

Sarah vació. Cuando ellos cuatro visitaban el faro, generalmente entraban por la puerta principal, pero Glen había encontrado una puerta trasera cubierta con óxido y un poco oculta por los arbustos muy crecidos.

—Está bien, Wendy. Vamos a hacerlo, pero si está abierta, solo daremos una mirada rápida.

Wendy asintió, corriendo alrededor del faro para llegar a la parte de atrás, sus trenzas se balanceaban mientras Sarah trataba de alcanzarla.

. . .

El interior del faro estaba oscuro y húmedo. Sarah sintió un escalofrío que recorrió su espalda a pesar del aire caliente que pegaba su cabello contra su cabeza. Cuando llegaron a la escalera, casi se arrepintió, pero no podía abandonar a Wendy que ya iba subiendo.

—¿No quieres buscar aquí abajo primero? —le preguntó.

—Podemos hacerlo de salida.

Sarah casi se cayó cuando se apresuró para ir detrás de Wendy. Intentó no recordar la última vez que ella y Glen habían seguido este mismo camino hacia la torre del faro.

Cuando llegaron a la parte más alta, Wendy se detuvo mirando hacia abajo desde la barandilla como lo había hecho Glen la semana anterior. Siete días habían cambiado tantas cosas en sus vidas.

Sarah vaciló antes de reunirse con Wendy, temerosa de ver de nuevo el cuerpo golpeado sobre las rocas de abajo.

—¿No estás buscando a Dottie? —Le recordó Sarah a su amiga.

—No está aquí, —dijo Wendy, su voz se quebraba como si fuera a comenzar a llorar de nuevo.

—Todavía no hemos buscado. —Sarah dio varios pasos hacia adelante.

—Ya busqué por todos lados. —Wendy se volteó. Su rostro tenía una expresión extraña. Una delgada sonrisa aparecía en sus labios, pero Sarah no podía discernir si era de felicidad o tristeza.

—Entonces vámonos de aquí, —le insistió Sarah. Lo último que quería era estar en este lugar donde los había golpeado la tragedia.
—Tía Julie ya debe estar llamando a la policía para buscarnos.

Wendy se rió. —Si llama al Detective Marshall, tomará el té y coqueteará con él. Él es todo en lo que ella piensa ahora.

Sarah quería defender a su tía, pero sabía que lo que Wendy había dicho era cierto. También estaba consciente de que la atracción de su Tía Julie por el detective era la razón por la que el Sr. Donovan y Russell ya no visitaban Vista al Mar.

—Igual tenemos que irnos a casa.

—Tú casa, no la mía. —Wendy daba la espalda a la barandilla, y Sarah vio la súbita imagen de ella volteándose y saltando como lo había hecho en la cerca hacía unos minutos.

—¿Es cierto que tú y tu mamá se mudarán al pueblo? —Era la primera vez que Sarah hacía una pregunta directa con relación a ese rumor.

—Sí, creo que en Agosto, y tu papá está diciendo que todos ustedes se mudarán de vuelta a Long Island. —Había algo en la voz de Wendy, y la sonrisa que se había asomado a sus labios ahora había sido reemplazada por labios apretados.

Sarah sospechaba que Wendy tenía razón. La otra noche, Glen le dijo que había escuchado hablar a sus padres. Le dio que su madre le pedía a su padre que considerara mudarse a Long Island donde ella había vivido antes de conocerlo. Glen agregó que su madre le pedía un nuevo comienzo, prometiendo alejarse de la botella y entrar a un programa de AA. Su padre accedía a trabajar más fuerte para mantener unida a la familia.

—Sarah, ¿puedo preguntarte algo? —Wendy todavía no se había movido de la barandilla.

—Claro, pero podemos hablar afuera. —Sarah estaba comenzando a sentirse mareada. Le sucedía en lugares altos, y Tía Julie decía que podía estar desarrollando miedo a las alturas.

Wendy hizo una pausa, y a Sarah le preocupaba que insistiera en quedarse, pero finalmente se rindió y caminó junto a Sarah hacia la escalera. —Está bien. Bajemos. Es escalofriante aquí arriba. Me hace recordar mi sueño.

Sarah se sintió aliviada de que Wendy se sintiera como ella. La siguió escaleras abajo y a través de la puerta. Cuando estuvieron en el aire húmedo fresco, Sarah dijo, —¿Qué querías preguntarme?

Wendy empujó hacia atrás sus trenzas mojadas. Sarah notó que una de las cintas amarillas que las ataban se estaba soltando. —¿Alguna vez has guardado algún secreto para tu mamá? —le preguntó.

Sarah pensó que era una pregunta inusual. No podía recordar ningún secreto en particular que hubiera guardado para su madre porque ellas no hablaban mucho. En su mayoría, guardaba secretos para Glen, pero sabía que él guardaba más para ella. —Tal vez, pero no puedo pensar en ninguno. ¿Por qué?

—Por nada. Solo curiosidad. —Wendy estaba revisando el suelo mientras caminaban alejándose del faro.

Sarah, mirando hacia la posada adelante, notó que había una patrulla policial. —Wendy, mira hacia allá. Necesitamos salir rápido de aquí.

Wendy levantó la cabeza y siguió la mano que agitaba Sarah. Corrió hacia el portón y saltó la cerca, Sarah iba detrás de sus talones. Corriendo a través del campo hacia Vista al Mar, las chicas respiraban con dificultad. No necesitaban apresurarse demasiado porque al entrar en la posada, escucharon a la Tía Julie hablando con el Detective Marshall. Estaban sentados en la mesa de la cocina tomando té con panecillos como Wendy había predicho.

DE LAS NOTAS DE MICHAEL GAMBOSKI

(foto cortesía de Wikimedia Commons)
Al pie del peñasco marrón desnudo,
Medio oculto en la arena arrastrada,
Con el mar como por mortaja
Y el gemido de las olas en el hilo
Sollozando un canto fúnebre en su lugar de descanso
Sé un secreto del naufragio y aflicción,
Descansa un mástil roto y algunas pobres maderas
Por los cuales como centinelas que cuidan una ciudad
Las gaviotas van y vienen.
(Del poema, "Secreto del Mar" por H.A.)

27

Vista al Mar: Tiempo presente

Aunque Wanda había pedido a todos que tomaran asiento, el grupo, excepto por Madre quien se sentó en la mesa, permaneció de pie en círculo. Carolyn se acercó a Russell. Tía Julie permaneció junto a Wanda como brindándole apoyo.

Wanda tomó aire y comenzó. —Se trata de mi hija Wendy.

La habitación estaba en silencio a excepción de los callados sollozos de Madre. Tomó una servilleta para secar sus ojos.

—¿Qué sucede con Wendy? —Preguntó Russ cuando el silencio se hizo demasiado largo. —No la he visto en años. Aunque sabía que ustedes dos todavía vivían en Cabo Bretton, nunca pensé en ir a visitarlas. Supongo que quería borrar los malos recuerdos de ese verano.

Wanda asintió. —Todos queríamos hacerlo. Pensé que Wendy lo había hecho, pero después que Sarah y su familia se fueron y Julie cerró la posada, Wendy comenzó a tener terribles pesadillas. Despertaba gritando pero no lograba recordar los sueños. La llevé con varios médicos incluyendo un psiquiatra, pero no han podido encontrar nada mal en ella. Le diagnosticaron conflictos de adolescente, pero siempre pensé que se relacionaba con el accidente de Michael. —Respiró hondo de nuevo y lanzó su trenza hacia atrás. —A medida que crecía, los sueños disminuyeron, así que me convencí de que los médicos podían haber tenido razón, pero parte de mí todavía sentía que el problema se basaba en Vista al Mar.

—¿Qué tiene eso que ver con lo que está sucediendo ahora? —preguntó Russell. Me di cuenta de que Carolyn se había acercado una pulgada más a él mientras yo me acercaba a la silla de mi madre. Ya no estaba llorando sino que escuchaba atentamente las palabras de Wanda.

—Ya estoy llegando a eso. Lo siento. —Wanda se apoyó en el mesón. El tocino y los huevos se estaban enfriando en la sartén. Había perdido el apetito por completo a pesar de que el aroma todavía llenaba la cocina e imaginaba que los otros estaban igual.

—Tómate tu tiempo, —dijo Tía Julie dirigiendo a Russell una mirada que le decía que esperara por el resto de la historia.

—No hay mucho más que decir excepto que parte de esto es mi culpa porque cuando Glen tuvo ese horrible accidente, llevé a Wendy conmigo a su apartamento para que me ayudara a recoger las cosas para Julie. Ella se ofreció para ir, pero debí comprender que despertaría sus recuerdos.

Pensé que de esa forma habían encontrado el teléfono de Glen, pero permanecí en silencio.

—Cuando regresamos a Cabo Bretton, —continuó Wanda, —Wendy estaba bien excepto que las pesadillas habían comenzado de nuevo. Había estado casada por un corto tiempo con un hombre a quien yo apenas conocía. El divorcio era reciente, y ella ahora estaba viviendo conmigo.

Escuché suspirar a Russell y supe que se estaba impacientando de nuevo. El movimiento de su pie era otra pista.

—Fue justo después que regresamos de Los Ángeles cuando comencé a encontrar las pistas.

Fui yo quien la interrumpió esta vez. —¿Estás hablando de las pistas escritas con creyones?

Wanda asintió. —Sí. Wendy comenzó a dejarlas por la casa.

—¿Qué decían? —le pregunté.

—Ahora no lo recuerdo, pero todas se relacionaban con el incidente de aquel verano en Vista al Mar. Le pregunté al respecto, y pretendió no saber nada. Entonces la encontré escribiéndolas, y se rió. Me respondió con voz de niño que ella era Glen y fue cuando insistí en que viera a otro psiquiatra. —Wanda tomó aire profundamente mientras Madre comenzaba a llorar de nuevo.

—La diagnosticaron con un desorden de personalidad.

—¿Como Sybil? —Carolyn habló finalmente junto a Russell.

—No. Es un desorden disociativo o desorden de personalidad, ese es el término técnico correcto. El psiquiatra explicó que Wendy tendría varios síntomas. Desarrollaría otra personalidad pero no asumiría la de otra persona.

—Yo quería protegerla, —continuó Wanda. —Es por eso que sabía que era una mala idea traerla a Vista al Mar cuando Julie me invitó. Tal vez ni siquiera debía aceptar yo, pero creo que parte de mí pensaba que encontraría aquí la respuesta que la ayudaría. —Secó sus ojos, y pensé que había comenzado a llorar como mi madre. Nunca había visto llorar a Wanda excepto por el día que le dieron la noticia sobre Michael.

Tía Julie trató de consolarla colocando el brazo sobre sus hombros, pero Wanda se alejó. —No. Esto es mi culpa. —Se volteo hacia mi. —Sarah, recuperaré tu teléfono o lo reemplazaré. Lo prometo.

—Espera un minuto, —dijo Russell. —Si lo que estás diciendo sobre Wendy es cierto, ella tiene episodios en los que cree que es el hermano de Sarah cuando era niño durante la época en que ella lo conoció. Después de todos esos episodios, ¿ella los recuerda?

Wanda asintió con la cabeza, agitando su trenza. Sus lágrimas se habían secado. —No. Creo que es parte de su condición.

—¿Generalmente cuánto tiempo duran estos eventos? ¿Una hora? ¿Un día? ¿Más de un día?

Antes de que Wanda pudiera responder, Tía Julie dijo, —Creo que Wanda ya ha tenido suficiente de este interrogatorio, Russell. Por qué mejor no dejamos que se calme y desayunamos todos antes de que se enfríe la comida.

Russell notó mi rabia que ahora se había convertido en incredulidad. —¿Eso es todo? Misterio resuelto. ¿Volvamos a las vacaciones? —Agitó sus manos para dar énfasis y luego se volteó hacia mi tía. —¿Sabe qué pienso? Pienso que ustedes planificaron todo este asunto de la reapertura de la posada para reunirnos aquí a los que estuvimos ese verano. Quería montar un teatro, para que nosotros actuáramos nuestras historias. La idea de la fiesta no se les dio, pero aún así no quieren quitar las decoraciones. Bueno, no me quedaré aquí para sus falsas reminiscencias de buenos tiempos pasados. — Dio la vuelta para salir de la cocina, y Carolyn lo tomó por el brazo.

—No, Russ, por favor. Está bien. La tía de Sarah no quería hacernos daño, y tampoco Wanda. Yo no estaba involucrada en lo que sucedió en aquel entonces, pero mirándolo desde el punto de vista externo, diría que hay cosas que necesitan ser resueltas aquí.

Sarah pensó que eso no calmaría a Russell, pero él no hizo el intento de continuar de salida.

Madre, quien había dejado de llorar, miró alrededor de la cocina. —Estoy de acuerdo con la amiga de Sarah, —dijo. —Creo que deberíamos quedarnos y enfrentar la verdad finalmente.

—Qué malo que no sigas tu propio consejo, Jennifer, —respondió Tía Julie.

Fue Wanda quien rompió la tensión que se sentía. —Voy a llamar a Wendy y veré si está en casa. Pensaba que estaría bien si se quedaba sola. Ha estado bien por unos meses, aunque perdió su trabajo. Mentí sobre su trabajo como secretaria en Charleston para excusar su ausencia.

—¿Ella sabía que vendrías a Vista al Mar? —preguntó Russell. Se volteó de nuevo. Me di cuenta de que la mano de Carolyn reposaba suavemente en su brazo como para retenerlo allí.

—No. No quise decirle. Le dije que visitaría unas amigas, pero es posible que lo dedujera. Nuestra casa no está muy lejos de aquí, y ella no conduce, así que imagino que caminó hasta aquí anoche, tomó el teléfono de Sarah, y dejó la nota.

—También tiene el teléfono de Glen, —dije. —Recibí un mensaje desde ese teléfono antes de llegar.

Wanda no pareció sorprendida al escuchar esto. —Me preguntaba qué había ocurrido. Cuando fuimos a empacar sus cosas, me lo encontré. Lo coloqué en la cama y fui a buscar cajas para empacar el resto de las cosas. Cuando regresé, no estaba. Le pregunté a Wendy si lo había visto, y ella dijo que no sabía. Pensé que tal vez había caído debajo de la cama. Revisé y no encontré nada.

—¿Estaba en un trance en ese momento? —preguntó Russell.

—No que yo me diera cuenta, pero los episodios generalmente son muy rápidos. En otras ocasiones, pueden durar un día o más. Ella no recuerda nada de lo que hace durante los episodios porque literalmente se convierte en el pequeño Glen.

—¿Por qué Glen y no yo? —pregunté. —No creo que ella y mi hermano fueran particularmente cercanos cuando éramos niños.

—¿Quién sabe? —Wanda se encogió de hombros. —Ciertamente la mente puede ser una herramienta muy extraña.

Yo sabía que Glen hubiera estado de acuerdo con eso, habiendo dedicado años al estudio de la psicología.

—Voy a llamarla. Siéntense, por favor. —Wanda se dirigió al teléfono en la pared de la cocina y marcó el número. Todos esperaron, de pie, pero noté que Madre y Tía Julie miraban a todos con animosidad.

Después de diez repiques, se activó la máquina contestadora.

—No responde, —dijo Wanda, colgando el teléfono.

—Podrías ir a verla, —dijo Tía Julie. —Ve a casa y mira si está allá.

—¿Qué pasa si está allá? —intervino Russell. —¿Alguna vez hace cosas peligrosas durante estos 'episodios'? —Utilizó el mismo término que Wanda.

—No. —Wanda sacudió la cabeza con vehemencia. —Ella no es peligrosa. No lastimaría a nadie.

—Pero estos mensajes deben significar algo, —agregó Carolyn. —¿Y si Michael de verdad fue asesinado?

Su pregunta hizo eco en la cocina sin respuesta.

DE LAS NOTAS DE MICHAEL GAMBOSKI

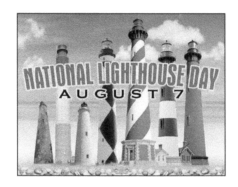

(Conservación de los Faros de Michigan, 2018)
Si los Faros tuvieran un cumpleaños, sería el 7 de Agosto cuando se celebra cada año el Día Nacional del Faro para conmemorar el aniversario del establecimiento federal del faro y el compromiso y servicio de aquellos que atendieron los faros durante generaciones.
Para el bicentenario del Servicio de Faros de los Estados Unidos en 1989, la Sociedad de Faros de los E.U.A. hizo una petición al Congreso para declarar el 7 de Agosto como el Día Nacional del Faro, la fecha en que en 1789 la Novena Acta del Primer Congreso, estableciendo el control federal de los faros, fue aprobada y firmada por el Presidente George Washington. La medida fue firmada por el Presidente Ronald Reagan

como Ley Pública el 5 de Noviembre de 1988 pero solo para esa fecha en 1989. Una declaración similar fue lograda en 2013, pero los esfuerzos para incluir esa fecha en el calendario nacional oficial no han sido exitosos. Las organizaciones de faros a través del país todavía invitan a celebrar el 7 de Agosto como el Día Nacional del Faro y lo ven como una gran oportunidad para paseos en los faros, programas y actividades, y una forma de conmemorar una parte de vital importancia para la rica herencia marítima de América.

28

Cabo Bretton, Carolina del Sur: Veinte años atrás

El Detective Donald Marshall estaba teniendo una mala mañana. Su alarma no había funcionado, por lo que oficialmente llegaría media hora tarde al trabajo lo que significaba que no tendría tiempo para desayunar o siquiera tomar un café hasta que llegara a la estación. Sus opciones eran omitir la comida y java o la ducha. No podía dejar de tomar una ducha rápida, rociando agua caliente que tardó una eternidad en refrescarse y, cuando lo hizo, se volvió tan caliente que tuvo que cerrar la llave de todas formas.

Al salir del baño, continuó con su rutina habitual de las mañanas a la velocidad del relámpago o tan rápido como su cansado cuerpo pudiera moverse. Acababa de cumplir cincuenta, y esperaba con ansia su retiro. Sus amigos en el Departamento de Policía de Charleston y Beaufort estaban celosos de él por lo que consideraban la tranquila vida de Cabo Bretton. Era cierto que en el pueblo casi no ocurría ningún crimen excepto por el ocasional robo de una bicicleta o un turista del Este que se pasara una luz roja en la calle principal. Con frecuencia lo confundía el porqué las personas en vacaciones tenían tanta prisa.

Se rasuró rápidamente, revisó su rostro en el espejo. Sus ojos azules estaban llorosos, su mandíbula cuadrada mostraba rastros de una barba incipiente, y su corte de cabello ya estaba un recorte. No era guapo, pero tampoco se consideraba feo. No tenía los mejores modales con las mujeres y por eso todavía era soltero después de su divorcio de Judy hacía diez años.

Mientras se ponía su pantalón y polo azul con el cuello abierto, sonó el teléfono. Ya debía haberse ido, así que vaciló antes de responder, pero algo lo hizo levantar el teléfono.

—Marshall, ¿dónde estás?

Era su compañero, Ted Loomis. —Sé que es tarde, Loom, —le dijo, llamándolo por el apodo que le había dado al joven. —Voy en camino.

—Espera. —La voz de Ted tenía una nota de urgencia que rara vez usaba. —No vayas a la estación. Ven directamente al faro. Tenemos un incidente aquí.

—¿Qué sucedió en el faro? —Donald imaginó adolescentes ensuciando con botellas de cerveza o tal vez marihuana, pero el pueblo había limpiado casi todo eso para las celebraciones con los fuegos artificiales dos semanas antes. Entonces recordó el estudiante que había estado por allá desde Junio trabajando en un reporte de la universidad. ¿Cuál era su nombre, Mike?

—Solo trae tu trasero para acá, —le dijo Ted y cortó la llamada.

Cuando tomó sus llaves de la mesa junto a la puerta, Marshall miró a su viejo Collie. El perro levantó su cabeza despertando cuando vio a su dueño, pensando que era hora de un paseo. Marshall sintió una punzada de culpa. Sabía que no tendría a Buddy por mucho más tiempo pero también sabía que buscaría otro perro para reemplazarlo, como lo había hecho toda su vida. —Lo siento, Buddy. Tendrás que perdonarme esta mañana, pero te dejé comida en tu tazón.

Espero que no haga pipí por todo el piso, pensó mientras salía de la casa dejando a Buddy gimiendo detrás de él. Si el perro lo hacía, sería su propia culpa por quedarse dormido. No era una buena forma de comenzar el día, y tampoco imaginaba lo que Loomis le había insinuado.

29

Vista al Mar: Tiempo presente

Tía Julie fue quien rompió el silencio. —Creo que las autoridades determinaron que la causa de muerte fue que Michael había saltado. Debió tener problemas, aunque lo disimulaba bien.

—¿Cómo supieron que había saltado y no que lo habían empujado? —preguntó Russell.

Mi tía hizo una pausa, tratando de encontrar las palabras apropiadas para responder. —Porque nadie hubiera hecho eso. Michael agradaba a todos. Además, no había evidencia de lucha. El Detective Marshall y sus hombres lo descartaron.

—El Detective Marshall. ¿No era ese el policía por el que usted dejo a mi papá, Sra. Brewster?

Tía Julie, generalmente tan controlada, desvió la mirada de Russ. —Tú solo eras un niño. ¿Cómo puedes recordar eso?

—Recuerdo a mi padre molesto, caminando dormido y llorando. Finalmente había aceptado la muerte de mi madre y estaba listo para comenzar una nueva vida con alguien más. Iba a proponerle matrimonio.

Yo estaba impactada. Aunque Bart Donovan había sido un visitante frecuente en Vista al Mar, nunca supe que tuviera algo tan serio con mi tía. Tal vez eso explicaba por qué, en los días que siguieron a la muerte de Michael, Bart y Russ se alejaron de la posada mientras el Detective Marshall interrogaba a mis padres y a Tía Julie, en particular, muchas más veces de lo que parecía necesario. Papá dijo que solo estaba haciendo su trabajo porque la policía tenía que hacer preguntas muchas veces para asegurarse de que las personas respondieran de la misma forma y así asegurarse de que estuvieran diciendo la verdad. Glen bromeaba diciendo que el Detective Marshall era un nombre cómico para un oficial de policía. Era como un quiropráctico que se llamara Dr. Bones o una abogado que se llame Sue Me. Pensaba que era incluso más cómico que el primer nombre del detective fuera Donald. Cuando él venía a la posada, Glen murmuraba, —El Detective Pato Donald está aquí.

—¿El Detective Marshall todavía vive en el pueblo? —preguntó Carolyn.

Mi tía se volteó hacia ella. —No tengo idea. Estoy segura de que ya debe estar retirado.

—Tal vez no haría daño buscarlo. Por lo menos deberíamos consultar a alguien sobre esto.

—No creo que eso sea una buena idea, —dijo Wanda, tomando asiento en la mesa junto a mi madre quien permanecía en silencio mientras las personas hablaban a su alrededor. Wanda parecía débil después de decir la historia sobre Wendy, como si eso le hubiera quitado toda su fuerza.

—¿Por qué no? —preguntó Carolyn. —Si todos ustedes estuvieron aquí ese verano y este Detective Marshall investigó la muerte de

Michael, tal vez él pueda ayudar a comprender lo que sucedió. Después de todo, sé que Sarah y Russell solo eran unos niños, y Wendy, también. Si ella no responde en su casa y anda por los alrededores de Vista al Mar, deberíamos buscarla.

—Creo que Carolyn tiene razón, —dije. —Aunque no sea peligrosa, Wendy podría terminar lastimando a alguien o a sí misma por accidente. Necesita ayuda profesional, y sé que si Glen todavía estuviera vivo, le recomendaría que buscara al médico adecuado. —Me acerqué a mi tía y me dirigí a ella directamente. —Tía Julie, si conocías bien al Detective Marshall, tal vez le alegraría ayudarnos. Comprendo que tú y Wanda no quieran ir a la policía, pero un policía retirado podría ser útil en el manejo de este tipo de situaciones.

Tía Julie consideró sus opciones. —Veré qué puedo hacer, pero es posible que se haya mudado fuera del pueblo o incluso que haya muerto. —Al ver su rostro mientras hablaba, tuve la impresión de que ella sabía exactamente dónde encontrar al Detective Donald Marshall.

DE LAS NOTAS DE MICHAEL GAMBOSKI
DE LAS NOTAS DE MICHAEL GAMBOSKI

(Alquiler para Vacaciones Point No Point)
Además de ser maravillosos lugares para visitar, hay algunos faros en los que puedes hospedarte durante unas vacaciones. Estos incluyen posadas, alquileres para vacaciones, hostales, Encargado del Faro por un Precio, Encargado Voluntario, y Alojamiento Recreacional de los Guarda Costas para familias militares. Se pueden encontrar enlaces para muchas instalaciones en los E.U.A. en la página de la Sociedad de Faros de los Estados Unidos en **http://uslhs.org/fun/lighthouse-accommodations**

30

Vista al Mar: Veinte años atrás

Cuando llegó a la escena, Loomis y algunos de los policías más jóvenes estaban allí hablando con un hombre y una mujer de aproximadamente la misma edad de Donald. Una cinta amarilla acordonaba parte del área. Vehículos policiales y una ambulancia estaban estacionados cerca del faro.

—Ya era hora de que llegaras aquí, —dijo su compañero a manera de saludo mientras Donald se acercaba.

—¿Qué sucedió?

—Parece un suicidio. Ellos son el Sr. y la Sra. Brewster de la posada. —Loomis presentó al hombre y a la mujer junto a él. —La víctima era un huésped. Su nombre era Michael Gamboski. Sus padres ya fueron contactados.

Donald levantó la mirada hacia la torre del faro y siguió el camino hacia el área que rodeaba la cinta amarilla. El cuerpo y un par de lentes rotos estaban allí. Dirigió su atención hacia el Sr. y la Sra. Brewster. Conocía a la Sra. Brewster. La había visto de pasada en el pueblo generalmente cuando compraba alimentos, aunque con más frecuencia se encontraba con su empleada en el supermercado. También había visto las pinturas de la Sra. Brewster y asistió a una de las exhibiciones que hizo en la galería. Una vez ella le pidió hacer un retrato de él, pero no aceptó.

Se dirigió hacia la pareja que él sabía eran hermanos. Cuando Martin Brewster no estaba ayudando a su hermana en la posada, trabajaba en construcción y hacía reparaciones por el pueblo.

Primero estrechó la mano de la Sra. Brewster y luego la de su hermano, dijo, —Buenos días, amigos, aunque veo que no ha sido bueno para ustedes. —A Donald le gustaba introducir el humor en las situaciones serias. Vio que su intento no fue bien recibido y dejó de sonreír.

—Hola, Detective Marshall, —dijo la Sra. Brewster. Claramente estaba alterada pero se esforzaba en que no se le notara. Su usualmente bien arreglado cabello castaño estaba despeinado sobre su rostro, resultado de estar contra el viento que golpeaba la costa esa mañana.

El Sr. Brewster asintió, sus oscuros ojos se encontraron por un momento con los de Donald y luego desvió la mirada. Al verlos juntos, Donald se daba cuenta de que en realidad no parecían hermanos. La Sra. Brewster era rubia mientras que su hermano tenía cabello, ojos y complexión oscura. Sabía que eso ocurría en las familias algunas veces. Su hermano tampoco se parecía en nada a él.

—De nuevo, mis disculpas, —dijo, tratando de compensar por su previo intento de humor.

Se volteó hacia Loomis. —¿Quién encontró el cuerpo?

—Un niño y una niña. Sus hijos. —Miró al Sr. Brewster.

—¿Dónde están?

—Sarah y Glen volvieron a la posada con su madre, —respondió el Sr. Brewster.

Donald recordó que los niños estaban en tercero y quinto grados en las mismas clases que su sobrina y sobrino. Tenían suficiente edad para ser interrogados. —Luego tendremos que hablar con ellos. ¿Dónde está la Sra. Wilson? —Se sentía orgulloso de recordar el apellido de la empleada. Últimamente, había tenido esos momentos de persona mayor que no eran bien recibidos en su profesión.

—Mi empleada está buscando a su hija en la escuela bíblica de verano, —respondió la Sra. Brewster. Ella miró su reloj. —Deberían estar de vuelta en Vista al Mar muy pronto.

—Tendremos que hablar con todos dado que el Sr. Gamboski era un huésped en su posada.

—Comprendo, —dijo la Sra. Brewster. —Esto fue tan inesperado. Michael estaba feliz. Estaba muy entusiasmado con su investigación.

—Julie, te dije que no dijeras nada todavía. Ellos tienen que leerte tus derechos primero.

—Esto no es una interrogación, Sr. Brewster, —señaló Donald, —pero me aseguraré de leerles sus derechos a todos cuando hablemos en la posada. —Se preguntó, por un momento, si el Sr. Brewster sentía miedo de lo que su hermana pudiera decir.

31

Vista al Mar: Tiempo presente

No vi cómo el día podía volver a ser normal después de todas las acusaciones ocultas y la animosidad compartida en la cocina, pero Tía Julie, eficiente como siempre, le dijo a Wanda que calentara el desayuno mientras ella subía a llamar al Detective Marshall si podía encontrar su número.

Aunque yo pensaba que había perdido el apetito, me sentí hambrienta de nuevo y recibí de buen agrado la comida. Sentada junto a Madre, vi que ella apenas probó bocado. Carolyn comió con muchas ganas, pero Russell, a su lado, solo tomó su café. Wanda tampoco comió.

—Me gustaría ver el resto del jardín, —dijo Carolyn, colocando mantequilla a su tostada y rompiendo el silencio. —¿Te molestaría mostrármelo luego, Russell?

Bajando su taza de café, le respondió, —Lo haré encantado, y sé que querías ver el faro también. Es un hermoso día, y creo que deberíamos aprovecharlo fuera de esta casa. —Dirigió a mí su mirada. —¿Te gustaría acompañarnos, Sarah?

Casi me ahogo con un bocado de huevo que había tomado de mi tenedor. ¿Debería aceptar? Pensé que Carolyn no se sentiría muy contenta de compartir conmigo al único hombre en Vista al Mar y uno en quien ella había concentrado su atención, pero sentía la necesidad de escapar de los confines de la posada. —Eso sería muy agradable. Gracias.

Una breve sombra pasó por los ojos de Carolyn, pero luego sonrió y dijo, —Excelente. Será bueno tener dos guías para mostrarme todo.

—No creo que puedan entrar en el faro, —dijo Wanda que estaba junto a Carolyn. —El portón está cerrado. Ahora solo se hacen los paseos previa cita.

Sabía que habían implementado esa política después de la muerte de Michael.

—Aún así podemos ver el exterior, —dijo Carolyn. —Se veía hermoso desde el porche, y me gustaría verlo de cerca.

Madre se levantó y vació su plato. —Creo que ahora volveré a mi habitación. Debo terminar de desempacar. —La observé salir de la cocina. Estaba más controlada, pero estaba segura de que todavía se sentía agitada por la nota que había encontrado en su closet. No solo le había despertado recuerdos de lo sucedido a Michael y, poco después, a mi padre; sino más recientemente, la muerte de su propio hijo.

Tía Julie regresó a la cocina poco después de que madre se marchara. Me parecía más animada. Una tenue sonrisa se asomaba a las comisuras de sus labios cuando anunció, —Encontré al Detective Marshall. Todavía está en Cabo Bretton e incluso aceptó una invitación a cenar aquí esta noche. Se me ocurrió que esa sería una buena manera de hablarle sobre nuestra situación. Generalmente no sirvo la cena a los huéspedes, pero ustedes son familia y amigos, así que haré una excepción esta noche.

—¿Necesitas comprar algo? —preguntó Wanda, ofreciendo su ayuda para los preparativos.

—Tal vez, —respondió Tía Julie. —Podría usar tu ayuda para preparar el menú. ¿Supongo que ninguno sufre de alergias a algún alimento o tiene restricciones en su dieta? —Miró alrededor de la mesa.

Russell y yo sacudimos la cabeza, y Carolyn bromeó, —Ojalá la tuviera. Como de todo, desafortunadamente. —Le sonrió a Russell mientras él se levantaba de su silla.

—Este podría ser un buen momento para continuar nuestro paseo, —dijo él. —¿Están listas señoras?

Carolyn y yo asentimos y lo seguimos hacia la puerta del patio dejando a Tía Julie y Wanda discutiendo sobre la cena como si fuera un día típico en la posada.

DE LAS NOTAS DE MICHAEL GAMBOSKI

De las Notas de Michael Gamboski

(Estatua de la Libertad y Faro de Montauk – Wikimedia Commons)
Existen muchos hechos históricos interesantes sobre los faros. Aquí están algunos:
Aunque la mayoría de las personas no lo comprenden, la Estatua de la Libertad también es un faro, también es el primer faro en los E.U.A. en utilizar energía eléctrica.
El Faro de Montauk Point en Long Island fue el primero construido en el Estado de Nueva York y fue visitado tanto por el barco de esclavos "Amistad" como por un pirata.

32

Long Island: Diecinueve años atrás

Sarah y su familia solo habían estado en la nueva casa en Smithtown por unos pocos meses. Su madre había presionado a su padre para que encontrara algo no muy lejos de donde ella había vivido con sus propios padres antes de que todos se mudaran para Carolina del Sur cuando ella fue aceptada en la Universidad de Cabo Bretton. Los padres de Jennifer se habían mudado a un conjunto residencial para personas retiradas en Florida. El mismo, de hecho, al que se mudaron los padres de su esposo algunos años después.

La madre de Sarah no había querido vivir más en Down South. Odiaba el calor y la humedad que duraba todo el año. Presionó a su esposo para que buscara un agente de bienes raíces del Condado de Suffolk para buscar una casa y para buscar trabajo en una de las compañías de construcción de la isla. Encontró ambas cosas con bastante rapidez. Después del accidente, ella no quería nada más que marcharse de Vista al Mar. El padre de Sarah estaba renuente a entregarle la posada a su hermana, aunque sabía que ella era más que competente para manejarlo. Wanda había presentado su renuncia menos de una semana después de la muerte de Michael. Ella y su hija se mudaron a un pequeño apartamento en el pueblo mientras Wanda buscaba trabajo en otras posadas en el área. La tía de Sarah había sido comprensiva y le dio excelentes referencias así como un abultado cheque como bono para que Wanda comenzara bien.

Sarah notó que su padre estaba muy silencioso en el desayuno de aquella mañana de un Martes. Su madre, dijo mientras le servía el café, —Es difícil de creer que ya ha pasado un año.

—¿Un año de qué? —preguntó Glen, tomando una cucharada llena de cereal del Capitán Crunch de su taza.

El Sr. Brewster levantó la mirada de su periódico. —Tu madre fue lo suficientemente considerada para recordarnos que este fue el día del accidente de Michael.

El padre de Sarah insistía en referirse a lo sucedido a Michael como un accidente y no como el suicidio que las autoridades habían dictaminado después de terminar la investigación. La verdad era que nada concluyente había sido demostrado, y no hubiera sido fácil que Michael se cayera, sin embargo no había señales de lucha. Las barandillas eran altas y habían sido inspeccionadas el mes anterior. Aunque los padres de Michael negaron que él tuviera tendencia a la depresión, su madre, llorando y apretando la cruz de oro en su cuello, insistía en que él nunca se quitaría la vida porque era un Católico devoto.

La madre de Sarah fulminó a su padre con la mirada. —Lo siento, no quise molestarte, Martin. Sé lo cercano que eran tú y Michael. —Lo último fue pronunciado a través de los dientes apretados mientras daba la vuelta y salía del salón.

—¿Por qué está enojada Mamá? —preguntó Sarah. No comprendía a qué se refería su madre sobre su padre siendo cercano a Michael. Pensaba que el Sr. Donovan era cercano a Michael porque compartían su interés por la historia de los faros y Carolina del Sur.

Su padre no respondió. En lugar de eso, empujó su taza de café a un lado y preguntó, —¿Tienen planes para hoy, chicos?

—Madre dijo que nos llevaría a la playa, —dijo Glen, —pero yo quería ir a los Laboratorios Brookhaven. Este verano tienen unos juegos de ciencia para niños que son geniales.

—Ella no te llevará allá, —dijo Sarah. —Prometió que iríamos todos en un fin de semana si Papá no estaba trabajando. —La mayoría de los trabajos de su padre eran en fines de semana, aunque también trabajaba durante la semana.

—Pero Papá está libre hoy, —señaló Glen. —¿Cierto, Papá?

Su padre asintió. Sarah todavía veía la rabia hervir detrás de sus ojos y algo más que no pudo identificar.

—Sí, estoy libre, pero tengo papeleo que atender en mi oficina. Además parece que va a llover, así que creo que no podrán ir a la playa, chicos.

—¿Qué te parece después que termines con el papeleo? —insistió Glen. —Todas las actividades del laboratorio son en el interior.

—Lo pensaré. Tal vez quieran ordenar sus habitaciones o llamar a sus amigos para jugar.

—Todavía no tenemos amigos, —dijo Sarah. Habían llegado al final del año escolar y no conocerían muchos niños de su misma edad hasta que comenzaran clases en otoño. Sarah asistiría a la Escuela Secundaria Smithtown mientras que Glen estudiaría cuarto grado en la escuela primaria.

—Entonces vayan a ver TV. —Su padre parecía querer librarse de ellos. —Luego les diré si podemos ir al laboratorio. —Se levantó y se dirigió a su área de trabajo en el garaje que había convertido en oficina cuando Madre insistió en tener su propia habitación y una habitación separada para que jugaran Sarah y Glen.

—¿Cuándo nos dirás? —preguntó Glen, siguiendo a su padre hasta la puerta.

—Pregúntame después de almuerzo, —fue la respuesta.

—¿Puedo ayudarte con el papeleo? —Sarah sabía que su hermano estaba preguntando porque esperaba poder acelerar la decisión de su padre y además inclinarlo en su dirección.

—No. Seré más rápido si lo hago solo. —La voz de su padre sonaba diferente, pero Sarah comprendió que Glen estaba en medio.

—Vamos, Glen. Bill Nye, el Tipo de la Ciencia está en la TV, —dijo Sarah, ayudando a su padre a escaparse.

Mientras se dirigían a la sala donde estaba el TV grande, Sarah creyó escuchar llanto proveniente de arriba. La sala estaba justo debajo de la habitación de su madre. Pero antes de que pudiera identificar el sonido con seguridad, Glen encendió la TV con todo el volumen para escuchar su programa favorito.

Estaban a mitad del experimento que estaba haciendo Bill. Glen estaba transfigurado, sentado al estilo indio frente al aparato junto a Sarah. De repente explotó la mezcla que estaba preparando Bill. Al mismo tiempo, se escuchó un fuerte sonido desde el garaje. Glen saltó. —¿Escuchaste eso, Sarah? Sonó como si algo hubiera explotado.

—Deberíamos ir a ver a Papá, —dijo Sarah.

Mientras atravesaban la puerta de la sala, su madre llamó desde arriba. —Sarah, ¿puedes venir aquí?

Sarah vaciló.

—Ve a ver qué quiere Mamá, —le dijo Glen. —Yo veré si Papá está bien. De todas formas quería preguntarle si ya tomó una decisión sobre ir hoy al laboratorio.

Sarah asintió y subió las escaleras mientras Glen corría hacia el garaje.

33

Vista al Mar: Tiempo presente

Mientras los tres caminaban hacia el faro, Russell dijo, —Cuando regresemos, necesito disculparme con tu tía por mi exabrupto. No fue apropiado.

—¿Pero era cierto? ¿Tu padre tenía intención de casarse con Tía Julie?

—Sí. Papá incluso estaba buscando un anillo. Me dijo que se lo daría en su cumpleaños en Agosto. Incluso me había preguntado si me parecía bien. —Se rió del recuerdo. —Supongo que le preocupaba que yo pudiera enojarme por reemplazar a mi madre. La verdad era que en realidad me agradaba tu tía, y me encantaba el Vista al Mar. Imaginaba vivir allí contigo, Glen, y Wendy. Me hacía sentir que tenía una familia y no solo a mi padre.

Vista al Mar

—Eso es triste, —dijo Carolyn del otro lado de Russell. —Parece que Julie no duró mucho con este detective que conoceremos esta noche. Dejó a tu papá por él, pero nunca se casaron.

—Tía Julie tuvo muchas oportunidades para casarse, —expliqué. —En realidad no sé qué la hacía evitarlo. Antes pensaba que era el matrimonio de su hermano. Incluso antes de mudarnos al Vista al Mar, mis padres nunca tuvieron un buen matrimonio.

—Me pregunto por qué, —dijo Carolyn. —Siempre me sorprende cómo las personas están tan enamoradas el día de su boda y luego se separan porque salgan mal las cosas más mínimas.

Me preguntaba si Carolyn estaría hablando de mí. Habíamos llegado a las rocas frente al faro. El portón ahora estaba cerrado con candado y tenía un gran aviso que decía "No Entrar Sin Previa Cita."

—Es una lástima que no podamos entrar, —dijo Carolyn, frunciendo el ceño decepcionada. De repente, sonó su teléfono. —¿Quién puede ser? Espero que no sean Jack o Samantha. —Samantha era nuestra agente.

Carolyn se dirigió a un lado cerca de los arbustos mientras Russell y yo nos sentábamos en una de las rocas para esperar por ella. Fue una coincidencia que fuera la misma roca donde él me había dado mi primer beso hacía veinte años. Me preguntaba si él lo recordaba. Dudé si preguntarle, pero antes de que pudiera hacerlo, Carolyn regresó y me entregó su teléfono. —Sarah, es para ti. Es Derek.

Bajé de la roca y tomé el teléfono con una mano temblorosa. Apenas noté que Carolyn tomaba mi lugar junto a Russell mientras yo me alejaba unos pasos. Miraba al faro frente a mí mientras hablaba por el teléfono de Carolyn. —Hola, Derek. ¿Está todo bien?

La voz nerviosa de Derek llegó por el altavoz del celular. —Ahora estoy bien, pero estaba tan preocupado. Traté de llamarte y solo recibía el mensaje de voz. En lugar de molestar a tu tía, supuse que debería probar con el teléfono de Carolyn.

Dudé si decirle que mi teléfono probablemente había sido tomado por la hija perturbada mentalmente de Wanda. —Lo siento, lo tenía apagado, —dije en cambio. —¿Cómo están tus clases? —Supuse que ese sería un tema más seguro.

Derek hizo una pausa. —Quería mantenerlo como una sorpresa, pero sabes que no me gusta ocultarte nada.

No, pensé, *solamente tu romance,* pero sus siguientes palabras fueron inesperadas.

—Le dejé a Jerry el resto de mis clases y me iré para allá. Si hago buen tiempo, debería estar allá el Domingo en la mañana.

No sabía qué decir. ¿Debería decirle lo que estaba sucediendo?

—Sarah, ¿estás allí?

—Sí. Lo siento. Estoy un poco sorprendida.

—Pensé que estarías contenta. De verdad te he extrañado mucho, cariño. Oh, y no te preocupes por Rosy. Hablé con mi madre para que venga a alimentarla. Sabes que le encantan los gatos. —Como no respondía, él continuó. —Creo que esto será como una segunda luna de miel para nosotros aunque solo faltan unas pocas semanas para nuestro aniversario.

—Sí. Suena fabuloso, —dije, pero sabía que él sabría que no estaba emocionada.

—Sarah, ¿qué sucede?

—Nada. No esperaba que vinieras tan pronto.

—Yo tampoco. —Hizo una pausa. —Sé que las cosas no han estado demasiado bien entre nosotros últimamente, pero quiero cambiar eso. Hay algo que quiero decirte, pero lo dejaré para cuando estemos frente a frente.

Mi corazón comenzó a latir rápidamente. ¿Estaba listo para pedirme el divorcio? Si ese era el caso, ¿por qué estaba actuando como si de verdad me extrañara e incluso mencionó una segunda luna de miel? Aún más importante, ¿dónde estaba su joven amante? ¿La había hecho a un lado, para poder venir corriendo de vuelta con su esposa?

—Déjame ir, para poder iniciar el viaje, Sarah. No puedo esperar para verte. Te amo. Adiós.

Me alegró que él cortara la llamada antes de que yo pudiera responderle. Caminé de regreso a la roca, y le devolví el teléfono a Carolyn.

—¿Qué fue todo eso? Vi cambiar tu rostro varias veces. En cierto momento parecías confundida.

—Viene a Vista al Mar, —dije. —Está planeando llegar para el Domingo.

—Eso es fabuloso. —Me di cuenta de que Carolyn estaba realmente complacida mientras se acercaba más a Russell encima de la roca.

—¿Le contaste lo que está sucediendo aquí? —preguntó Russell.

—No. Era difícil hablar de eso por teléfono.

—Maravillosa noticia, —dijo Carolyn, levantándose. —Voy a caminar un poco alrededor del faro y a mirarlo desde distintos ángulos. Desearía poder dibujar como tú, Sarah. Haría un boceto ahora mismo.

Noté que ella no estaba molesta por dejar vacío su puesto junto a Russell. Se alejó pavoneándose, lanzando su bufanda sobre su hombro.

—Siéntate, —dijo Russell, dando una palmada al área en la roca que Carolyn había dejado vacío.

Hice como me dijo pero mantuve mi atención en el faro y en Carolyn que lo rodeaba.

—Es gracioso cómo nuestros pasados afectan nuestro presente, —dijo él, cuando me reuní con él. —Tantas cosas regresan a mí ahora que estoy de nuevo en Vista al Mar. Por ejemplo, recuerdo mi primer beso contigo en esta misma roca. —Se rió alegremente. —En ese entonces sentía tanta curiosidad por las niñas.

—¿Qué hay de Wendy? —pregunté. —¿Por qué no la usaste para tu experimento del primer beso? —Me di cuenta de cómo había sonado eso y me disculpé. —Lo siento. Quiero decir, tal vez ella fuera tu segunda opción. Yo no lo sabría.

Él se rió. —Está bien, y no, nunca pensé en besarla a ella. Estaba un tanto enamorado de ti en esa época. Me pregunto qué hubiera sucedido si mi padre de verdad se hubiera casado con tu tía. Si Michael no hubiera muerto ese verano, quizás hasta estaríamos casados ahora.

Nunca lo había pensado, pero tenía razón. —Es posible, supongo, pero las personas toman distintos caminos.

—Sí, así es. —Tomó una rama de al lado de la roca y la rompió. —Me alegra que trajeras a Carolyn. Creo que le gusto y, a decir verdad, la encuentro bastante atractiva desde que llegaron. He tenido mi cuota de novias pero nada en serio. Me gustaría cambiar eso. Creo que ella y yo tenemos algunas cosas en común.

Dudé si debía mencionar esto a Carolyn, como mi tía, no era del tipo que se casaba, pero sabía que entremeterse en las relaciones de las personas no era algo bueno.

—Me alegra que se gusten.

Russell sonrió. —Háblame sobre tu esposo. ¿Cómo se conocieron? ¿Están planeando tener hijos? Sé que siempre hablabas de tener una familia cuando nosotros cuatro jugábamos juntos. Fuiste una gran madre para nosotros.

Desvié mi mirada, temerosa de que viera el dolor que debía reflejarse en mi rostro. —Derek es profesor en una universidad en Long Island adonde nos mudamos mis padres y yo después que nos fuimos de Vista al Mar. Yo era una de sus estudiantes. —No estaba segura de cuánto más debería decirle. ¿Escuchó cómo se quebraba un poco mi voz? Estaba a punto de agregar que planeábamos tener hijos, pero Carolyn nos estaba llamando desde el extremo lejano de la colina que bajaba al mar.

Ambos saltamos y nos dirigimos hacia ella. Russ llegó primero. Cuando llegué, él estaba junto a Carolyn examinando algo que ella tenía en su mano.

Me acerqué un poco. —¿Qué encontraste, Carolyn?

—Tropecé por allá. —Señaló un madero roto que estaba prácticamente oculto debajo de algunas hojas. —Cuando me levanté, encontré esto debajo del madero.

El objeto que mostraba estaba cubierto de sucio y era apenas reconocible, pero Russell y yo sabíamos qué era.

—La muñeca de hojas de maíz de Wendy, —dije.

—Sí, —afirmó Russell. —¿Qué está haciendo aquí?

DE LAS NOTAS DE MICHAEL GAMBOSKI

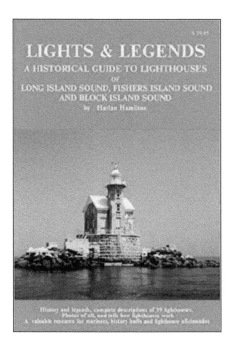

(Cubierta de un Libro)
A través de la historia los faros han sido administrados por diferentes

De las Notas de Michael Gamboski

grupos y organizaciones. Debajo está una tabla que representa la cronología de la administración de los faros:
1789 – 1844: Establecimiento de los Faros bajo el Departamento del Tesoro de E.U.A.
1845 – 1902: Departamento de Hacienda, División de Marina; Agosto 31, 1852, Consejo de Casas-Faros establecido por el Congreso
1903 – 1938: Departamento de Comercio; 1910, Servicio de Faros de la Agencia de Faros
1939 – presente: Guarda Costa de E.U.A.
(fuente: Luces y Leyendas: Una Guía Histórica de los Faros de Long Island, Isla Fishers, e Isla Block por Harlan Hamilton, Westcott Cove Publishing Company: Westcott, CT, 1987).

34

Vista al Mar: Veinte años atrás

Todos estaban sentados en la sala excepto Tía Julie quien, siempre la anfitriona, estaba repartiendo café y té a quien quisiera un poco. El padre de Sarah estaba junto al Detective Marshall hablando en voz baja, con voz seria. Tía Julie también había puesto una bandeja con galletas que Glen estaba devorando mientras Sarah le advertía con una mirada que ya había tomado suficiente y le entregó una servilleta para limpiar su boca.

Regresaron a la casa con el Detective Marshall acompañado por un oficial más bajo que se llamaba Loomis. Madre había tomado las noticias mejor de lo que Sarah había esperado. En lugar de la reacción que Wanda tuvo cuando ella y Wendy regresaron de la escuela bíblica, Madre estaba bastante controlada. Sarah sospechaba que su calma se debía al whiskey que Sarah podía oler en su aliento. Wanda, por otro lado, había colapsado llorando en el sofá mientras Wendy se sentaba a su lado tratando de consolarla. Algunos huéspedes estaban en la sala, incluso aquellos que no conocían a Michael.

El Detective Marshall, después de agradecer a la Tía Julie por el café, se dirigió al grupo. —Sé que este es un momento difícil para todos ustedes, —comenzó, mirando a Wanda quien todavía estaba sentada en silencio llorando con un pañuelo de encaje que había sacado del bolsillo de su vestido largo. —Pensé que sería más fácil si hablábamos aquí en lugar de la estación. Por favor tomen en cuenta que ninguno está bajo sospecha por ahora. Hay detalles que necesitamos revisar, así que tenemos que interrogarlos a todos.

Uno de los huéspedes más nuevos, un hombre con camiseta a rayas y pantalones cortos, dijo, —No comprendo por qué necesita hablar conmigo. Estoy aquí de vacaciones. Ni siquiera conozco a este tipo que saltó del faro.

Loomis respondió ante eso. —Señor, necesitamos hablar con todos los que podrían haber estado en el área o visto algo hoy. Todavía no lo estamos catalogando como un crimen.

Desde la ventana, Sarah vio varios policías que se reunieron cerca del faro. Se preguntaba si estarían buscando evidencias de juego sucio, como lo mencionaban en las películas y en la TV. Glen, junto a ella, estaba emocionado por toda la situación. Aunque había sido muy cercano a Michael, Sarah pensaba que la realidad de lo sucedido todavía no lo había impactado. Estaba entusiasmado con el misterio del momento como si estuviera viendo un programa de detectives donde la víctima es ficticia.

Marshall tomó el control mientras su compañero tomaba nota de las respuestas en una libreta que había sacado del bolsillo de su uniforme. Para satisfacer a su padre, el oficial leyó sus derechos a todo el grupo, pero explicó que esto era una conversación y no un interrogatorio, aunque ambos estaban separados por una línea muy fina.

Sarah escuchó mientras el detective recorría el salón repitiendo las mismas preguntas de diferentes formas. Glen le susurraba que así era como esperaban atrapar a un mentiroso. El punto central de las preguntas era quién estaba dónde durante el período en que Michael estaba en el faro. La tía de Sarah confirmó que Michael salió de la posada a las 7:30 a.m. No le preguntó adónde iba, pero él le había dicho la noche anterior que había terminado su proyecto de la universidad y se marcharía del Vista al Mar en la mañana.

—Estaba muy feliz por haber terminado su investigación, —dijo Tía Julie. —Es por eso que esto es tan extraño. Creo que ustedes, oficiales, plantearon que estaba estresado por su tesis, pero ya la había terminado.

Loomis tomó nota de esta información mientras Marshall decía, —Es posible que mintiera al respecto, pero probablemente tiene razón. Podemos asumir que regresó al faro una última vez. Tal vez dejó algo allá. En todo caso, podemos continuar con nuestra otra línea de pensamiento. —Se volteó hacia Tía Julie, y Sarah notó que él la miraba arriba y abajo de una forma que era más apreciativa que curiosa. —Señora, ¿Michael alguna vez trajo una novia a la posada? ¿Alguna vez habló de una novia?

Tía Julie sacudió la cabeza. —No. Con frecuencia me preguntaba por qué un joven bien parecido como él no tenía una novia. Hay muchas chicas lindas en la universidad.

Loomis escribió de nuevo en su libreta. Sarah deseaba tener con ella su diario porque sentía la urgencia de dibujar esta escena, los oficiales de policía hablando con su familia y los huéspedes de la posada. Ella guardó imágenes mentales para usarlas cuando estuviera de vuelta en su habitación.

—¿Sabe quién pudo darle el anillo de oro que llevaba en el dedo anular de su mano derecha? —Continuó Marshall. —Parece costoso, y aunque no es el dedo para anillos de bodas, parece que tiene un significado especial. ¿Cómo lo llaman actualmente, un anillo de amistad o un anillo de pre-compromiso?

—Le hicimos una fiesta de cumpleaños la semana pasada, —dijo Tía Julie. —Abrió los regalos frente a nosotros, y yo no vi ningún anillo de oro, aunque noté que lo llevaba desde entonces. No me gusta entrometerme, así que no le pregunté sobre eso. Es posible que fuera un regalo de un miembro de su familia. Sé que visitó a sus padres el día siguiente.

Sarah recordaba la pequeña caja que había quedado en la mesa de los regalos después de la fiesta de Michael, pero no dijo nada.

El resto de las preguntas continuó por una eternidad. ¿Cuándo fue la última vez que alguien vio a Michael? ¿Quién estaba fuera de la posada entre las 7:30 y las 9 a.m.? Le preguntaron a Wanda, quien finalmente se había serenado, a qué hora llevó a Wendy a la escuela bíblica. Ella dijo que iban un poco tarde esa mañana. Wendy tenía que estar allá a las 8, pero Wanda se despertó con dolor de cabeza, por lo que no salieron hasta las 8:15.

Cuando las preguntas se dirigieron a Sarah y Glen, su madre advirtió a Marshall que solo eran unos niños y que había estado explorando el faro al igual que todo el verano.

Marshall la ignoró y les preguntó. —¿Qué estaban haciendo ustedes dos en el faro esta mañana? ¿Por qué fueron para allá?

Glen respondió. —Es divertido. Pasamos mucho tiempo allá.

—¿No pensaron que se encontrarían con Michael?

—Esa es una pregunta capciosa, —dijo Loomis, hablando por primera vez.

—Esto no es un juicio, —explicó Marshall, pero modificó la pregunta. —¿Fueron allá buscando o para encontrarse con alguien?

—No. —Sarah respondió esta vez. —Solo estábamos jugando. A Glen le gusta hacer una carrera subiendo las escaleras porque siempre gana.

Marshall sonrió, y Sarah se sintió más cómoda. Era un hombre agradable, y parecía de la misma edad de su tía, aunque era difícil calcular la edad de los adultos. Sabía que Tía Julie se veía menor que su padre pero era cinco años mayor que él. Qué malo que su tía estuviera saliendo con el padre de Russell. Él no había venido en los últimos días, y recordó la discusión entre ellos la última vez que Bart Donovan estuvo en la posada.

—Creo que ustedes disfrutarían del tiempo de forma más eficiente haciendo preguntas a las otras personas en lugar de a mis hijos, — interrumpió el padre de Sarah. Ella notó su nerviosismo. Continuaba caminando por todos lados y sus manos temblaban con su taza de café. Había un temblor en su voz a pesar del hecho de que las palabras en sí fueron controladas.

Marshall se volteó hacia él. Si era un buen detective, Sarah estaba segura de que notaría el comportamiento de su padre. —¿A quién sugiere que interroguemos, Sr. Brewster?

Su padre miró a Wanda, quien todavía estaba secando sus ojos, y a Wendy junto a ella. Ambas estaban sentadas con los labios apretados como si no tuvieran nada más que decir.

—Creo que debería haber interrogado a la Sra. Wilson y a su hija un poco más intensamente. Son las únicas huéspedes que conocían a Michael y no estaban en la posada esta mañana.

Antes de que Marshall pudiera responder, Tía Julie intervino. —Wanda es mi ama de llaves, no una huésped. Es una empleada de confianza. —Miró a mi padre con expresión de enojo. —Y, para ser honesta, yo no vi adónde fuiste tú después del desayuno, Hermano.

—Estaba tratando de reparar mi auto. Noté que el motor estaba haciendo un ruido extraño la noche anterior y me apliqué a revisarlo en la mañana. Ya les dije eso a los oficiales.

—Dudo que alguien pueda corroborar esa historia, Martin. De hecho, es muy común que tú vayas a trotar alrededor del faro, ¿no es así?

—Por favor, Sra. Brewster, —dijo Marshall. —Deje que nosotros nos encarguemos de los interrogatorios. —Miró a la madre de Sarah. —¿Sabe adónde fue su esposo después del desayuno esta mañana, Sra. Brewster?

Sarah observó cómo palidecía el rostro de su madre. —Tiendo a dormir hasta tarde, y no quedaba mucho del desayuno cuando bajé a las 8:30. Salí a sentarme en el porche con un vaso de junto de naranja y vi a Martin en el estacionamiento. Es cierto que estaba trabajando en su auto.

Loomis se dirigió al padre de Sarah. —¿Vio a su esposa en el porche? ¿Ustedes hablaron?

—No, no vi a Jennifer. Podría haber estado allí, pero no estaba cuando regresé a la posada.

—Tendremos que revisar el área del estacionamiento, —dijo Marshall. —Para ver si el estacionamiento es visible desde el porche. Creo que vi un árbol que obstruye la vista. Tendrá que mostrarnos dónde estaba estacionado.

El padre de Sarah se veía molesto, pero asintió. —Claro. No tengo nada que ocultar. Sin embargo, usted sabe que la Sra. Wilson estaba fuera durante esa hora, así que debería dejar de cazar otros sospechosos y concentrarse en ella.

—Le estoy advirtiendo que debe dejarnos el interrogatorio a nosotros, —dijo Marshall con una voz teñida de rabia.

—Está bien, —dijo la Sra. Wilson en un susurro que se ahogó con un sollozo. —Puedo comprender la preocupación del Sr. Brewster, pero la escuela bíblica está en dirección contraria al faro. El Sr. Gamboski probablemente se marchó mientras Wendy y yo estábamos arriba preparándonos para salir.

Sarah miró a Wendy, todavía aferrada a su madre, y notó que faltaba su muñeca de hojas de maíz. Wendy la tenía esa mañana. Sarah recordaba que la llevaba cuando iba al auto con su madre.

35

Vista al Mar: Tiempo presente

—¿Qué deberíamos hacer con eso? —pregunté. —¿Deberíamos llevarla de vuelta a la posada para mostrársela a Wanda?

Russell lo consideró. —¿Piensan que Wendy llevaba la muñeca con ella? Si cree que es tu hermano cuando era niño, tal vez la muñeca sea su conexión.

—No. No lo es, Russell. Ella perdió la muñeca hace años. Después que la policía encontró el cuerpo de Michael y nos interrogaban a todos en la posada, me di cuenta de que no la tenía. Incluso la buscó luego.

—¿De qué estás hablando? —preguntó Carolyn, sosteniendo todavía la sucia y medio desintegrada muñeca de hojas de maíz.

—Wendy siempre llevaba consigo esa muñeca, —explicó Russell. —Si la perdió el día que murió Michael, ¿sabes lo que eso significa?

Vista al Mar

—Significa que ella estuvo aquí en el faro y no en la escuela bíblica como declaró su madre.

—Es cierto, Sarah. ¿Nadie le preguntó por la muñeca?

—Durante todo lo que estaba sucediendo, creo que nadie se dio cuenta de que la muñeca se había perdido. Wendy y su madre se marcharon varias semanas después.

—Pero tú lo recordaste, —dijo Carolyn. —¿Por qué no le preguntaste por la muñeca?

—Estaba concentrada en otras cosas. Recuerdo haber dibujado en mi diario la muñeca perdida junto con bocetos de los detectives y las personas que interrogaron. Mis padres estuvieron discutiendo todo el tiempo incluso más de lo normal. Madre finalmente convenció a Papá de mudarnos a Long Island. Era un momento de conmoción en mi infancia. Una muñeca no importaba mucho.

Russell asintió. —Está bien, este es el asunto. Tenemos la muñeca, y podría ser evidencia contra Wanda. Entonces por otro lado, podría no serlo. Sin embargo, creo que necesitamos entregarla al Detective Marshall cuando venga esta noche.

—¿Deberíamos mostrársela primero a Wanda? —preguntó Carolyn.

—No. —Se volteó hacia mí. —Sarah, llévala tú y guárdala en un lugar seguro. Enciérrala en la guantera de tu auto. Si Wendy todavía está por aquí, podría encontrarla si la ocultas en la posada.

Carolyn me entregó la muñeca y limpió sus manos. —Está llena de lodo, pero creo que es mejor que no la limpies. Está en tan mal estado, que podría destruirse por completo.

Tomé la muñeca y la guardé en el bolsillo de mi pantalón. Era pequeña y no hacía mucho bulto.

. . .

Cuando regresamos a la posada, Tía Julie estaba afuera en el porche con Al a sus pies. —¿Disfrutaron del paseo? —preguntó.

—Me hubiera gustado más si hubiera podido ver el interior del faro, —respondió Carolyn, —pero el exterior es hermoso.

—Es muy viejo, —dijo mi tía, —pero está en excelentes condiciones. —Se levantó, y Al saltó a la mecedora.

—Es un gato inteligente, —comentó Carolyn.

Tía Julie sonrió. —¿Qué quieren hacer ahora? Wanda está de compras para la cena. Nos decidimos por una receta especial de Carolina del Sur que Wanda trajo para preparar un Estofado Frogmore, también conocido como Hervido Beauford. Es un plato muy sustancioso con camarones y salchicha. Espero que les guste.

—Estaba contando con escribir un poco, —dijo Carolyn. —Traje mi laptop. Puedo buscarla y traerla para acá.

—Puedo quedarme contigo si no te molesta, —se ofreció Russell. —Yo no traje mi computadora, pero generalmente escribo mis borradores a mano. Estoy seguro que debe haber un cuaderno que pueda usar.

—Necesito guardar algo en mi auto y entonces voy a mi habitación, —dije. —¿Necesitas que te ayude con algo para esta noche, Tía Julie?

Mi tía sacudió la cabeza. —Wanda se está encargando de casi todo. Yo estaba planificando trabajar en mi estudio de arte. Me encantaría que vinieras a ver mis más recientes retratos si tienes un momento, Sarah.

—Subiré enseguida, —le prometí y me dirigí a mi auto. La muñeca estaba comenzando a sentirse pesada en mi bolsillo.

—Te veré arriba, —dijo mi tía, entrando en la posada.

Después de guardar la muñeca en la guantera, casi tropiezo con Russell y Carolyn mientras bajaban las escaleras. Russell llevaba la computadora de Carolyn mientras que ella llevaba un cuaderno y un bolígrafo.

—¿Todo salió bien? —preguntó Russell.

—Sí, está en mi auto. Gracias, —dije, colocando las llaves de vuelta en mi bolso.

—Estaremos en el patio en caso que necesites algo, —dijo.

Carolyn apretó el cuaderno contra su pecho. —Esto se siente como un retiro para escritores. Tal vez podamos criticarnos mutuamente. —Olvidando la muñeca y que necesitábamos hablarle de eso al detective esta noche, la mente de Carolyn ya estaba concentrada en trabajar con Russell.

Recordaba que el estudio de mi tía, como mi buhardilla en casa, estaba en el ático. Mi tía lo utilizaba para hacer los dibujos de sus retratos. Cuando entré allí, estaba sentada en un banquillo frente a un lienzo. —Ven conmigo, Sarah, pero primero mira todo si quieres. Hay varias piezas que probablemente no has visto.

Como el techo era inclinado, mi cabeza casi lo alcanzaba. Imaginaba que una persona alta como Russell tendría dificultad para estar allí de pie. Mi tía me había contado que la iluminación era provista por un tragaluz que su madre, también una artista, había hecho instalar. Una gran cantidad de lienzos estaban guardados allí. Despertaron muchos recuerdos. Había varios dibujos de Glen y yo de niños y uno de Russell y Wendy. Mi madre nunca le había permitido a Julie que la dibujara, pero Tía Julie había dibujado a mi padre el año en que nos fuimos de Vista al Mar. Dado que murió el año siguiente, su retrato era como lo recordaba de niña. Al verlo ahora, notaba algo triste en su rostro. Mi tía era muy buena para detallar las emociones con sus bocetos. Había agregado líneas a sus ojos que parecían interrogarla o, si los mirabas de cerca, podrían buscar perdón.

—Casi termino con este, —dijo Tía Julie, sacándome de mi ensoñación. —Ven a ver, Sarah.

Me acerqué con cuidado entre pinceles y toda la parafernalia de la otra artista que estaba en el piso. Mi tía no mantenía ordenado su estudio como el resto de la posada, pero yo sabía que Wanda nunca subía aquí, así que el lugar no había recibido su toque de orden y limpieza.

Junto a mi tía, miré por encima de su hombro para ver el rostro adulto de Glen devolviéndome la mirada. Su dulce sonrisa torcida rompió mi corazón. Tía Julie me dijo que había comenzado a pintar a Glen después de su accidente a partir de algunas de las fotos que tenía de cuando recogieron su apartamento.

Sentí que me amenazaban las lágrimas. —Se parece tanto a él, Tía Julie.

Sabía que ella había escuchado el temblor en mi voz. —Lo siento si te hace sentir triste, Sarah; pero al recrear su rostro, siento que puedo darle nueva vida a Glen. He hecho varios de él. Están en aquel montón de allá, pero creo que este es el mejor de todos. Aún quisiera pintarte. Has crecido y te has convertido en una hermosa mujer.

—Gracias. Quisiera poder dibujar a las personas en lugar de los personajes de caricaturas que uso para los libros infantiles.

—Es un reto, pero lo que más me gusta de esto es la forma en que puedo transmitir no solo el exterior sino el interior de la persona. Por ejemplo, ¿qué ves en el rostro de Glen además de su encanto?

Hice una pausa y, conteniendo las lágrimas, dije, —No estoy segura. Veo cierto humor. Siempre le gustó hacer bromas y chistes, pero también has hecho un buen trabajo mostrando su lado serio.

Sus ojos reflejan su compasión, cómo toda su vida se dedicaba a ayudar a las personas.

—Sí. Glen era un hombre muy especial. Tuviste suerte de tenerlo como hermano aunque fuera por un corto tiempo.

Pensé en mi padre y quise preguntarle por qué ella y su hermano nunca fueron cercanos a pesar del hecho de que eran propietarios y administraban juntos la posada. Antes de que pudiera hacerlo, Tía Julie se levantó. —Creo que debo bajar ahora. En realidad no estoy de humor para trabajar. Puedes quedarte aquí si quieres. Tal vez quieras hacer tus propios dibujos. Es un lugar muy silencioso, y nadie te molestará.

—Está bien, —acepté. —si no te molesta que curiosee un poco por aquí.

—Claro que no. —Mi tía sonrió. —Usa lo que quieras. Tengo libretas de dibujo en blanco sobre aquella mesa. —Se detuvo en la cima de las escaleras. —Te llamaré cuando regrese Wanda. Le pedí que trajera comida para el almuerzo antes de que termine de hacer las compras. Pensé que nadie tendría planes de ir a ningún lugar dado que estamos esperando al Detective Marshall.

Noté cómo cambió su voz cuando nombró al detective. Se parecía un poco a la de Carolyn cuando hablaba de Russell. —Esa fue una buena idea, —dije.

Después que Tía Julie bajó las escaleras, caminé por el estudio recordando cómo Glen y yo, y Wendy y Russell ocasionalmente, acostumbrábamos venir aquí arriba para jugar al escondite detrás de las pinturas o entre los rincones y escondrijos debajo de la ventana donde Tía Julie siempre tenía potes y cajas. De repente noté un lienzo, separado del resto con la parte de atrás hacia la ventana. Le di la vuelta para verlo y me sorprendió ver que era un retrato doble. En un lado, mi tía había dibujado a Bart Donovan como se veía cuando visitaba la posada hacía veinte años. El otro lado presentaba el rostro del Detective Marshall. ¿Acaso había estado tratando de decidir entre los dos? Había terminado sin ninguno de los dos hombres.

Devolví la pintura a su lugar y tomé la libreta de dibujo que mi tía me había indicado. Después de algunos intentos inútiles para delinear a Kit Kat, me rendí y decidí ir a mi habitación. Sentía la necesidad de leer más de mi diario.

Mientras me acercaba a mi habitación, se abrió la puerta al otro lado del pasillo. Madre me saludó. —Sarah, ¿puedes venir un momento, por favor?

Reconocí cómo arrastraba las palabras y el balanceo de su cuerpo. Estaba ebria.

Dudé por un momento. Madre no se enojaba cuando tomaba. Se volvía triste, y yo siempre pensé que eso tenía cierta ironía porque la razón por la que tomaba en primer lugar era para aliviar su depresión.

—Necesito hablar contigo. —Se escuchaba como si estuviera rogando.

La seguí a su habitación, y ella cerró la puerta detrás de nosotras. El olor a licor permeaba el interior y parecía incluso que humedecía las sábanas, aunque estaban secas al tacto. Me senté en la cama donde Madre me indicó, y ella tomó la silla tapizada en rosado a mi lado.

Las botellas vacías de whiskey estaban sobre su tocador en fila. Me sorprendió que estuvieran a plena vista, dado que cuando yo era niña ella siempre se tomaba el tiempo para ocultarlas.

—¿Dónde las conseguiste? —pregunté. Seguramente, no las habría traído en el avión, y yo sabía que no había salido de Vista al Mar desde que había llegado.

—Por muchas diferencias que tengamos Julie y yo, ella sabe cómo tratar a una invitada.

Me entristeció escuchar que mi tía, sabiendo que mi madre se había descarrilado, estimulara su adicción.

—Esto es muy importante, Sarah. Antes de que venga el detective, tengo que decirte algo sobre tu padre.

—¿Qué sucede con Papá? —En los diecinueve años que habían transcurrido desde que se disparó en el garaje, Madre rara vez hablaba de él. Nunca creí que fuera porque le causaba dolor. Ella difícilmente era lo que se llamaría una viuda sufrida.

Bajó la mirada hacia sus manos en su regazo. Noté que sus uñas sin pintar estaban partidas y mordidas. —Yo lo amaba, tú lo sabes. Tal vez no les pareciera así a ti y a Glen, pero alguna vez fuimos felices. Aún creía que me amaba. Nunca tuvo la intención de lastimarme, pero debí dejarlo ir antes de que sucediera todo esto.

—¿A qué te refieres, Madre?

Suspiró profundamente y sopló su aliento de whiskey. —Todos estos años, he estado tratando de escapar a través de la botella. No fue justo para ustedes, pero era mi única forma de enfrentar la verdad. Recuerdo cuando conocí la familia de Martin. Me preguntaba por qué todos actuaban de forma tan fría conmigo. Supuse que Martin había tenido muchas novias antes de mí porque era un hombre muy guapo y ya había cumplido los treinta cuando nos conocimos. Él nunca habló sobre su pasado, y yo estaba demasiado embelesada con él para hacer preguntas. No puedo creer que no reconociera las señales. Yo era trabajadora social antes de que llegaran tú y Glen. Traté de hacer que le agradara a las personas. —Tragó y miró una de las botellas vacías deseando que estuviera llena.

Los recuerdos de Glen y yo tratando de resolver el misterio de con quién estaba durmiendo Wanda volvieron a mí. Nunca habíamos determinado que fuera Papá, así que eso era lo que esperaba que fuera la revelación. Pero al dejarla continuar, sus palabras trazaron un dibujo diferente.

—Debí decírtelo hace muchos años. No cuando eras una niña sino cuando tuviste suficiente edad para comprender. Dios, es muy común en estos días. Incluso entonces, no era el pecado que había considerado la Iglesia en el pasado. —Se levantó y comenzó a caminar por la habitación. Sus pasos eran tan desiguales que temía que se cayera.

—Madre, no comprendo. ¿Estás diciendo que Wanda era la amante de Papá?

Dejó de caminar y se detuvo frente a mí, sus ojos rojos por la bebida y el llanto. —¿Era eso lo que pensabas? —Se rió, pero terminó en un sollozo. —¡Oh, Dios mío!

Dejándose caer junto a mí en la cama, respiró hondo de nuevo. —No sé por qué lo oculté tanto tiempo. Estoy segura de que Julie lo sabía. Probablemente lo sabía toda la maldita posada.

—¿Qué estás diciendo, Madre? —Mantuve mi voz suave, aunque me estaba impacientando con todo el tiempo que estaba tomando para decir lo que quería decir.

—Sarah, ¿recuerdas a aquel joven botones que se marchó de repente? No creo que recuerdes al joven que estuvo antes que él. Siembre había estudiantes universitarios en el Vista al Mar, en su mayoría hombres que tu padre contrataba sin la aprobación de Julie porque Wanda hacía la mayor parte del trabajo, incluso el trabajo pesado. Pero cuando Julie se puso firme después de Bud, creo que ese era el nombre del botones, la suerte estuvo de parte de Martin cuando Michael se registró como huésped.

—No comprendo. —¿Qué estaba tratando de decirme?

—Supongo que necesito decirlo de frente, Sarah. Tu padre era gay.

Estaba impactada. No pude hablar por varios minutos. —¿Estás diciendo que Papá estaba teniendo un romance con Michael?

Ella asintió. —El poco tiempo que pasaba en esta habitación conmigo solo era para cubrir las apariencias; pero como dije, la mayoría de las personas lo sabían. Podía verlo en sus ojos. Sentían lástima por mí, pero yo sentía más lástima por mí misma. Debí pedir el divorcio cuando descubrí lo que estaba sucediendo, pero tú y Glen eran tan pequeños. Yo soy diferente a Julie. Yo sabía que no sobreviviría por mi cuenta con dos niños, así que lo soporté. El licor me ayudó. —Ahora parecía muy sobria.

—¿Qué sucedió con Papá? ¿Se quedó contigo por la misma razón? ¿Por nosotros?

—Eso creo, pero me pidió que lo dejara libre el día antes de que muriera Michael.

—¿Qué?

Bajó la mirada de nuevo a sus manos. —Le dio a Michael un anillo por su cumpleaños. Nadie lo sabía. Después de la fiesta, debió entregárselo. No era un anillo de compromiso. En ese entonces no se permitía el matrimonio entre personas del mismo sexo en Carolina del Sur, pero era una demostración de sus sentimientos.

—¿Ibas a darle el divorcio? —pregunté, todavía tratando de imaginar a mi padre, un trabajador de la construcción a medio tiempo, y al gentil Michael, tan estudioso y amable, juntos, enamorados.

—Sí. Le dije que lo haría. Aunque había sentido miedo de preguntarle, sabía que finalmente tendría que enfrentar los golpes de la vida. No tenía opción.

—¿Qué sucedió con Michael? —pregunté, mi corazón comenzaba a latir de nuevo. —Madre, tú no estuviste involucrada en su muerte, ¿cierto?

Esperé por su respuesta, conteniendo la respiración.

—No, Sarah. —Extendió una mano y tomó la mía. Mi madre nunca había sido muy dada a demostrar sus sentimientos, pero podía ver el amor en sus ojos cuando su mirada se cruzó con la mía. —La razón por la que tenía que decírtelo es porque el Detective Marshall va a sacar todo eso a relucir esta noche, y no sé qué hacer. Mira, cuando tu padre se disparó un año después de la muerte de Michael, dejó una nota.

Difícilmente podía creer lo que estaba escuchando. —Madre, le dijiste a la policía que no había señales de que Padre hubiera planificado suicidarse. —Recordaba cómo le había dicho a los policías, a través de sus lágrimas, que su esposo no había dejado una nota suicida.

Madre todavía tenía mi mano. —Fue mi culpa que pusiera una pistola en su cabeza. Esa mañana lo provoqué, recordándole que era el aniversario de la muerte de Michael. Sabía que él no lo habría olvidado.

—¿Qué decía la nota?

Respiró hondo y dejó escapar el aire con aroma a alcohol. —Ese es el problema, Sarah. No podía mostrarla a la policía, y no puedo decirle nada sobre eso al Detective Marshall.

—¿Qué decía? —repetí.

Ella soltó mi mano, y se sintió como si el cordón umbilical que nos había conectado hacía treinta años había sido cortado de nuevo.

—'Yo maté a Michael.' Eso era lo que decía, Sarah.

DE LAS NOTAS DE MICHAEL GAMBOSKI

De las Notas de Michael Gamboski

Faro de Heceta Head (Pixabay) y Faro de New London Ledge (Wikimedia Commons)

Hay leyendas ligadas a muchos faros relacionadas con fantasmas y lo sobrenatural. El faro de Heceta Head en Oregon se supone que está embrujado por el fantasma de una madre cuya bebé cayó del precipicio sobre el que está construido. La aparición es denominada "La Dama de Gris," dado que se reporta que viste una falda larga color gris mientras flota por el ático del faro, que ha sido remodelado para convertirlo en casa de huéspedes.

En 1929, los Guarda Costas de E.U.A. comenzaron a tomar turnos en el Faro de New London Ledge. No mucho después, comenzaron a suceder cosas extrañas. La leyenda dice que un guardián del faro de nombre Ernie saltó desde su azotea hasta el océano, donde su cuerpo nunca resurgió. Muchas personas no creen que se haya suicidado. Después que el faro fue automatizado en 1987, algunos reportes se filtraron entre las cuadrillas de los botes que una silueta en el faro les había hecho señales o había tratado de atraerlos al muelle. Sin embargo, cada vez que se investigaron estos reportes, no se encontró ninguna persona viviente en el faro.

(del artículo *"10 Aterradores Faros Rodeados por Aterradoras Leyendas"* por Estelle Thurtle, Agosto 12, 2014).

36

Long Island: Diecinueve años atrás

Sarah entró en la habitación de su madre. Su padre tenía su propia habitación por el pasillo. Glen le había preguntado una vez a su padre por qué ya no dormía con su madre como hacían la mayoría de las parejas casadas. Dijo que roncaba mucho de noche y la despertaba. Sarah sabía que eso era una excusa.

—¿Me llamó, Madre? —preguntó, observando una caja grande sobre la cama y varias piezas de ropa y documentos sobre ella.

—Estaba organizando las cosas, y encontré algunos de tus bocetos. No quiero botarlos a menos que estés de acuerdo. —Le mostró dos dibujos que Sarah recordaba haber hecho en Vista al Mar el año anterior cuando Tía Julie le permitió trabajar en su estudio del ático.

—¿Dónde los encontraste? —Sarah tomó los bocetos de las manos extendidas de su madre. Uno era de la Sra. Wilson; el otro era de

Michael. Sarah los había dibujado, su único intento de hacer retratos, justo antes de mudarse a Long Island después que sus modelos ya se hubieran ido, la Sra. Wilson a su nuevo hogar en el pueblo y Michael al cielo.

—Todavía tengo cajas que traje de Carolina del Sur que no he desempacado, —respondió su madre. —Bajé una del ático. Ya es tiempo de revisarlas y continuar con nuestras vidas.

Sarah no comprendió totalmente lo que su madre había querido decir, pero se alegró de verla trabajando y no tendida en la cama con una botella como había esperado. A diferencia de su padre quien era casi tan ordenado como la Sra. Wilson, su madre era tan desordenada como Glen. Incluso contrató una señora para la limpieza que venía una vez a la semana para ordenar la casa.

—¿Los quieres o qué? —insistió su madre.

Antes de que Sarah pudiera responder, Glen subió corriendo las escaleras. Estaba sin aliento y se ahogaba con sus palabras. —Papá, —lloró. —Papá está muerto.

—¿Qué?

—En el garaje, Mamá.

La madre de Sarah dejó los bocetos en la cama con las otras cosas, el color desaparecía de su rostro. Sarah siguió a su hermano escaleras abajo, su madre unos pasos detrás de ellos. Cuando llegaron a la puerta abierta del garaje, los dos niños se detuvieron para que su madre los alcanzara.

—Escuchamos un ruido muy fuerte, —dijo Glen, tragando sus lágrimas y respirando al mismo tiempo. —Fue la pistola de Papi. Anda a ver. —Se cubrió los ojos con sus manos y comenzó a temblar. Sarah se acercó para consolarlo mientras sentía que el miedo subía por su espalda.

—Tenemos que llamar a la policía, —dijo su madre. —Sarah, recuerdas sobre marcar el 911 en una emergencia. Lleva a Glen a la casa y haz la llamada.

Sarah estaba sorprendida por lo serena que sonaba su madre mientras les daba instrucciones. Generalmente era la primera en derrumbarse, a diferencia de Tía Julie que siempre sabía exactamente qué hacer en cualquier situación.

Cuando Sarah vaciló, su madre le dijo, —Escúchame. Lleva adentro a tu hermano. Ahora. —Su voz era firme.

Mientras Sarah tomaba la mano de Glen, miró al oscuro interior del garaje. Aunque su padre tenía una lámpara y una luz arriba en el techo sobre su espacio de trabajo, no estaban encendidas. Tenía miedo de mirar más. Odiaba ver sangre y apenas lograba tolerarlo cuando el doctor tomaba una muestra de su brazo. Estaba agradecida por la mala iluminación porque todo lo que podía ver era la silueta de su padre sobre el escritorio.

—Ven conmigo, Glen, —dijo suavemente. —Tenemos que llamar para pedir ayuda.

—Es demasiado tarde, —dijo Glen, incluso mientras la seguía hacia la casa. —Está muerto. La bala atravesó su cabeza.

37

Vista al Mar: Tiempo presente

Después de recuperarme, dije, —Madre, tienes que decirle esto al Detective.

Ella bajó la mirada hacia sus manos. —Lo comprendo. He ocultado esto por demasiado tiempo. Quería protegerlos a ti y a Glen. No quise que supieran que tu padre era un homosexual y un asesino también.

—No lo comprendo. Si estaba enamorado de Michael, ¿por qué lo mataría? Me dijiste que habías aceptado el divorcio.

—Sarah, no tengo todas las respuestas. No he sido la mejor madre para ti ocultando esto y tratando de borrar todo con la bebida. Estoy lista para enfrentar lo que suceda ahora.

—¿Qué hiciste con la nota? —Esperaba que la hubiera guardado, lo que podría facilitar las cosas cuando habláramos con el detective.

—La rompí en pedazos y la lancé a la basura. Quería quemarla. —Su voz, baja hasta entonces, comenzó a elevarse. —Fui estúpida. Tenía veinte y tantos cuando conocí a tu padre. Debía saberlo entonces. Todavía me pregunto por qué sus padres o su hermana no me advirtieron, pero probablemente no les hubiera creído. Estaba tan enamorada. —Comenzó a llorar, pero no estaba segura de si eran lágrimas de tristeza o de rabia. Tal vez ambas. —¿Por qué Martin se molestó en casarse y tener hijos conmigo? —Las lágrimas brotaban ahora libremente.

—Madre. Lo siento tanto.

Ella me miró a través de los ojos llenos de lágrimas pero que sin embargo estaban lo más claro que los había visto en años. —Soy yo quien lo lamenta, Sarah. Desearía poder compensarte. Es demasiado tarde para compensar a Glen.

Nos sentamos allí por un rato perdidas en nuestros recuerdos. Era lo más cerca que habíamos estado en años.

Nuestro silencio se rompió cuando tocaron la puerta. —Jennifer, Wanda ya regresó con el almuerzo. ¿Bajarás a comer con nosotros?

Madre secó sus ojos con la manga. —Abre la puerta, Sarah. Necesito unos minutos.

Abrí la puerta y le dije a mi tía que bajaríamos pronto. Estaba sorprendida de verme en la habitación de mi madre. Creo que esperaba encontrarme dibujando en su estudio.

—Está bien. Carolyn y Russell ya están en la mesa.

Cuando nos reunimos con el resto para comer sándwiches de un restaurante de comida rápida local, Wanda nos dijo que mientras estuvo fuera, había revisado en su casa para ver si Wendy estaba allí. —Pensaba que no estaba contestando el teléfono, pero la casa estaba vacía. Creo que incluso se llevó su ropa.

—¿Es eso típico en ella? —preguntó Russell. —Quiero decir, ¿lo ha hecho antes?

Wanda suspiró. —Sí. Hubo momentos durante su matrimonio en que desaparecía. No lo supe hasta que la llamé un día, y su esposo dijo que ella no estaba en casa. Finalmente logré que me dijera que ella se marchaba con regularidad sin avisarle nada. Él llegaba a casa del trabajo y se encontraba con que ella se había ido. Después de verificar con el banco donde ella trabajaba a medio tiempo, descubrió que ella había llamado para avisar que estaba enferma. Wendy siempre había tenido problemas para mantener sus trabajos, así que él pensó que ella estaba buscando que la despidieran de nuevo. —Wanda suspiró. —Lo que lo preocupó fue cuando descubrió que su maleta no estaba en el closet y su ropa y efectos del baño tampoco estaban. Además había sacado dinero del banco.

—¿Adónde fue? —preguntó Carolyn, dejando a un lado su sándwich de jamón y queso suizo.

—Nunca lo supo. Cada vez que ella volvía varios días después, su única explicación era que necesitaba alejarse por algunos días. —Wanda colocó una jarra con limonada en la mesa. —No me sorprendió cuando Richmond finalmente comenzó el proceso de divorcio. Pensaba que lo estaba engañando aunque le juraba que no era así.

—¿Pero las notas llegaron después? —preguntó Russell, preguntando con un gesto a Carolyn si quería que le sirviera un vaso de limonada.

—Así es. Comenzaron cuando se mudó de nuevo conmigo después de su divorcio.

—Me pregunto dónde está ahora, —dije. —Lo sabríamos si estuviera aquí en Vista al Mar. No ha habido más mensajes, y no he encontrado mi teléfono.

—Dijiste que ella no tenía auto, —dijo Russell, sirviendo la limonada para Carolyn y preguntando si yo quería un poco. —No podría alejarse mucho caminando, y necesitaría un lugar para dormir.

—Tiene varias amigas en el área, pero no sé si se quedaría con ellas. Creo que ninguna de ellas sabe de su problema. —Wanda se sentó junto a Tía Julie, quien dijo, —Por eso ha estado bien que llamara a Donald.

Noté que Julie se refería al detective por su nombre, y vi que mi madre también lo notó.

—El esposo de Sarah llegará mañana, —dijo Russell, y recordé que había olvidado avisar a mi tía.

—Lo siento, Tía Julie. Olvidé decírtelo. Derek viene en camino. Consiguió librarse de su curso de verano y quiso reunirse conmigo. Espero que no te moleste. Sé que es un mal momento.

—No, está bien. Hay más que suficientes habitaciones. Si están muy apretados en la Habitación Violeta, pueden cambiarse a una más grande. Me alegra verlo pronto.

—¿Exactamente qué vamos a decirle al Detective Marshall? —Carolyn cambió el tema.

—Tenemos que decirle sobre Wendy, las notas, y el teléfono de Sarah, —dijo Tía Julie.

—No me refiero a eso. —Carolyn tomó un sorbo de su limonada. —Por lo que has dicho, este hombre ya está retirado. Probablemente nos diga que hagamos un reporte de personas desaparecidas con la policía.

—Nosotros pensamos que todo está atado a lo que sucedió hace veinte años, —dijo Russell. —Dado que el Detective Marshall era el encargado del caso de Michael en aquel momento, es el mejor para consultarle sobre este asunto.

De repente me sentí enferma. Con todo lo que estaba sucediendo, todavía no estaba pensando en el bebé, pero las náuseas que me amenazaban parecían tener más que ver con lo que mi madre había revelado y la muñeca de hojas de maíz que estaba ocultando en mi auto.

38

Vista al Mar: Veinte años atrás

Sarah no estaba dormida, pero sin embargo el golpe en la puerta la sobresaltó. Era tarde. Ella y Glen se habían ido a la cama a las once. Su padre había tratado de llevarlos a sus habitaciones más temprano, pero estaban agitados por los dulces que habían comprado en el pueblo con Tía Julie después de ir a la playa. El Sr. Donovan y Russell no habían venido durante varios días, por lo que Tía Julie tenía más tiempo para llevarlos a pasear. Wanda no dejaba ir a Wendy porque estaba castigada por responderle mal a su madre durante el desayuno. Wanda era muy estricta con su hija, y Glen decía que era porque Wendy no tenía padre para que la disciplinara.

Mientras estaba tendida contra la almohada escribiendo y dibujando en su diario que la ayudaba a relajarse más que leer o contar ovejas, Sarah escuchó tres golpes, una pausa, y luego dos golpes más, la señal de código Morse que Glen había desarrollado para avisarle que era él.

Se levantó de la cama y se puso sus pantuflas, mirando el reloj sobre su mesita, el cual solo usaba durante los meses que tenía clases. ¿Qué podía querer su hermano a media noche?

Cuando respondió luego del segundo juego de golpes en la puerta, vio a Glen de pie con su dedo en los labios. —Haz silencio, Sarah, y ven conmigo. Tienes que escuchar esto. Apúrate.

Sarah lo siguió por el pasillo hacia la habitación de sus padres. —Glen, ¿estás espiando de nuevo? Nos meterás en problemas. —Apenas unos días atrás, uno de los nuevos huéspedes había encontrado a Glen escuchando por su puerta y se lo había dicho a Tía Julie, quien se lo dijo a su padre. Le había advertido a Glen que si sucedía de nuevo, no recibiría su mesada durante un mes. Tampoco le permitiría ir al museo de ciencia ni a la playa durante ese mismo tiempo.

—Está bien. No nos escucharán. Esto es importante, Sarah. Escucha. Por favor.

Dio un paso hacia la puerta y presionó su oreja contra la superficie. No es que fuera necesario porque la voz de su padre tendía a escucharse aunque hablara en voz baja.

—Lo siento mucho, Jen. Sé que soy la razón de tu enfermedad, pero en realidad te amaba. Por favor, créeme. Es mejor así, para ti y para los niños. Durante un tiempo pensé que continuar juntos era lo mejor, pero ahora veo que eso no es posible.

—Va a dejarla, —murmuró Glen. —Antes dijo que había encontrado a alguien.

El corazón de Sarah comenzó a correr. Ella había sabido por mucho tiempo que sus padres ya no estaban enamorados. Nunca se besaban y casi nunca se tocaban. Todavía sospechaba que Wanda era la causa. Parecía haber comenzado cuando ellos se mudaron para Vista al Mar, pero era demasiado pequeña entonces para recordar si alguna vez habían sido felices juntos.

—Está bien, Martin. No trates de suavizarlo. He ido a las reuniones y he hablado con otros sobre mi problema. Esto es tanto mi culpa como tuya. Quise proteger a los niños, pero están creciendo rápido. Podemos terminar esto como amigos. No te odio. —La voz de su madre se quebraba. Sarah supo que estaba llorando.

—Pensaba que te resistirías. Me alegra que comprendas mi posición. No me iré inmediatamente. Trataré de encontrar un lugar para vivir cerca de la universidad. Todavía no he hablado con Julie sobre esto. Estoy planeando hacerlo mañana. Primero tenía que preguntarte a ti.

—Él se escucha muy sereno sobre esto, —murmuró Sarah a Glen quien tenía una oreja contra la puerta. —Ni siquiera le importa que ella está llorando.

Desde la Habitación Jardín, su madre preguntó con una voz todavía tensa por las lágrimas. —¿Podremos quedarnos aquí? ¿Entregarás la posada?

—Tengo que ver qué quiere hacer Julie. No te preocupes. No importa lo que suceda, yo proveeré para ti, Glen y Sarah.

Su madre respondió con una voz más controlada. —Creo que quiero volver a Long Island.

—Podemos hablar sobre eso. Un paso a la vez. Ahora ya me voy. Gracias de nuevo, cariño. Significa mucho para mí que lo comprendas.

—Apresúrate, —dijo Glen mientras escuchaba los pasos de su padre dirigiéndose hacia la puerta. Ambos se escabulleron de prisa a través del pasillo y entraron en sus habitaciones.

39

Vista al Mar: Tiempo presente

Después del almuerzo, me disculpé, diciendo que me dolía la cabeza y quería descansar en mi habitación. Carolyn me miró un poco preocupada, y cuando me levanté de la mesa, ella me preguntó si todo estaba bien. Le dije que estaba cansada por el viaje del día anterior y los eventos de la noche previa. Ella asintió y dijo que estaría en el patio trabajando en el próximo libro de Kit Kat durante algunas horas. Ella se sintió un tanto decepcionada cuando Russell dijo que le encantaría quedarse con ella pero que tenía otros planes para el resto del día. Por el bien de Carolyn, esperaba que esos planes no incluyeran una novia.

Russell prometió que regresaría a la posada a tiempo para la cena. Tía Julie y Wanda discutieron el horario de cocina y limpieza. Estaban emocionadas por tener al detective como invitado, y yo me preguntaba si la emoción se debía a que ansiaba ver de nuevo a

Donald Marshall y si el nerviosismos de Wanda se debía a su miedo a lo mismo.

De vuelta en mi habitación, tuve la oportunidad de leer de nuevo mi diario. Me acosté en la cama, mi estómago finalmente se calmaba, y abrí el libro. Era raro leer de nuevo esas palabras escritas con mi letra de niña. Los dibujos que ilustraban el texto también eran extraños a mis ojos. La memoria es extraña y no muy confiable. Como un sueño, tu mente con frecuencia embellece la realidad de tus experiencias. Es similar a la forma en que un testigo identifica a un sospechoso. La imagen mental con frecuencia varía significativamente de la realidad. Lo que percibí como niña era tanto claro como obtuso. No debía sorprenderme que los hechos transcritos en ese entonces variaran de cómo yo los recordaba.

Mientras hojeaba el diario, dudé si leer la última página. Sin embargo, cuando llegué allí, me sorprendió ver que no era lo que yo esperaba. Recordaba terminar con mi diario el día que Michael murió, pero había varias páginas adicionales. No solo había descubierto las visitas posteriores del Detective Marshall a Vista al Mar, sino que además había incluido eventos que sucedieron antes de que Wanda y Wendy se mudaran de allí.

Pasando por alto mi introducción a aquel fatídico día en que nuestras vidas cambiaron, elegí al azar ver mi descripción de lo que había ocurrido una semana después.

DE LAS NOTAS DE MICHAEL GAMBOSKI

Una biblioteca portátil del Betel del Marinero que contiene libros de la Sociedad de Amigos de los Marineros Americanos, encontrado en el naufragio de una goleta que se hundió en 1914, similar a las bibliotecas que circularon en los faros (Foto: Bonnie Sandy/Martha's Vineyard Museum)

De las Notas de Michael Gamboski

Al reconocer la soledad de muchas estaciones de luz, y el hecho de que los guardianes se comprometían en "actividades monótonas rutinarias," el Consejo de los Faros en 1876 comenzó a distribuir pequeñas bibliotecas a las estaciones de luz aisladas. Estas bibliotecas consistían de unos cuarenta libros que estaban incluidos en un estuche que se abría para mostrar su contenido. Cada biblioteca era diferente, ya que el Consejo visualizaba transferir las cajas entre los distintos faros, dejando al principio una biblioteca en cada estación por unos seis meses. Específicamente, el Consejo de los Faros quería que las bibliotecas fueran enviadas a "faros aislados del más alto orden, donde hay guardianes con familias, quienes leerán y apreciarán los libros que contienen las bibliotecas portátiles."

Cada biblioteca portátil contenía una mezcla de novelas, historias, biografías, aventuras, textos religiosos, y revistas.

En 1885, había 420 bibliotecas portátiles en circulación. No se sabe cuánto tiempo permanecieron en uso, pero para 1912, el Consejo de los Faros reportó tener 351 bibliotecas portátiles.

(de Faros de América: Una Historia Ilustrada por Francis Ross Holland, Jr., General Publishing Company: Toronto, Ontario, 1972.)

40

Vista al Mar: Tiempo presente

Después de leer algunas páginas del diario de mi infancia, me quedé dormida. Desperté cuando tocaban a mi puerta y Carolyn me llamaba. —Sarah, ¿estás despierta? Es hora de cenar.

Me levanté de la cama y abrí la puerta. —Debí dormir por horas, Carolyn. ¿Qué está sucediendo?

Mi amiga entró en la habitación. Tenía una amplia sonrisa en su rostro. —Todos están abajo, y el detective ya llegó. Russell también llegó, y me invitó para ir a ver una película después de la cena. Tía Julie me dijo que viniera a buscarte. Estoy segura de que necesitas descansar. El embarazo es agotador.

—Shhh, —dije, colocando un dedo sobre mis labios. —Recuerda que no le he dicho nada a nadie sobre mi situación.

—Comprendo, pero Derek llega mañana. Creo que todo saldrá bien cuando llegue.

Desearía poder ser tan optimista como Carolyn, pero claro que ella estaba viendo todo a través de lentes color rosa después que Russell la invitó a una cita. —Espero que tengas razón. Voy a cepillar mi cabello y a lavarme. Bajaré enseguida.

Ella asintió y regresó al pasillo.

Cuando me reuní con los demás en la cocina, el Detective Marshall, a quien reconocí pero que había envejecido tanto como todos después de veinte años, se levantó de su asiento junto a mi tía y extendió su mano para saludarme. —Encantado de verte de nuevo, Sarah. Te has convertido en una dama encantadora.

Estreché su mano. —Es agradable verlo de nuevo, Detective Marshall, aunque lamento que nos reunamos en estas circunstancias.

Él asintió. —Tu tía me ha informado sobre los actuales problemas en Vista al Mar. —Su sonrisa desapareció de su rostro. —Por favor, llámame Donald. Ya no soy detective.

—No hablemos de eso ahora, —dijo Tía Julie. —Toma asiento, Sarah. Wanda ha preparado una comida deliciosa.

Me senté en la silla vacía junto a mi madre, quien me alegraba ver que parecía sobria y nada nerviosa como imaginé que estaría.

—Lamento haberlos hecho esperar. Dormí más de lo esperado.

—No te preocupes, —dijo Russell desde su asiento junto a Carolyn. —Estuvimos conversando un poco antes de servir la cena.

—Le dije a Donald sobre Wendy, —dijo Wanda. Estaba al otro lado de mi tía.

—Podemos discutirlo luego con todo lo demás, —reiteró Tía Julie.

—¿Por qué esperar? —preguntó mi madre. —Podría haber más que algunos de nosotros queramos agregar. —En ese momento supe que no había mencionado lo que me había dicho antes.

—Muy bien, pero detesto arruinar nuestra cena.

—La verdad no arruina nada. Aclara las cosas. —No me sorprendió la disputa verbal entre mi madre y mi tía. Observé cómo cambió el rostro de Tía Julie. Antes había estado radiante y concentrado en Donald Marshall.

—¿Qué tienes que decirnos, Jennifer?

Madre estaba retorciendo la servilleta en su regazo. Aparte de eso, todavía parecía serena por fuera.

—Adelante, Jennifer, —dijo Donald. —Lo que puedas agregar será de ayuda, aunque ya he dicho que no estoy aquí en calidad oficial para investigar este asunto. Wendy no ha estado desaparecida por mucho tiempo pero, debido a su enfermedad, aconsejaría que contactaran las autoridades. Puedo ayudarlos con eso si lo desean.

—Ya expliqué que queremos mantener esto privado de momento, —dijo Tía Julie.

Donald suspiró. —Está bien. Primero escuchemos lo que la Sra. Brewster tiene que decir. —Se volteó para mirar a Madre.

—Gracias, Donald. Por favor llámame Jennifer. —Dejó la servilleta en su regazo. —No estoy segura si sabes que mi esposo se suicidó después de la muerte de Michael.

—Lo sé, Jennifer. Todavía visitaba Vista al Mar en ese momento, y Julie me habló al respecto. Lamenté mucho escuchar esa noticia.

—Gracias. —Ella respiró hondo y dejó escapar el aire lentamente. —Ya he compartido esto con Sarah. —Madre me miró. Extendí mi mano y tomé la suya debajo de la mesa. Los rostros de Tía Julie y Wanda no expresaban nada mientras esperaban por el resto de la historia. Carolyn y Russell parecían más interesados en ellos mismos y sus planes para ver una película.

—Después que encontramos a Martin...—comenzó.

—Después que Glen encontró a Martin, —la corrigió Tía Julie.

Madre asintió. Si yo fuera ella, estaría enojada por la interrupción, pero creo que ella estaba aliviada de que le diera más tiempo para pensar bien lo que tenía que decir.

—Continúa, —la apremió Russell. Quería terminar con todo esto por otra razón. Me preguntaba si, como su padre, se sentiría herido si Carolyn volviera con Jack cuando terminara su visita en Vista al Mar.

Madre sonrió brevemente y apretó mi mano. —Eso es correcto. Glen encontró a su padre en el garaje donde trabajaba en su papeleo. Se había disparado en la cabeza.

—Ya lo sabemos, —dijo Tía Julie, —o al menos la mayoría lo sabemos. —Miró a Russell y a Carolyn como para excluirlos. —Entonces, ¿qué tienes que agregar?

Me sentí mal por mi madre ante la rudeza de Tía Julie, y me preguntaba qué pensaba Donald Marshall mientras estaba sentado al otro lado de la mesa observándonos a todos silenciosamente.

—Es cierto que Martin se disparó, pero hay algo que no le dije a la policía cuando llegaron. —Miró a Donald en busca de apoyo.

—Parece que ha sido un tiempo muy largo guardando un secreto, —dijo él. —¿Está segura de querer decirlo ahora? ¿Tiene alguna relación con lo que está sucediendo aquí?

—No estoy segura. Quiero decirlo porque tengo que sacarlo de mi pecho, finalmente, pero quién sabe si es importante a estas alturas.

—¿Vas a mantenernos en suspenso por más tiempo? —preguntó Carolyn. Me di cuenta de que Wanda y yo éramos las únicas en la mesa que no habíamos dicho nada. Wanda miraba su plato. Probablemente estaba preocupada de que la comida preparada con tanto esmero se enfriara y nadie la comería después de que madre dijera lo que fuera que iba a decir.

Con otro suspiro, Madre lo soltó todo. —Encontré una nota suicida. En realidad, era una confesión.

Wanda gimió, sus ojos oscuros se tornaron cenizos, y habló por primera vez. —¿Dónde la encontraste? ¿Qué decía?

Madre bajó la mirada a su regazo y nuestras manos enlazadas. —Estaba en su escritorio. Probablemente Glen estaba tan asustado que no la vio. Le dije a Sarah que lo llevara a la casa y llamara al 911. Después que los niños salieron del garaje, miré alrededor. No fue difícil de encontrar.

Todos tomaron un suspiro colectivo esperando que terminara. —Martin no la dirigió a mí, la policía, ni a nadie en particular. Era muy breve. Todo lo que decía era 'Yo maté a Michael.'

—No. —El llanto de Wanda me sorprendió.

—¿Estás bien, Wanda? —preguntó Tía Julie.

Wanda se levantó y empujó su silla hacia atrás. —Lo siento. No me siento bien. Me gustaría retirarme.

—Todavía no, —dijo Donald.

—Seguramente, puedes hacer una excepción con Wanda, —imploró Tía Julie. —Probablemente tenga una de sus migrañas de nuevo. Sé lo terribles que pueden ser. Necesita ir a acostarse en una habitación oscura.

—Julie, por favor. —La voz de Donald era firme. Wanda se sentó de nuevo, su rostro todavía pálido, pero yo tenía la impresión de que era por lo que madre había dicho y no por una migraña.

—Pensaba que no lo estaba manejando de forma oficial. —Russell dirigió su comentario al detective retirado.

—Efectivamente, pero aún así tengo preguntas. Me llamaron para consultarme sobre este asunto, y necesito información para poder hacerlo. —Miró a mi madre de nuevo. —¿Por qué no le mostró la nota a las autoridades, Jennifer?

Tragó y luego respondió, soltando mi mano al hacerlo. —Quería proteger la memoria de mi esposo. Mis hijos todavía eran pequeños. Ya era suficientemente malo que las personas hablaran de que se había suicidado, pero no quería que su padre fuera etiquetado como un asesino.

—¿Y sí lo era? ¿Usted creyó en lo que escribió? ¿Supongo que reconoció la escritura?

Madre asintió. —Estoy segura de que la escribió él. ¿Por qué mentiría si era la explicación para cometer suicidio?

Donald Marshall no tenía una respuesta para eso, y tampoco los demás.

Después de lo que pareció una eternidad, Tía Julie dijo, —La comida se está enfriando. Creo que debemos comer antes de discutir nada más.

Donald arqueó una ceja, y pensé que insistiría en hacer más preguntas. En lugar de eso, dijo, —Lamento que las preguntas tomaran tanto tiempo, Julie. Esta comida se ve deliciosa, y gracias de nuevo por la invitación a cenar. —Con un gesto de su cabeza hacia mi madre, agregó, —y, gracias, Jennifer, por compartir esa información con nosotros. Sé lo difícil que debió ser para ti, pero su relevancia con esta situación aún debe ser determinada.

—Creo que tiene gran relevancia, —intervino Russell. —La mayoría de nosotros estuvimos aquí hace veinte años cuando encontraron el cuerpo de Michael. Mi padre y yo no estuvimos en la posada ese día, tampoco vinimos mucho durante el período siguiente, pero Michael fue para nosotros más que un huésped de Vista al Mar. Durante años, todos nos hemos preguntado por qué alguien tan brillante y lleno de entusiasmo tomaría su propia vida. Ahora sabemos lo que sucedió realmente.

Donald contempló las palabras de Russell antes de responder. Tamborileó sobre la mesa con un dedo. —En mi previa profesión, Sr. Donovan, Russell, si me permite, aprendí sobre confesiones. No siempre puedes creer en ellas. Sé que Jennifer identificó la letra como de Martin, pero ninguno de nosotros hemos visto esa nota. Supongo que no guardó la nota, ¿Jennifer?

—Claro que no, pero no lo inventé. Lo he guardado dentro de mí durante años y me ha devorado. ¿Está tratando de decir que mentí al respecto? ¿Por qué lo haría ahora?

—No estoy diciendo que mintiera, —la corrigió Donald. —Sin embargo, es posible que después de todo este tiempo, no recuerde las palabras exactas de la nota. Incluso si así fuera, eso no significa que su esposo empujara a Michael por la barandilla. Podría sentirse responsable por alguna razón y esa sea la razón, en su mente, por la que sentía que había matado a Michael. ¿Puede comprenderlo? ¿Existe alguna razón por la que él sentiría de esa manera, Jennifer?

Vi a mi madre agitarse en la silla. Podía imaginar lo que estaba pasando por su mente. ¿Debía decirle a ellos el oscuro secreto de mi padre sobre su atracción hacia hombres jóvenes? Antes de decidir cómo responder, Tía Julie tomó el control de nuevo.

—Creo que ya fue suficiente por ahora, Donald. Wanda me ayudó a preparar una deliciosa comida y estamos haciendo que se pierda. Incluso Russell cree que esto es importante, preferiría concentrarnos en encontrar a Wendy y el teléfono perdido de Sarah.

—Me disculpo. Continuaremos esta discusión luego, pero tengo una última pregunta. —Donald observó a los presentes. —¿Han llegado más mensajes? ¿Esas pistas escritas con creyones que me refirieron?

—No que yo sepa, —respondió Tía Julie.

—Después de cenar, necesitamos inspeccionar la posada. Sé que me dijiste que solo hay algunas habitaciones abiertas de momento y que las otras están cerradas, pero deberíamos revisarlas también. Wendy todavía podría estar aquí dado que Wanda no ha tenido suerte al buscarla en su casa.

Tía Julie levantó su tenedor. —Luego abriré las habitaciones para ti, Donald. Primero disfrutemos la cena.

Yo quería mencionar que había escuchado algo en la Habitación Jardín antes de que llegara Madre, y también necesitaba decirle a Donald sobre la muñeca que Carolyn había encontrado cerca del faro. Sin embargo yo sabía que no era el momento adecuado. Planeé hacerlo en privado si lograba separar a Donald de mi tía. No quería hablar frente a Wanda. ¿De verdad Dottie se había perdido el día que murió Michael y no había sido encontrada hasta ahora?

DE LAS NOTAS DE MICHAEL GAMBOSKI

(foto de Ida Lewis, mujer guardiana de un faro, Wikimedia Commons)
Ser guardián de un faro fue uno de los primeros empleos del gobierno de los E.U.A. disponibles para mujeres en el siglo 19. Hubo muchas mujeres guardianas de faros (80 en los archivos), pero la mayoría obtuvo su posición cuando morían o se incapacitaban sus esposos.
El faro de Lime Rock en Newport Harbor, RI fue el primero encendido en 1854. Después que el primer guardián, James Lewis, sufrió un infarto en 1858, su esposa Ida atendió el faro con la ayuda de su pequeña hija. En 1879, Lime Rock fue rebautizado Faro de Ida Lewis.
Robbins Reef, también conocido como el Faro de Kate, fue nombrado por

De las Notas de Michael Gamboski

la esposa del guardián, quien luego de su muerte, atendió el faro desde 1886 hasta 1919 y remaba diariamente para llevar a sus hijos a la escuela en Staten Island.
(Información obtenida de la Sociedad de Faros de E.U.A.)

41

Vista al Mar: Veinte años atrás

Cuando Sarah despertó, regresó el recuerdo de la noche anterior y lo que ella y Glen habían escuchado a través de la puerta de sus padres, llenándola de temor. ¿Era cierto que su padre de verdad dejaría a su madre? ¿Se mudarían de Vista al Mar? Ella no había dormido bien pensando en lo que todo eso significaba y cómo los afectaría a ella y su hermano.

Mientras Sarah se vestía, comprendió que hoy también era el día en que Michael se marchaba de la posada. Había anunciado ayer durante el desayuno que ya había terminado su investigación y que pasaría el resto del verano en casa con sus padres. Ella y Glen lo ayudaron a subir sus maletas al auto porque quería marcharse temprano en la mañana. Estaban tristes de verlo partir, aunque prometió que volvería de visita.

Cuando Sarah bajó las escaleras, observó que no había nadie. La Sra. Wilson no había comenzado a preparar el desayuno, y generalmente lo preparaba temprano los Sábados antes de llevar a Wendy a la escuela bíblica. Al mirar el reloj de la cocina, vio que eran las 7:30.

Se sobresaltó cuando escuchó pasos detrás de ella, pero solo era su tía. —Si estás buscando comida, Sarah, no estará lista hasta más tarde. Puedes tomar algo de fruta si quieres. La Sra. Wilson no se siente bien esta mañana, así que yo prepararé el desayuno. ¿Glen también está levantado?

—No, Tía Julie. No lo he visto. Lamento lo de la Sra. Wilson. ¿Wendy irá hoy a la escuela bíblica?

Tía Julie entró en la cocina. Abrió el refrigerador, revisó el contenido. —Eso espero, Sarah. Tal vez quieras ayudarme a preparar los huevos. De todas formas, la mayoría de los huéspedes se levantan tarde los Domingos en la mañana.

—¿Michael ya se marchó?

Tía Julie colocó una docena de huevos sobre la mesa. —No. Está en el patio con tu padre. Tal vez puedas llevarles una cesta con panecillos mientras preparo el café. No están recién hechos, pero Michael debería comer algo antes de conducir a su casa. —Le entregó la cesta a Sarah, y el estómago de Sarah rugió recordándole que estaba vacío.

—Gracias, Sarah. Puedes comer uno si quieres.

Mientras se dirigía a las puertas que daban al patio, Sarah escuchó dos voces masculinas que llegaban hasta ella. Reconoció la profunda voz baja de su padre y la más aguda de Michael. Mientras escuchaba, comprendió que estaban discutiendo. La voz de su padre se elevó. Reconoció el tono de cuando se enojaba con ella o con Glen. Temerosa de interrumpir, se quedó junto a las puertas. Su intención no era espiar sino esperar a que se calmaran. Sin embargo, no pudo evitar escuchar sus palabras.

—Yo estoy renunciando a todo esto por ti, y ahora me dices que se acabó.

—Martin, cálmate. Alguien podría escucharnos.

—Ya no me importa. Estoy cansado de ocultarme. Anoche hablé con Jennifer. Te dije que aceptó darme el divorcio. No lo esperaba, pero estoy aliviado.

—Yo no te pedí que hicieras eso. ¿Qué hay de tus hijos? ¿Tu hermana? Supongo que renunciarás a la posada.

—También hablé de eso contigo. Comenzaré mi propia compañía de construcción. Tomará tiempo, pero no seguiré bajo las órdenes de Julie por más tiempo.

—Te deseo suerte, Martin, pero tengo mis propios planes. Me falta un año más en la universidad y luego voy a comenzar mi propia carrera. Disfruto la investigación. Estoy pensando en convertirme en archivista.

Sarah tuvo que acercarse a la puerta para escuchar las siguientes palabras de su padre porque finalmente se había calmado y estaba hablando más bajo.

—¿Entonces se acabó?

—Lamento que lo malinterpretaras. No debí aceptar el anillo, pero dijiste que solo era una muestra de tu amistad.

—No lo quiero de vuelta.

En el silencio que siguió, Sarah aprovechó la oportunidad para sacar los panecillos. Cuando cruzó las puertas del patio, su padre y Michael se estaban abrazando. Le pareció extraño porque su padre no era un hombre muy expresivo y casi nunca abrazaba a ninguno de ellos o siquiera a su madre. Se separaron cuando ella dijo, —Disculpen. Tía Julie me dijo que trajera comida para ustedes. La Sra. Wilson tiene un fuerte dolor de cabeza esta mañana.

Su padre se volteó, y ella creyó ver lágrimas en sus ojos cuando él la miró. —Gracias, Sarah.

Sarah colocó la cesta en la pequeña mesa de mimbre entre las sillas mecedoras. —¿Te marcharás pronto? —le preguntó a Michael.

Él sonrió, aunque notó que sus ojos también estaban llorosos. —Sí, Sarah. Ya nos despedimos anoche. Voy a extrañarte, a ti y a tu hermano, vendré cuando pueda.

Sarah supo que eso no sucedería. Cuando los amigos de la escuela decían que se mudarían pero que continuarían en contacto, nunca lo hacían. Era lo que las personas decían para aliviar el golpe cuando se marchaban de tu vida.

Estaba a punto de regresar a la cocina para ayudar a Tía Julie a preparar el desayuno cuando Wendy salió al patio balanceando a su muñeca a su lado. —Buenos días, Sr. Brewster, Michael, Sarah.

—¿Tu madre ya se siente mejor? —preguntó el padre de Sarah.

—Sí. Está en la cocina preparando el desayuno con la Sra. Brewster. Me pidió que viniera a llamarlos a todos.

—Tomaré un panecillo para llevar, —dijo Michael. Se volteó hacia el padre de Sarah. —Gracias de nuevo a ti y a tu hermana por su hospitalidad. Disfruté mi estadía en Vista al Mar. —Tomó un panecillo de chocolate de la bandeja, se dio la vuelta y desapareció entre las sombras del musgo que colgaba a orillas del camino.

—Bien, podemos entrar de nuevo, —dijo el padre de Sarah, sus ojos todavía húmedos, con su voz afectada.

Ella y Wendy lo siguieron al interior de la casa.

—¿Dónde está Mamá? —preguntó Wendy a Tía Julie mientras entraban en la cocina. Algunos de los huéspedes de la posada estaban comiendo y conversando entre ellos en una de las mesas de atrás. Tía Julie siempre reservaba la mesa de adelante para la familia. El único allí era Glen, y el padre de Sarah tomó el asiento a su lado. Sarah todavía veía tristeza en sus ojos y dudaba que comiera mucho. La madre de Sarah no había bajado todavía. Después de lo que ella y su hermano habían escuchado hablar anoche a sus padres, Sarah no se sorprendería si su madre permanecía todo el día en su habitación.

—Ya está afuera, Wendy, —dijo Tía Julie. —Ella me dijo que tomaras un panecillo y la encontrarás allá. Ya se te hace tarde para la escuela bíblica.

Wendy hizo como le dijo, susurrando a Sarah que había esperado no tener que ir esa mañana. Entonces salió corriendo por la puerta de atrás para reunirse con su madre.

Glen y el padre de Sarah estaban inmersos en una conversación sobre el más reciente proyecto de ciencia. Sarah estaba sorprendida de que Glen no le hubiera preguntado por Michael porque habían sido muy cercanos. El día anterior, cuando Michael los llevó a su habitación por última vez y les dijo adiós, le había regalado a Glen uno de los libros sobre el faro que había comprado pero que ya no necesitaba. Aunque no estaba directamente relacionado con la ciencia, Glen pareció muy feliz de recibirlo. Sarah recibió una encantadora concha marina que Michael había encontrado en la playa y que había limpiado y pulido. Le dijo que sería un lindo pisapapeles para sus bocetos. Para Wendy, tenía una caja de sus chocolates favoritos de la tienda de dulces, pero le hizo prometer que no los comería todos de una vez o le dolería el estómago y su madre se enojaría con él. Sarah se preguntaba si también les habría dado regalos a los adultos, pero no vio ninguno. Todos lamentaban verlo partir, especialmente su padre.

42

Vista al Mar: Tiempo presente

Casi no tenía apetito para cenar y la comida me pareció fría e insípida debido a su humor y aprensión sobre lo que necesitaba decir a Donald. Él y mi tía se habían ido a revisar las habitaciones mientras yo ayudaba a recoger la mesa. Wanda dijo que su dolor de cabeza había empeorado y que necesitaba acostarse un rato. Russell y Carolyn se habían ido a ver una película, y Madre se ofreció a ayudarme a limpiar. Me alegré por su compañía.

—Estuviste muy bien, Mamá, —dije mientras estábamos en el fregadero lavando los platos. —Sé lo difícil que debió ser para ti decir todo eso.

Madre secó el plato que le entregué. —Gracias, Sarah, pero debí hacerlo hace años. Continuaba tratando de proteger a las personas, pero no podía continuar usando esa excusa para ocultar la verdad.

—¿De verdad piensas que Papá mató a Michael?

Madre hizo una pausa, el plato esperaba en su mano. —No lo sé. Aquella mañana después del desayuno, él se marchó de la posada. Nunca le dije eso a Donald cuando me interrogó. Dije que yo estaba leyendo en el porche y que vi a tu padre trabajando en su auto. En realidad esa mañana estaba trotando por el faro.

No había comprendido que Madre había mentido sobre dónde estaba mi padre la mañana de la muerte de Michael. —¿Qué le dijo Padre al detective ese día?

—Dijo que el motor del auto tenía problemas y que estaba tratando de repararlo. Donald no nos interrogó por separado, así que continuó con la historia que yo había dicho.

—¿Qué hay de tu coartada? —le pregunté. —¿Padre te dio una?

Ella sacudió la cabeza. —No. Dijo que no sabía que yo estaba en el porche.

—¿Qué hay de Tía Julie? Generalmente ella se sienta afuera en la mañana.

—Dijo que estaba pintando arriba en su estudio. —Madre echó hacia atrás un mechón de cabello rubio con hilos grises que había caído sobre su ojo izquierdo mientras secaba el plato que le había dado.

—¿Entonces nadie excepto tú corroboró la historia de nadie más?

—Así es, pero no importaba, Sarah. Dictaminaron la muerte de Michael como suicidio. Nunca lo creí. Estaba de camino a su casa. Había terminado su tesis. Las autoridades crearon un escenario en el que alguien había terminado su romance con él y ya no pudo enfrentar la vida. Donald Marshall dijo que cuando Michael se despidió de todos era una despedida definitiva. Esa mañana nunca subió a su auto. Lo encontraron en el área reservada para huéspedes. En lugar de eso había caminado hasta el faro y saltó de la torre.

—Glen y yo los escuchamos hablar a ti y Papá sobre la separación la noche anterior, —dije, dándole otro plato para secarlo. Supuse que si íbamos a tener una conversación sincera, ella necesitaba saberlo todo. —La mañana siguiente, Michael le dijo a Papá que lo lamentaba si le había dado una impresión equivocada pero que él tenía planes para el futuro que no lo incluían a él. Yo no podía comprender a qué se refería, pero sabía que Papá estuvo muy alterado después de eso.

Madre suspiró y bajó la mirada hacia el plato mojado que goteaba en el fregadero. —Tenía la sospecha de que tú y Glen sabían algo. Creí que tu padre había aceptado mudarnos a Long Island y permanecer en nuestro simulacro de matrimonio para escapar de la culpa. Sé que eso nunca funciona. Escapar, bien a un lugar lejano o a través de la botella, no es una solución para ningún problema. Debí comprenderlo años atrás.

Guardé el último plato y coloqué mi mano en el brazo de mi madre. —No fue fácil para ti. —La rabia hacia mi padre ardió dentro de mí. En ese momento, yo sabía que era un asesino. Si no de Michael, entonces al menos de los sueños de mi madre. Se había casado con ella sabiendo que no podría amarla como ella lo amaba a él.

Cuando Donald y Tía Julie terminaron de revisar la posada, nos reunimos en la sala donde Madre y yo estábamos tomando té y conversando. Era como si una barrera hubiera sido derrumbada entre nosotras, y me sentí más cerca de ella que durante muchos años.

—No hubo suerte, —dijo Donald mientras entraba con mi tía a su lado. —No hay indicios de ella. Dado que la casa de Wanda está cerca, es posible que Wendy vuelva allá de noche. No ha habido más mensajes ni se han recibido más mensajes, así que debe haber vuelto a ser ella misma a estas alturas. Le recomendaría a Wanda que vaya a revisar su casa mañana o que llame por teléfono. No soy psiquiatra, pero creo que este tipo de episodios que me describió dure más de unas horas.

—Aún así, —dijo Tía Julie, —creo que es una buena idea que te quedes esta noche, Donald, como lo hablamos. Arreglaré una habitación de huéspedes para ti.

Observé su intercambio y supe que encontrar a Wendy o proporcionar protección para ella no estaban detrás del plan de mi tía. Era obvio que el brillo en sus ojos y la sonrisa especial que ofrecía a Donald Marshall se debían a que todavía estaba enamorada de él. Dudaba que en realidad fuera a dormir en la habitación de huéspedes esa noche.

Donald y Julie se reunieron con nosotros para tomar el té, pero la conversación se apagó. Era obvio que Julie quería estar a solas con su viejo amante, y madre estaba cansada luego de su confesión. Yo todavía necesitaba hablar con Donald sobre la muñeca de Wendy, pero parecía que no lograría llegar a él. Decidí irme a la cama y quizás leer más de mi diario para ver si recordaba algo que pudiera arrojar luz sobre lo que realmente le sucedió a Michael el día en que trató de marcharse de Vista al Mar.

Cuando estaba en mi habitación, escuché a Russell y Carolyn regresar del cine. Estaban riendo y hablando sobre la película. Cerré mi puerta mientras sus pisadas se dirigían al Ala Este. Tenía la impresión de que mi amiga pasaría la noche en la Habitación del Faro y no junto a la mía. Estaba feliz por ella pero preocupada por Russell. Si Carolyn era una versión más joven de Tía Julie, podría dejarlo antes de que terminara el verano. Traté de controlar mi cinismo. Solo porque el hombre con el que yo me casé estuviera durmiendo con su joven asistente no significaba que el amor de todos estuviera condenado. Dejé a un lado mi diario. Mañana tendría que enfrentar a Derek cuando llegara a la posada. Parte de mí estaba emocionada ante el prospecto, pero otra parte temía por nuestra confrontación. Busqué fuerzas en la admisión de mi madre con la esperanza de que me diera la seguridad para enfrentar a Derek sobre la joven que había contestado nuestro teléfono. Aunque nuestra relación había estado tensa durante meses antes de mi viaje a Vista al Mar, nunca tuve evidencia de la falta de honestidad o deslealtad de su parte hasta ahora.

Di un golpe a mi almohada con frustración. ¿No era irónico que casi al mismo tiempo en que descubrí que estaba embarazada con su bebé, Derek estuviera en la cama con otra?

Cerré los ojos y traté de bloquear todos los pensamientos dolorosos. Anticipé permanecer despierta preocupada hasta el día siguiente, pero Carolyn tal vez tuviera razón sobre lo agitado que es el principio del embarazo porque me quedé dormida con imágenes de Derek y yo flotando en mi mente.

DE LAS NOTAS DE MICHAEL GAMBOSKI

(Faro Eddystone en 1759, después de la muerte de Henry Hall)
Probablemente el guardián de faros más viejo fuera Henry Hall, guardián del famoso Faro Eddystone, quien tenía 94 años. Tuvo una muerte

De las Notas de Michael Gamboski

sorprendente mientras trabajaba en 1755. El faro se incendió y, mientras trataba de apagar el fuego, tragó casi media libra de plomo derretido. Murió por envenenamiento con plomo dos semanas después.

43

Long Island: Dos años atrás

Sarah y Derek estaban desayunando. Derek había preparado huevos enteros con tostada que Sarah apenas probó. No estaba comiendo mucho últimamente. Una semana atrás, su hermano fue lanzado de su motocicleta en una autopista de L.A. y fue declarado muerto en la escena. Unos días antes, su esposo durante siete años le había pedido que aceptara el hecho de que no tendrían hijos.

—Si no te comes eso, se enfriará y sabrá horrible, —dijo Derek, mojando su tostada en la yema del huevo. —Tienes que comer, Sarah. Glen no querría que murieras de hambre en su memoria.

Ella lo miró con ojos llorosos y quiso decirle que no estaba de luto solo por su hermano. También lo estaba por los bebés que no tendría nunca.

—¿Qué te parece si tomo el día libre? Es un día hermoso. Podemos pasar tiempo juntos en la playa. ¿Eso te animaría un poco?

Cuando se casaron, disfrutaban caminar en la playa a pocas cuadras de su casa todas las noches después de cenar. Ocasionalmente, incluso encontraron un área privada para hacer el amor o guardaban la pasión que las olas y el sol despertaban para el segundo en que cruzaran la puerta. Ahora, cuando Derek regresaba del trabajo, se iba a su estudio con papeles que revisar y una cerveza. Ella pasaba más tiempo arriba en su estudio dibujando animales para los libros infantiles que ilustraba. Cuando se encontraban en la cama, no había chispas, y ambos estaban demasiado cansados para que les importara.

—No lo sé, Derek. Gracias por la oferta, pero no estoy lista para salir.

Derek bajó su tenedor. —Sarah, sé que estás deprimida, pero no puedes ocultarte del mundo de esta manera. Sé que no has estado dibujando. Carolyn ha llamado varias veces, pero te niegas a verla. Quiero ayudarte. —Colocó una mano sobre la suya a través de la mesa, pero ella la retiró.

—¿Qué sucede? No es solo por Glen, ¿cierto?

Sarah bajó la mirada y asintió. —No, Derek. Es sobre nosotros. Todavía quiero un bebé.

Derek se levantó y empujó su silla hacia atrás con un rápido movimiento. —¿Así que de eso es que se trata todo esto? ¿Crees que sentiré lástima porque perdiste a tu hermano y aceptaré los tratamientos de fertilidad? Nuestra discusión sobre eso se terminó antes del accidente de Glen. Si estuviéramos destinados a ser padres, sucedería, Sarah. No quiero que pasemos por más pruebas y procedimientos invasivos. Conozco parejas que gastaron miles sin ningún resultado.

Sarah empujó su plato y se levantó para enfrentarlo, lágrimas ardientes quemaban detrás de sus ojos. —También conozco parejas que tienen niños sanos y adorables gracias a la tecnología de hoy. No puedes ponerle precio a una familia, y yo incluso estaría dispuesta a adoptar si en realidad estás en contra del procedimiento in vitro. En cuanto a no necesitar ayuda, no veo que suceda como la Inmaculada Concepción. Ya casi nunca hacemos el amor.

Derek suspiró. —Sarah, lo siento. Ven aquí. —Abrió los brazos y dio la vuelta a la mesa. Ella se abrazó a él llorando contra su hombro. —Lo resolveremos, cariño. Créeme.

44

Vista al Mar: Tiempo presente

Desperté con un sobresalto por el vago recuerdo del sueño, ¿o era un recuerdo? Derek y yo habíamos estado discutiendo sobre su decisión en contra de los tratamientos de fertilidad. Apenas me había enterado de la muerte de Glen la semana anterior. Aunque Derek continuó firme en su opinión de que las cosas funcionarían entre nosotros sin intervención externa, yo todavía rezaba para que cambiara de opinión. Luego caminamos por la playa, pero no había sido igual. Tampoco había terminado en un encuentro romántico.

Me levanté y tomé una ducha usando uno de los jabones con aroma a rosa que Wanda colocaba en los baños de los huéspedes. Era una mezcla que ella preparaba con ingredientes naturales. Lo utilicé en lugar de mi jabón líquido Dove y me deleité con su aroma. Luego, me vestí con un par de vaqueros y una camiseta color limón brillante que Derek decía hacía resaltar el color miel de mi cabello. Me miré en el espejo del tocador en el que una vez probé un poco de maquillaje que había tomado de la habitación de Tía Julie y me castigaron durante una semana, me apliqué un toque de mis propios cosméticos. Noté que mi piel normalmente pálida tenía un leve brillo especial. Me preguntaba si sería efecto del embarazo. Desde que llegué a Vista al Mar, tuve poco tiempo para pensar en el bebé o mi relación con su padre. Una parte de mí comprendió que, como el feto en mi útero, una pequeña semilla de esperanza estaba creciendo dentro de mí ahora que Derek se reunía conmigo en la posada.

Cuando salía de la habitación, me detuve súbitamente. Habían deslizado una nota debajo de la puerta. Contuve la respiración mientras la levantaba. Al abrir el papel, vi que era otra pista escrita con creyones. El mensaje decía: 'Revisa las cajas en el estudio.'

Consideré encontrar a Donald y mostrarle la nota inmediatamente o mostrársela a Carolyn quien probablemente me recomendaría hacer lo mismo. Entonces recordé que mi amiga probablemente había pasado la noche con Russell y mi tía con Donald. El detective retirado le había recomendado a Tía Julie que cerrara las puertas de la posada durante la noche, por lo que no podía comprender cómo Wendy había entrado para dejar la nota. Pensé que tal vez Carolyn y Russell que fueron los últimos en regresar a Vista al Mar después de la película, podrían haber olvidado cerrar las puertas con seguro. La otra alternativa era que, a pesar de la búsqueda de Donald y mi tía en la casa, Wendy estaba en la posada en algún lugar que no habían revisado. Un escalofrío recorrió mi espalda de pensar que la hija de Wanda estuviera merodeando fuera de mi habitación.

Miré la nota de nuevo. Al igual que los juegos de búsqueda del tesoro de Glen, la nota era una pista. ¿Debería ir al estudio? ¿Estaba Wendy escondida allá arriba? La parte sensible de mí quería buscar el consejo profesional de Donald pero, mientras salía al pasillo, decidí subir al estudio. Mis pies me llevaron a la escalera al final del pasillo. Fue entonces cuando vi al gato. Estaba acechando una presa imaginaria, posiblemente una mosca cerca de las escaleras.

—Al, ¿quieres subir las escaleras conmigo? —Murmuré. Obedeció y me siguió.

Encendí la luz, aunque la luz del sol ya entraba a través del tragaluz. *Qué lugar tan maravilloso para pintar,* pensé de nuevo. ¿Dónde comenzar? No quería pasar mucho tiempo allá arriba, pero había varias cajas alineadas contra la pared del fondo, y no sabía qué estaba buscando. Comencé mi búsqueda en la esquina derecha. Al estaba husmeando, caminando con sus patas acolchadas.

—Está bien, voy a revisar la primera, —dije mientras Al metía su cabeza en una caja abierta.

La caja era pesada, pero logré rodarla unas pulgadas hacia mí, para poder abrirla y sacar los contenidos que estaban arriba. Al se alejó y subió a un banquillo, mirándome con sus ojos amarillos mientras me ponía de rodillas colocando los cuadernos y carpetas en el piso. Reconocí inmediatamente la escritura de Glen. Estos eran los expedientes de sus casos.

Cuando Tía Julie vació su apartamento, encontró las llaves de su consultorio y fue a buscar cualquier efecto personal que pudiera tener en su oficina. También contactó a quienes no habían leído del accidente en el periódico ni lo habían visto en las noticias. Ella nunca había mencionado que hubiera traído a Vista al Mar los expedientes de sus pacientes. Le dijo a Madre que le había entregado todo al estado. Mientras revisaba las etiquetas de las carpetas, comprendí que en lugar de los muchos nombres que esperaba ver, solo había uno. Los libros y carpetas fechados del 2012, dos años antes de la muerte de Glen, estaban identificados con un solo nombre. Wendy Wilson.

DE LAS NOTAS DE MICHAEL GAMBOSKI

(Faro Puerta de los Ángeles, Wikimedia Commons)
El Faro de la Costa de Los Ángeles, también conocido como Faro de la Puerta de los Ángeles, ha estado en la entrada del Puerto de Los Ángeles por casi 100 años y ha soportado numerosos terremotos, un maremoto, y el impacto tanto de visitantes curiosos como de vándalos. El nombre original como aparece registrado en el Servicio de Faros era "Faro de San Pedro." En 1914, el nombre fue cambiado a "Faro del Puerto de Los Ángeles."
(tomado del artículo, "El Faro del Puerto de Los Ángeles – Faro de la Puerta de los Ángeles" por Marifrances Trivelli, Directora, Museo Marítimo de Los Ángeles)

45

Los Ángeles: Dos años atrás

El Aeropuerto Internacional de Los Ángeles estaba lleno de personas. Sarah estaba feliz de haber traído solo un bolso, para no tener que esperar por el equipaje. Glen había intentado persuadirla de quedarse más que un fin de semana. Quería mostrarle la ciudad incluyendo Hollywood, pero ella no podía hacerlo esta vez y prometió regresar para una visita más larga en el futuro. Si Derek la hubiera acompañado, podría haber extendido su estadía, pero le había pedido que hiciera sola este viaje. —Me sentiría como la tercera rueda entre tú y tu hermano, —le dijo. —Ustedes tienen mucho de qué hablar, y el semestre de primavera ya está por terminar. Tengo un montón de exámenes que revisar.

A pesar del gran número de personas que se agrupaban en la puerta de llegada, Sarah vio a Glen de inmediato. Estaba recostado contra un poste del aeropuerto, una sonrisa en su rostro parecida a la que tenía cuando tomaba una porción del pastel de durazno de

la Sra. Wilson a sus espaldas. Su cabello estaba más oscuro y más largo de lo que recordaba. Se había dejado un delgado bigote y tenía los lentes de sol sobre su cabeza. Cuando lo reconoció, sus ojos se encontraron con los de ella y la saludó. Ella se disculpaba mientras empujaba entre la multitud para acercarse a él. Cuando lo alcanzó, él la rodeó con sus brazos y le dio un fuerte abrazo de oso.
—Estoy feliz de que vinieras, Tonta Sarah. —El uso de su apodo de la infancia trajo una sonrisa a su rostro. Vio que llevaba mi bolso al hombro. —Yo lo llevo. ¿Trajiste alguna maleta?

Ella sacudió la cabeza. —Empaqué ligero. Solo me quedaré hasta el Domingo.

La miró decepcionado por un momento mientras ella le entregaba el bolso. —Salgamos de aquí. Mi auto no está lejos.

Ella lo siguió al estacionamiento mientras él sacaba un montón de llaves y presionaba un botón en el llavero que encendió las luces de su Mazda rojo.

—Lindo auto, —dijo ella mientras abría para ella la puerta de pasajeros.

—Gracias. Me lleva a todos lados. Disculpa el desorden. —Había un montón de colillas de cigarrillos y latas vacías de cerveza en el piso del auto.

Glen encendió el auto y abrió la guantera de donde sacó un paquete de Marlboros. —¿Quieres uno? —ofreció.

—No, gracias. Yo no fumo. ¿Cuándo comenzaste?

Él abrió su ventana, encendió uno, e inhaló rápido varias veces. —Aproximadamente cuando comencé a tomar de nuevo. ¿No sabías que los loqueros son las personas más adictas del mundo, hermanita?

Sarah cambió de tema. —¿Cómo está tu trabajo? Sé que abriste tu propio consultorio.

Se encogió de hombros y aplastó su cigarrillo en el cenicero y luego exhaló el resto del humo. —Tengo algunos clientes. Están todos locos. —Se rió de su propio chiste. —Te la mostraré. En realidad está debajo de mi apartamento nuevo. —Se puso los lentes de sol, salió en reversa del estacionamiento, y colocó un CD de música. Una música de los 80 que ella no reconocía salía de los altavoces con volumen alto.

—Lo siento. —Ajustó el volumen. —Me gusta la música con volumen alto cuando conduzco.

Una vez que se libraron de los autos en la salida del aeropuerto e iban por la carretera descongestionada, ella se dio cuenta de que conducía con la velocidad al ritmo de la música. Era más rápido de lo que ella acostumbraba a transitar en su auto o en el de Derek como pasajera.

—No puedo creer que han pasado cinco años, Sarah. Te vez igual. Más bonita, en realidad.

—Gracias, Glen. Tú no has cambiado mucho. —Recordaba cuando se marchó para ir a la universidad en UCLA después de obtener su título en Psicología en la Universidad Comunitaria de Nassau. Había ahorrado dinero de un trabajo a medio tiempo y trabajos de verano, también se ganó una beca. Cuando cumplió veintiún años, Glen también entró en posesión de un fondo fiduciario que su padre había abierto para él cuando nació. Sarah recibió su dinero dos años antes y lo usó para cancelar su préstamo estudiantil.

Su madre se había sorprendido por la decisión de Glen de mudarse a otra ciudad, pero no había hablado con él al respecto. Sarah creía en secreto que la decisión de su hermano de mudarse a la Costa Oeste era para escapar de los recuerdos de Vista al Mar y el suicidio de su padre. Estaba sentada a su lado mientras él conducía entre la multitud de autos que entraban a la autopista. Al ver que ocasionalmente sonaba la corneta y gritaba a los otros conductores, Sarah comprendió que Glen no lo había conseguido. La rabia y la frustración lo habían seguido a través del país.

Cuando estacionaron en el garaje del edificio de Glen, él le advirtió a Sarah que tuviera cuidado cuando saliera del auto. —Este no es el lugar más seguro para vivir, —le explicó. —De hecho, es una de las áreas de L.A. con el índice de criminalidad más alto, pero lo elegí por esa razón. Tengo muchos pacientes aquí. —Guiñó un ojo mientras sacaba su bolso del puesto de atrás y lo colgaba de su hombro.

Sarah no pudo evitar acercarse a su lado mientras caminaban desde el garaje hacia la calle brillante y concurrida de Los Ángeles. Era más temprano de lo que esperaba su cuerpo, y se preguntaba si era el jet lag al sentir un sopor que la embargaba. Glen lo notó y lo interpretó como temor. La tomó de la mano. —No quise asustarte. En general es bastante seguro de día. —Mientras caminaban hacia la entrada del edificio donde Glen vivía, Sarah observó la calle con sus tiendas desvencijadas, algunas tiendas de porno, y salones de tatuaje. Las motocicletas rugían en la calle. Estaba consciente de las personas que pasaban en la acera, jóvenes mujeres con faldas cortas y blusas escotadas que pensaba podían ser prostitutas y hombres de todas las razas que exhibían tatuajes en las áreas expuestas de su cuerpo.

—L.A. no es todo glamur y riqueza, —dijo Glen, observando a su hermana mirar a todos lados. —Si pasaras más tiempo aquí, te llevaría de paseo por el otro lado. Podríamos ir a Hollywood y hacer el paseo turístico. Para un fin de semana, me temo que estás atrapada en la versión Cocina del Infierno de L.A. —Se detuvo frente a su edificio, una estructura desaliñada de varios pisos con grafiti que proclamaba, 'Jesús está Observando.'

—Hogar dulce hogar. Ten cuidado en las escaleras, Sarah. —Le sorprendió que no usara una llave o intercomunicador para entrar.

—No te preocupes. Tengo llaves para mi habitación y la oficina, —dijo, y la guió por un pasillo que olía a tabaco y sudor.

Subieron un piso por las sucias escaleras hacia una puerta de metal que abría con un crujido después que Glen hizo girar su llave en la cerradura. Encendió las luces, y entraron en su oficina. Estaba desordenada pero limpia. Había papeles amontonados en el escritorio, una mesa que tenía una pata más corta apoyada en un libro de las páginas amarillas de L.A. Detrás había una silla de cuero negro, el único artículo que valía más de cincuenta dólares en la oficina. Los expedientes de los pacientes estaban en cajas abiertas. Las paredes eran de un color marrón claro cubiertas con afiches de psicólogos famosos. Ella reconoció a Freud e identificó a los otros por sus etiquetas, B.F. Skinner, Iván Pavolv, Carl Jung, y John B. Watson. El diploma de Glen en psicología también estaba colgado con un banderín de UCLA. Había una copia del DSMV en una mesita junto a la cafetera con tazas de poliestireno y vasos a un lado. Finalmente, Sarah vio el obligatorio sofá contra otra pared y una lámpara con una base alta y oxidada. Había varios libros de psicología en un extremo del sofá. Solo había una ventana en la oficina, bastante alta, con una sucia persiana blanca.

—Compré estas cosas en ventas de garaje, —dijo Glen. —Siéntate en el sofá, Sarah. No tiene insectos que yo sepa.

Colocó su bolso en la mesa/escritorio y fue a la cafetera para conectarla. —Necesito cafeína. ¿Y tú?

Sarah sonrió mientras se sentaba cuidadosa en el deteriorado sofá. —Claro. Tomaré una taza. ¿El café es otra de tus adicciones, Glen?

—Claro que sí. Te ayudará con tu jet lag. —Preparó café para ambos y se sentó con ella en el sofá. —No te preocupes si se te derrama. Este sofá ya tiene suficientes manchas.

Sarah no le preguntó a qué se refería. Había evitado las partes manchadas.

—Me alegra que lograras venir, —dijo Glen, sorbiendo su bebida. —No tengo mucho espacio arriba, pero es más limpio y cómodo. Yo dormiré aquí abajo por el fin de semana. No me molesta.

Sarah se había ofrecido a hospedarse en un hotel, pero Glen insistió en compartir su espacio con ella. —¿Estás seguro? Todavía puedo encontrar una habitación en algún lugar.

Agitó su mano libre. —Te prometo que no está mal. La puerta tiene cerradura de seguridad, y yo estaré aquí abajo. Si de verdad estás preocupada, puedo dormir en el piso allá arriba contigo.

Sarah pensó que no dormiría mucho. —No quiero quitarte tu cama.

—Tonta Sarah, eres mi hermana, por todos los Cielos.

Sarah tomó un sorbo de café y se sintió un poco menos agitada. —Glen, si necesitas dinero…

—Detente, —agitó su mano de nuevo. —Estoy bien. Tú y Derek necesitan el dinero.

Ella tenía miedo de cómo evolucionaría esta conversación. Había hablado con Glen sobre sus problemas para concebir, pero él no sabía que Derek estaba en contra de los tratamientos de fertilidad.

Él debió notar el cambio en su expresión porque agregó. —No han tenido suerte, ¿cierto?

Ella ocultó las lágrimas que de repente se acumularon detrás de sus ojos y desvió la mirada.

—Lo siento. Desearía poder hacer algo. Me encantaría ser tío. Tal vez conozca a alguien en Nueva York, o podría intentarlo con asociaciones de infertilidad.

—Glen, no. No lo comprendes. —Sarah bajó su taza de café. — Derek no quiere que problemas con los tratamientos.

—¿Qué? ¿Por qué? ¿Es por el costo?

—No lo sé. —Lo miró y vio la tristeza en sus ojos. —Por favor hablemos de otra cosa. ¿Cómo has estado? ¿Alguna chica especial en tu vida?

Glen suspiró, pero ella creyó ver algo rápido pasar por sus ojos antes de que las pestañas que siempre había envidiado bajaran para ocultarlos. —¿Quién querría regresar a un lugar como este?

—Tú podría ir a su casa.

Se rió. —Paso mucho tiempo trabajando; eso no me deja muchas oportunidades para conocer mujeres.

—¿Ves pacientes los fines de semana?

—Sí, y también de noche. Es cuando viene la mayoría de mis pacientes. Liberé mi agenda para los próximos dos días y así estar libre durante tu visita.

—Gracias.

—No hay problema. Ahora te llevaré arriba si quieres instalarte y descansar un poco. El refrigerador está lleno de comida, pero generalmente como afuera o pido pizza del servicio local de repartos. Luego podemos salir a cenar. Todavía tenemos mucho de qué hablar y este lugar no es el más agradable para una conversación.

46

Vista al Mar: Tiempo presente

Cuando superé la sorpresa de descubrir que Wendy había sido paciente de Glen, recordé que lo visité en California unos meses antes de su accidente. Habíamos hablado sobre sus pacientes, solo por su primer nombre, pero nunca mencionó a Wendy. Entonces recordé lo que la madre de Wendy había dicho de que ella acostumbraba desaparecer por varios días durante su matrimonio y cuando se mudó de vuelta con Wanda. Podía comprender que Wendy se sintiera más cómoda viendo a Glen en lugar de otro terapista dado que habían compartido una conexión de la infancia, pero ¿por qué el secreto?

Tomé el cuaderno más nuevo del montón. Todos tenían fecha y estaban ordenados con el más reciente encima. Mi corazón se encogió al ver la pequeña escritura de Glen en la cubierta. Decía, "Mayo 2014 -." Yo lo visité ese mismo mes y año. Supuse que las fechas no estaban completas porque había muerto en Julio, irónicamente cerca de las fechas en que murieron Michael y mi padre.

Al abrir el cuaderno, me sobresalté al escuchar un golpe, pero solo era Al que abandonaba su banquillo y bajaba las escaleras. La primera página tenia fecha del día después de mi visita a Glen. A diferencia de las notas clínicas que esperaba, era más como un diario. Crucé mis piernas y apoyé el cuaderno en mi regazo mientras leía las palabras de mi hermano muerto.

Fue tan bueno ver a Sarah este fin de semana. Casi le conté sobre Wendy. Creo que ella lo comprendería, pero necesitamos ser cuidadosos. Cuando Wendy me contactó el año pasado, me rogó que mantuviera en secreto nuestras reuniones. Su madre la había enviado con otros psicólogos por sus continuas pesadillas, pero ella pensaba que yo podría ayudarla. Dijo que su matrimonio estaba en problemas, y yo era su última esperanza. Le expliqué que la terapia requería de visitas regulares, lo que no sería posible dado que vivíamos en estados diferentes. Ella insistió, y yo acepté hablar con ella y darle una consulta inicial. No esperaba que continuara viniendo, tampoco esperaba que se hubiera convertido en una mujer tan hermosa y tampoco mi atracción no-profesional hacia ella.

Contuve la respiración y continué leyendo, una creciente sensación de incredulidad me recorría por dentro a medida que anticipaba las próximas palabras de Glen.

Tampoco creo que alguno de nosotros esperara que esto sucediera. He estado enamorado de mis pacientes con anterioridad, pero esto era diferente. Tal vez fuera nuestro origen común, aquellos días de la infancia jugando en la playa de Carolina del Sur. Tal vez me estaba volviendo romántico, pero el hecho es que me enamoré de la adulta Wendy a pesar del hecho de que ella estaba casada. Continué viéndola contra mi mejor juicio. Comencé a cubrir sus gastos de viaje porque su esposo comenzó a preguntar demasiado por el dinero que faltaba en su cuenta bancaria.

Comencé a decirle que necesitaba verla más seguido para su tratamiento cuando en realidad era ella quien me ayudaba a mí más de lo que yo la ayudaba a ella. Los episodios que mencionaba, los sueños extraños sobre el faro, ocurrían con más frecuencia desde que comenzaron nuestras sesiones. Pensaba que se debía a que yo le recordaba de esos días y que nuestras sesiones estaban haciendo brotar recuerdos a la superficie.

El siguiente comentario tenía fecha de dos meses después, pocos días antes del accidente de Glen.

Wendy me dijo que ahora estaba viviendo con su madre, después que ella y su esposo decidieron de mutuo acuerdo una separación previa al divorcio. Dijo que estaba cansada de ocultar nuestra relación y que quería contarle a Wanda sobre nosotros. Le recomendé que esperara un poco más. Yo sentía que la tensión que se estaba acumulando en ella incrementaba la frecuencia de los sueños y pensaba que sería mejor para ella terminar el tratamiento antes de tomar decisiones que cambiarían su vida. Sé que me arriesgué a perderla, pero había consultado anónimamente con un colega psicólogo sobre su caso. Él sugirió que la hipnotizara. Yo no uso el hipnotismo con frecuencia con mis pacientes así que no tenía mucha experiencia en eso, pero le pregunté a ella si estaría dispuesta a intentarlo en algún momento.

Pasé a la página siguiente suponiendo que continuaría la narración de Glen de la sesión de hipnosis si Wendy efectivamente lo había aceptado. Sin embargo, el resto del cuaderno estaba en blanco. Cuando miré con atención entre la última página escrita y la que seguía, noté que alguien había quitado varias páginas, cortando como si hubieran utilizado una navaja para hacerlo. Pasé mi dedo por el papel cortado casi imperceptible. Si estas páginas habían incluido el reporte de la sesión de hipnosis, debió haber una razón para que las cortaran y las ocultaran tan cuidadosamente. Surgieron preguntas en mi mente. ¿Por qué la persona que retiró esas páginas no había destruido el cuaderno? ¿Qué hacía ese cuaderno aquí junto con el resto de los expedientes de tratamientos de Wendy en el estudio de arte de mi tía? Yo sabía lo que tenía que hacer para encontrar las respuestas a estas preguntas. Necesitaba hablar con mi tía, pero necesitaba hacerlo en privado sin Donald Marshall mirando lujurioso sobre su hombro. Guardé todos los cuadernos de nuevo en su caja original en el mismo orden en que los había sacado y me dirigí a las escaleras.

Mientras descendía vi a Carolyn frente a mi habitación. Se volteó cuando me escuchó en las escaleras. —Sarah, te estaba buscando. Derek ya llegó. Está abajo. Le dije que vendría por ti, pero no respondías a la puerta. Estaba comenzando a preocuparme. ¿Qué estabas haciendo allá arriba?

Tuve que pensar rápidamente en una excusa. No quería revelar lo que había descubierto a nadie hasta que hablara con mi tía. —Pensaba que había dejado algo allá arriba ayer cuando Tía Julie me mostró su estudio, pero debí dejarlo en otro lugar.

Me di cuenta de que Carolyn no me creía, pero se encogió de hombros. —Estoy segura de que no debe ser importante. Tu conversación con Derek sí lo es. Sígueme.

Mientras nos dirigíamos a las escaleras, dije, —¿Cómo estuvo la película con Russell anoche?

Su voz se elevó. —La pasé divinamente, Sarah. Hoy hablaré con Jack. Espero que no ponga en riesgo mi carrera, pero hay muchos publicistas y solo un Sr. Indicado.

—Has tenido varios Sr. Indicado, —le recordé.

—Pensaba que eran el Sr. Indicado, pero estaba equivocada. Esto es diferente. Lo sé. —Se detuvo en la escalera, su mano en la baranda. —Mira, cariño, veo que estás muy elegante para Derek. Espero que te resulte bien. Ahora son una familia, recuérdalo.

Suspiré. —Dijo que tenía algo que decirme cuando llegara. Me temo que está planeando pedirme el divorcio.

—Sarah, eso es una locura. ¿Por qué viajaría hasta aquí para eso?

—Espero que tengas razón, pero debo estar preparada. No puedo ilusionarme demasiado.

—Comprendo, pero tengo un buen presentimiento sobre su viaje. Por cierto, Donald Marshall se marchó esta mañana. Creo que él y tu tía pasaron la noche juntos porque ella está toda sonrojada y efusiva. Él tuvo que regresar por su perro, pero parece que estará por aquí revisando las cosas incluyendo a Julie. —Se rió.

—¿Qué hay de Wanda? ¿Ha vuelto a intentar contactar a Wendy?

—Sí. Donald le recomendó que fuera a su casa por unos días y esperara para ver si Wendy aparecía. Wanda prometió que nos avisaría si volvía.

—Entonces somos nosotros cuatro más Derek, —dije mientras bajábamos las escaleras.

—Exacto, a menos que Wendy todavía esté escondida por allí.

Pensé en la nota escrita con creyones que me había llevado al estudio y a los archivos de Glen sobre Wendy. Si la hija de Wanda estaba por aquí, a pesar de la infructuosa revisión del detective, ¿por qué ella quería que yo viera los comentarios de Glen sobre ella? La única explicación que podía encontrar era que si Wendy estaba experimentando uno de los episodios que mencionó su madre, estaría pensando y actuando como su hermano. ¿Qué estaba tratando de decirme Glen?

DE LAS NOTAS DE MICHAEL GAMBOSKI

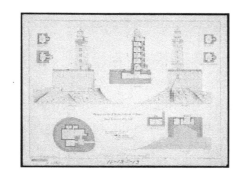

(Planos del Faro del Arrecife de San Jorge, Wikimedia Commons)
El faro más costoso construido en América es el del Arrecife de San Jorge, cerca de Crescent City, California. Tomó diez años construirlo y costó $715,000.

47

Los Ángeles: Dos años atrás

Glen se sentó observando las palabras que había escrito en su cuaderno durante la sesión. Luego tomó una navaja y las cortó. Wendy ya había escuchado la grabación que había hecho usando la aplicación de su celular. Eso podría borrarlo luego. Se sorprendió cuando ella aceptó la hipnosis. Al principio vaciló un poco, pero después que él le asegurara que era seguro e importante para confrontar lo que causaba sus noches sin sueño, había dicho que lo intentaría. Quería decirle a su madre sobre él y, cuando terminara el divorcio, quería que estuvieran juntos. Estaba preparada para mudarse a California y buscar trabajo allí. Podrían ahorrar dinero y mudarse a un área mejor donde podrían criar a sus hijos.

Glen sintió que las lágrimas brotaban detrás de sus ojos. Él no era el tipo de hombre que lloraba con frecuencia por una película triste o un libro emocionante. Incluso después de encontrar a su padre muerto en el garaje, solo había llorado una vez y se había desahogado. Como hombre de ciencia, siempre había apreciado la libertad que daba el conocimiento, el poder de la verdad. Esta noche, él había enfrentado los demonios de Wendy y tenía que admitir que lo ponían en un dilema. Le había hecho promesas que no estaba seguro de poder cumplir.

Tomó las hojas que había cortado del cuaderno, las arrugó formando una bola, y las lanzó al bote de basura cerca de su escritorio. Ella se había marchado llorosa. Él le pidió que se quedara, pero ella dijo que necesitaba tiempo a solas. Tenía un vuelo a primera hora de la mañana y había traído suficiente dinero para pasar la noche en un hotel. Trató de besarla, pero ella estaba tan alterada que no se lo permitió. Esperaba que ella no estuviera enojada con él. Él estaba enojado consigo mismo.

Glen cerró su oficina y subió las escaleras hacia su apartamento. Había estado sobrio las últimas semanas, pero el impulso para tomar lo golpeó fuerte. Fue a su escondite secreto que era recordatorio del de su madre en Vista al Mar y en la casa de Long Island. Las botellas y latas estaban escondidas en el fondo de su closet. Ocultas a la vista, ocultas a la mente, pero él sabía que estarían allí cuando lo necesitara.

Esta noche necesitaba algo más que cerveza. Abrió una botella de escocés y tomó un trago, sintiendo el calor y ardor familiar. Llevó la botella a la cama y se sentó allí para reprenderse por ser débil y necesitar alcohol para aliviar su pena. No podía dejar de repetir las palabras de Wendy en su mente. Basado en lo que ella había compartido con él previamente, había tenido la impresión de que la hipnosis revelaría algo que había sucedido cuando eran niños. Las pesadillas que sufría involucraban el faro y Vista al Mar. La mayoría de los terapistas que ya había visto pensaban que los sueños estaban conectados con haberse enterado de la muerte de Michael cuando regresó de la escuela bíblica aquel día de verano. Él tenía una hipótesis diferente. Escuchar algo no causaría el mismo trauma que ser testigo del hecho. Le había ocultado su teoría a Wendy, pero sabía que ella debía haberlo considerado.

Antes de hipnotizarla, Wendy le advirtió que Wanda estaba sospechando de las excusas que le daba para ausentarse algunos fines de semana. Wendy planeaba decirle sobre Glen cuando regresara a casa. Ahora él no tenía idea de qué iba a hacer ella.

Pensó que al volver a la bebida solamente lograría hacerse daño a sí mismo. Bajó la botella y decidió salir por un paseo en su motocicleta para aclarar su mente. Incluso podría alcanzar a Wendy. Le preocupaba que caminara sola en este vecindario.

Antes de que pudiera tomar el casco de su motocicleta, alguien tocó a su puerta. Pensó que Wendy había regresado así que abrió la puerta sin revisar por la mirilla. No esperaba ver a la persona que estaba allí.

48

Vista al Mar: Tiempo presente

Mientras entraba en la sala con Carolyn, mi corazón revoloteó al ver a Derek a pesar del hecho de que se veía agotado por su largo viaje. Su cabello estaba parado de punta como si hubiera pasado sus dedos entre él, un viejo hábito que todavía no había superado, y su barbilla mostraba una barba incipiente de un día.

—Sarah, —dijo, levantándose. Sus ojos se iluminaron mientras caminaba hacia mí con los brazos abiertos. Caí en sus brazos, oliendo su aroma varonil mezclado con el sudor y la ropa que probablemente estaba usando desde ayer.

—Lo siento. Necesito una ducha con urgencia. No quise detenerme. Tenía la sensación de que necesitaba llegar enseguida.

Me separé de él consciente de que los otros nos observaban, especialmente Carolyn quien todavía estaba a mi lado.

—Te mudaré a la habitación de huéspedes más grande, Sarah, —dijo Tía Julie. —Para que tú y Derek estén más cómodos. Los dejaré para que conversen. Derek ya tomó una taza de café y comió un panecillo que Wanda horneó ayer, pero luego voy a preparar un buen desayuno para todos.

—Gracias, Julie, —dijo Derek. —Podría subir, tomar una ducha, y tomar una siesta rápida, pero primero quiero hablar con Sarah.

—Claro. —Asintió y salió de la sala.

—Luego te veo, Sarah, —dijo Carolyn siguiendo a mi tía. Creí verla guiñar un ojo. Noté que Russell y mi madre no estaban presentes, pero podía escuchar sus voces que entraban desde el patio donde se reunían Tía Julie y Carolyn con ellos.

Cuando la sala quedó vacía, Derek tomó aire y me miró. De repente tomé consciencia de que estábamos solos y que no teníamos nada que decirnos.

—Tengo tanto que decirte, Sarah, pero de verdad estoy agotado. ¿Te molestaría si subimos a la habitación que tu tía preparó y puedo refrescarme antes de que hablemos?

Sentí alivio y arrepentimiento al mismo tiempo. —Claro que no. Debes estar exhausto. Sé cuál habitación nos asignó Tía Julie. Te mostraré. ¿Trajiste tus maletas?

—Ya están arriba. Russell las subió. Parece un buen tipo. Dice que te conoce desde que eras una niña cuando él y su padre se hospedaban aquí.

¿Había un toque de celos en su voz? Me pareció irónico cuando todavía necesitaba confrontarlo sobre una joven mujer que respondió nuestro teléfono.

—Sí. Éramos cuatro en ese entonces, Wendy la hija de Wanda, Russell, yo, y mi hermano Glen. Jugábamos juntos.

—Me dijeron sobre Wendy. Espero que la encuentren. Necesita ayuda.

Asentí y desvié la mirada de sus oscuros ojos. —Vamos arriba. Creo que no tengo mucho que llevar de mi habitación, pero revisaré mientras te instalas.

—Gracias, Sarah. De verdad necesitamos hablar, pero tengo que descansar un poco primero.

—Comprendo, —dije mientras lo guiaba hacia las escaleras. Pensé que mientras Derek estaba descansando, podría encontrar la forma de hablar a solas con Tía Julie sobre lo que había encontrado en el ático.

Le mostré a Derek la habitación de huéspedes más grande, conocida como la Habitación Mármol porque tenía tonos beis y blanco y también fotos enmarcadas de elefantes. Afortunadamente, no había colmillos de elefantes. Mi abuelo había pasado tiempo en África y había decorado la habitación con mi abuela. Era fotógrafo de vida salvaje, y era posible que de allí heredáramos Tía Julie y yo nuestro talento.

Derek se disculpó de nuevo antes de que lo dejara con la promesa de que hablaríamos después que durmiera por unas horas. Bajé las escaleras buscando a mi tía y la encontré sola tomando café.

—¿Adónde fueron Russel y Carolyn?

—Les ofrecí desayuno, pero Russ quería salir con Carolyn. Creo que están planeando ir luego a la playa. Me alegra que se lleven bien.

—Creo que es más que eso, Tía Julie.

Sonrió. —Estoy de acuerdo. ¿Te gustaría que preparara algo? El café todavía está caliente.

—Estoy bien, pero quisiera hablar contigo. ¿Madre está en su habitación?

—No. Salió a dar un paseo por el pueblo.

—¿Cómo estuvo tu mañana?

—Ligera. —Tía Julie bajó su taza. —Creo que le hizo bien quitarse ese peso del pecho.

Me senté a su lado en el sofá. —¿Crees que mi padre matara a Michael?

Ella sacudió la cabeza. —No estoy segura. ¿Es sobre eso que quieres hablar conmigo, Sarah?

Me di cuenta de que estaba apretando mis manos en mi regazo como lo había hecho anoche con las de Madre. —No. Quiero preguntarte por tu estudio.

—Ah, Puedes usarlo cuando quieras. Ya te lo dije.

—No es eso lo que te quería decir.

Una mirada de curiosidad pasó por el rostro de mi tía. Ella colocó su taza de café sobre la mesa junto al sofá. —Te escucho. ¿Qué quieres saber?

Respiré hondo. —Estuve allá arriba esta mañana. Encontré otra nota escrita con creyones.

—¿Qué? —exclamó Tía Julie. —No lo comprendo. Donald y yo revisamos toda la casa anoche, y no había señales de Wendy.

—Pienso que Carolyn y Russell tal vez dejaron la puerta sin seguro cuando regresaron de la película.

—Debemos llamar a Donald e informarle.

Podía ver que estaba ansiosa por hablar con su antiguo amante. —Puedes hacerlo si quieres. La nota me decía que fuera a tu estudio donde encontré una caja con cosas que pertenecían a Glen.

Noté que su rostro se oscurecía, pero su respuesta me sorprendió. —Sí, guardé algunas de las cosas de tu hermano. Pensé que tú o tu madre las querrían algún día.

—¿Las revisaste? ¿Sabes lo que contienen?

Tía Julie agitó su mano. —No lo recuerdo. Tal vez, o quizás lo hizo Wanda. Ella y Wendy me ayudaron a recoger el apartamento y la oficina de Glen como sabes. Había muchas cosas. Nos deshicimos de la mayoría. Ese lugar era lo que la gente joven llama una cueva. —Se estremeció con el recuerdo.

Pensé en mi visita dos meses antes del accidente de Glen. Podía ver el grafiti en el edificio, la oscura escalera, el olor a sudor y vómito en el aire. Decidí ser directa. —¿Sabías que Glen estaba tratando a Wendy? ¿Que estaban teniendo un romance?

La mirada de Julie no se alejó de mi rostro. —Sí, Sarah. No te mentiré. Wanda sospechaba que algo estaba sucediendo y me habló sobre eso. Estaba planeando confrontar a Wendy cuando regresara. Tengo amigos que viven en L.A. en un vecindario mejor que el de Glen. Volé hasta allá cuando Wanda me dijo que Wendy se había ido en uno de sus viajes súbitos. No le dije a Wanda adónde iba. Pensé que sería mejor verificar las cosas y tal vez advertir a Wendy. Yo en lo particular no pensaba que fuera un problema que ellos dos estuvieran juntos.

—¿Los encontraste? ¿Cuándo sucedió esto? —Mi corazón comenzó a latir con fuerza.

—Llegué el día del accidente de Glen. Presté un auto y fui a su apartamento aquella noche. Wendy ya se había marchado. Mientras conducía al apartamento de Glen, la vi en la calle. No podía creer que estuviera caminando sola en ese vecindario. Detuve el auto y la llamé. Cuando se acercó a la ventana, vi que su rostro estaba rojo y cubierto de lágrimas. Supuse que ella y Glen habían tenido una discusión. Le dije que subiera al auto. Ella vaciló, pero finalmente subió al asiento de atrás. Le pregunté qué había sucedido. No quería decirme. Ni siquiera quería saber por qué yo estaba allí; le dije que iba al apartamento de Glen. Dijo que no quería regresar allí. Ofrecí llevarla a la casa de mi amiga para pasar allí la noche y que al día siguiente podíamos volar juntas de vuelta a casa. Se sintió aliviada con mi propuesta, pero igual yo visitaría a Glen ya que estaba cerca. Cuando encontré su edificio, —se estremeció de nuevo, —le pregunté a Wendy si estaba segura de no querer entrar. Pensé que tal vez yo podría resolver el problema entre ellos. Ella insistió en esperar en el auto. Odiaba dejarla sola, pero cerré las puertas con seguro y pensaba hacer una visita rápida.

Cuando mi tía hizo una pausa, le pregunté. —¿Qué hora era?

—Creo que alrededor de las siete.

El accidente de Glen ocurrió a las 8:30. —Continúa, Tía Julie. ¿Qué ocurrió cuando viste a Glen?

—Su oficina estaba cerrada, así que subí a su apartamento. Cuando abrió la puerta, estaba sorprendido de verme. Supongo que fue un fuerte impacto. Noté que había una botella medio vacía de escocés en el piso cerca de su cama.

Cerré los ojos recordando por un segundo que el examen de sangre de Glen había arrojado un elevado nivel de alcohol durante la autopsia por lo que señalaron la intoxicación como la causa del accidente.

Tía Julie continuó. —Le dije sobre Wendy y le pregunté por qué ella estaba tan alterada. Le pregunté por qué habían discutido. Me dijo que la había hipnotizado durante la sesión de terapia y que ella había descubierto qué era lo que la atormentaba. No podía decirme qué era por la confidencialidad médico/paciente.

—¿Qué sucedió entonces?

—Le dije que ella estaba en mi auto, y que la llevaría a la casa de una amiga donde yo me estaba quedando. Le pregunté si quería ir a hablar con ella, pero dijo que era mejor si se separaban por un tiempo.

—¿Y entonces? —le pregunté.

Tía Julie bajó la cabeza y su voz. —Y entonces me marché, llevé a Wendy a la casa de mi amiga, y me enteré de las noticias sobre Glen después de nuestro viaje a casa.

—¿Por qué no dijiste antes nada sobre todo esto? ¿Le dijiste algo a Wanda o a Madre?

—Wanda nunca supo que yo había ido allá.

—¿Wendy comenzó a dejar notas escritas con creyones después de eso?

—Supongo que sí. Lo que sea que descubrió bajo hipnosis unido con la muerte de Glen probablemente desarrolló su desorden de personalidad o como sea que lo llamen los psiquiatras que visitó.

—¿Alguna vez intentó la hipnosis de nuevo?

—No. Se negó a hacerlo.

—¿Sabes por qué están cortadas las páginas del cuaderno de Glen que hablan sobre Wendy?

—No tengo idea. Estaban así cuando yo los guardé.

—¿Por qué no se los diste a Wanda?

—Pensé que ella no los querría. Sentí que pertenecían más a ti o tu madre porque contenían la escritura de Glen. En realidad quería hablarte a ti sobre eso durante tu visita, pero han sucedido tantas cosas. No tenía idea de que Wendy se estuviera ocultando en la posada y estuviera dejando notas. Todavía no sé qué significan o qué descubrió durante su sesión de hipnosis.

—No lo comprendo. ¿Qué podía ser tan terrible que Wendy no quisiera que las personas lo supieran y desatara su enfermedad?

—Sarah, hablé sobre esto con Donald en aquel entonces y más recientemente. Siempre he pensado que la muerte de Michael no fue un accidente. Esa mañana cuando Wanda llevó a Wendy a la escuela bíblica, creo que se encontró con Michael.

—¿Cómo puede ser eso? La policía verificó su historia. Wendy llegó tarde a la escuela bíblica, pero asistió. Su profesor lo confirmó.

Julio levantó su taza de café y tomó un sorbo antes de responder. —No tengo todas las respuestas, Sarah, pero sé que el trauma puede causar reacciones extrañas en aquellos que los experimentan. Creo que las pesadillas de Wendy y luego su condición fueron causadas por una terrible experiencia que su consciente se niega a aceptar.

—¿Y piensas que tiene relación con la muerte de Michael?

Me miró directo a los ojos. —Sí, eso creo. Pienso que Wendy fue testigo de lo sucedido.

—Pero si esto es cierto y salió a relucir en su sesión de hipnosis y Glen lo grabó, lo que debe haber hecho, ¿no lo sabría ella?

—Absolutamente. Ella lo sabe, pero algo evita que lo diga.

—¿En lugar de eso deja las pistas? Eso no tiene sentido.

—Glen está dejando pistas, —me corrigió Tía Julie. —Wendy no es capaz de ver la verdad.

—¿Por qué? —le pregunté, sospechando una respuesta.

—Eso es obvio, Sarah. Si Wendy estaba en el faro esa mañana, también estaba su madre.

49

Vista al Mar: Veinte años atrás

Como Wanda no tenía auto y la escuela bíblica estaba a solo unas pocas cuadras de la posada, ella y Wendy iban caminando los Domingos en la mañana. Algunas veces Wanda regresaba al Vista al Mar y ayudaba a preparar el desayuno antes de regresar a la escuela a buscar a su hija, pero había días en que simplemente le apetecía pasar una hora en el banco fuera de la escuela esperando para caminar con Wendy de regreso a la posada después de clase. Ocasionalmente, conversaba con las otras mamás que también esperaban, pero con frecuencia se sentía incómoda con ellas. A los veintiséis, era la más joven, y algunas la tomaban por la niñera antes de presentarse al principio del verano.

Esa mañana, ella no estaba de humor para sentarse con las otras madres. Su corazón se sentía pesado. Michael ni siquiera se había despedido de ella.

Mientras caminaba con su hija, Wendy le preguntó por qué estaba tan triste. Secó las lágrimas de sus ojos con un pañuelo que sacó de su bolso y dijo, —Voy a extrañar a Michael. Eso es todo.

—Yo también voy a extrañarlo. Pensaba que sería mi nuevo papi.

Wendy no se había referido a su verdadero padre desde que vino a vivir en Vista al Mar. Aunque nunca supo que era un hombre casado que embarazó a su madre cuando Wanda era una niña inocente de dieciséis años, Wendy acostumbraba a preguntarle a Wanda sobre ellos.

—¿Por qué pensabas eso, cariño?

—Te vi besarlo una vez. Pensaba que él era tu novio.

¿Cómo podría explicarle a su hija sobre el complicado triángulo en que se había visto involucrada? —Éramos amigos, Wendy. Los amigos se besan algunas veces. —Esperaba que Wendy aceptara esa respuesta. La niña simplemente echó hacia atrás sus trenzas y apretó con fuerza su muñeca. Afortunadamente, ya estaban en la escuela.

—Wendy, tengo algo que hacer esta mañana que tal vez me tome tiempo extra. Si se me hace tarde, por favor espérame junto a la puerta. ¿Está bien?

—Sí, Mamá.

Wanda observó a su hija unirse a los otros niños que llegaron tarde apresurándose a entrar al edificio. Ninguno la saludó ni habló con ella mientras iba trotando a su clase.

50

Vista al Mar: Tiempo presente

—¿Qué vamos a hacer? —le pregunté a mi tía. —Pienso que lo que dijiste es la explicación más probable, pero ¿cómo lo demostramos?

Tía Julie se levantó. —Tal vez no lo hagamos. Wanda ha sido más que una ama de llaves para mí todos estos años y mejor que una amiga. Sentía que ella era la hija que no tuve. Creo que puedo confiar en Donald, pero tengo que tener cuidado. Lo principal es encontrar a Wendy y buscarle la ayuda que necesita aunque eso signifique hacer que enfrente sus recuerdos de ese día. Wanda dijo que me avisaría si encontraba a Wendy en su casa. No me ha llamado todavía, y dado que encontraste esa nota, Wendy podría estar por aquí. Donald viene en camino, y probablemente revisemos de nuevo la posada. Tengo la sensación de que la encontraremos pronto.

Mientras mi tía hablaba, se me ocurrió algo. Como Wendy no había aparecido en su casa ni en la posada hasta ahora, ¿era posible de que estuviera escondida en el faro? Aunque el lugar estaba cerrado para los visitantes sin una cita, recordé cómo hace años, Wendy había saltado la cerca y me había llevado a la entrada secreta en la parte de atrás que Glen había encontrado originalmente. No mencioné esta idea a mi tía sino que decidí revisarlo por mi cuenta. Derek probablemente dormiría algunas horas más, y Carolyn y Russ estaban disfrutando de su mutua compañía lejos de la posada. Podría encontrarme con mi madre y, ya que ahora estábamos fortaleciendo nuestra relación, estaba segura de que querría ayudarme a buscar.

—Tía Julie, creo que daré un paseo.

—Es una buena idea, Sarah. —Me dada cuenta de que le complacía el prospecto de estar sola con Donald cuando llegara.

Cuando salí al patio, Al se acercó por detrás maullando. Me asustó un poco porque no esperaba verlo. Me incliné y comencé a acariciarlo pensando en la vieja expresión sobre los peligros de que un gato negro se cruzara en tu camino. Aunque nunca creí en esa superstición, observé las nubes oscuras que se acumulaban en el cielo. Parecía que caería otra fuerte lluvia, así que me apresuré por el camino, el musgo colgante me rozaba al pasar. Al permaneció en el patio mirándome con lo que imaginé que era una advertencia en sus ojos amarillos.

Las primeras gotas de lluvia comenzaron a caer mientras me dirigía a la playa. Hoy estaba vacía, y supuse que las personas habían escuchado el pronóstico del tiempo y estaban pasando el Domingo dentro de sus casas. Miré alrededor para ver si veía a mi madre pero no la vi por ninguna parte. Cuando llegué al aviso que advertía que no pasaran, apoyé mi zapato en la mitad de la cerca y me impulsé hacia arriba. Era más difícil siendo adulta, y aún más para una embarazada. Me dejé caer con cuidado, para no golpear el suelo del otro lado con demasiada fuerza.

El faro se alzaba como una casa embrujada con el cielo oscuro al fondo. De cerca, noté las señales del tiempo, el metal gris decadente; el olor rancio y el abandono de los arbustos que cubrían su base. La puerta de atrás fue más difícil de abrir, pero finalmente cedió cuando tiré con fuerza.

De pie en el umbral, mirando hacia la oscuridad, casi cambié de opinión sobre entrar al faro. Mi idea de que Wendy se ocultara aquí era buena pero probablemente no era cierta. Seguramente, Donald Marshall lo había considerado y ya había revisado.

Casi salté al escuchar un suave eco desde adentro. Identifiqué el ruido como un sollozo. Alguien estaba llorando. La puerta se cerró con un chillido seguido por un golpe. Traté de controlarme confiando en el recuerdo y mi brújula interna para guiarme hacia adelante en la cámara sin iluminación. El sonido del trueno y la lluvia que caía con fuerza me mantuvieron en el umbral. Traté de escuchar buscando el llanto, pero fue silenciado por la tormenta.

De repente sentí que las paredes se cerraran sobre mí y comencé a sudar. El malestar matutino que había evitado en los últimos días me golpeó con fuerza, y me incliné hacia adelante y vomité cerca de la escalera. Sintiéndome un poco mejor, respiré hondo. Entonces noté un paquete de creyones, papel y un bolso contra la pared detrás de las escaleras. Escuché el llanto de nuevo. Venía de arriba. Me apoyé en la barandilla de la derecha y subí las escaleras. Yo sabía que había varios rellanos antes de llegar a la torre, hice una pausa en cada uno para respirar, algo que no necesitaba hacer cuando era niña y perseguía a mi hermano. A medida que me acercaba al tope, comencé a sentirme mareada, pero evité mirar hacia abajo y respiré hondo para aliviar mi reacción a la altura. El llanto se hizo más fuerte y entonces escuché una voz, de un niño. Se parecía tanto a la de Glen que casi creí que había retrocedido veinte años y él, una vez más, me había vencido y llegado primero a la cima del faro.

—Madre, no llores. Terminará pronto. Sabes que necesito castigarte por lo que le hiciste a la Sra. Wilson, y claro, a Michael. Hubieran sido felices juntos, pero todo lo que hiciste fue tomar y tratar de ocultar tu fracaso como esposa.

Yo estaba en el último escalón. Al mirar al otro extremo de la torre, vi a mi madre apoyada contra la baranda. Cubría su rostro con sus manos por lo que probablemente no sabía que yo estaba allí. Wendy tenía la espalda hacia mí y, aunque podría haberme escuchado subir las escaleras o escuchar mi respiración entrecortada, su atención estaba dirigida a mi madre y la pistola estaba apuntada a ella.

—Por favor, Wendy. Desearía que hubiera sido diferente y que Michael hubiese querido a tu madre, que mi esposo hubiera estado enamorado de mí, pero la vida no siempre es justa. Matarme no cambiará eso.

—No soy Wendy. Soy tu hijo, Glen, y no te mataré Madre a menos que te niegues a saltar de la torre como lo hizo Michael.

—¿Qué dices? ¿Sabes lo que le sucedió a Michael en realidad? —Madre había descubierto sus ojos y me vio caminar de puntillas hacia adelante. Le estaba siguiendo la corriente a Wendy, tratando de ganar tiempo, para que yo pudiera desarmar a Wendy antes de que notara mi presencia.

—Desearía poder contarte. —La risa de Wendy era como la de Glen en su infancia. —Yo no estaba allí ese día, aunque Sarah y yo encontramos el cuerpo.

Le hice señas a Madre para que hiciera que Wendy continuara hablando. Ahora estaba a pocos pies de ella.

—Pero Wendy estaba allí, ¿no es así? —dijo Madre. —Durante años, ella tuvo pesadillas sobre lo sucedido, y cuando finalmente supo lo que realmente sucedió, no pudo enfrentarlo, como yo no pude enfrentar saber de las preferencias de mi esposo por hombres jóvenes. En lugar de eso me convertí en una adicta al alcohol, Wendy desarrolló una segunda personalidad, tú, Glen, a quien ella amaba y trágicamente perdió la noche en que descubrió la verdad sobre la muerte de Michael.

—No, —el grito que rugió de la boca de Wendy era de ella. Un relámpago acompañó el grito, y se volteó y me vio acercarme. Retrocedió sosteniendo la pistola, moviéndola entre mi madre y yo.

—Bueno, mira quién está aquí, Tonta Sarah, —dijo Wendy usando su propia voz. —Y, sí, sé lo que sucedió esa mañana. Tengo la grabación de la sesión de hipnosis en el teléfono de Glen, y todavía tengo el celular. Aunque no lo necesitarás.

—¿Por qué pretendías ser Glen? ¿Era todo parte de una actuación?

Echó hacia atrás una de sus trenzas con la mano desarmada. —No, claro que no. Tu tía tenía la idea correcta al invitar a todos para que volvieran después de todo este tiempo. Aunque yo no estaba en la lista de invitados, decidí ir a la fiesta. Refrescó mi memoria y me brindó la oportunidad de hacer las paces con el pasado.

—Sabes que todos te están buscando. Es una cuestión de tiempo que Donald Marshall y los demás vengan aquí.

Ella rió. —Hazme el favor, Sarah. Marshall probablemente esté demasiado ocupado acostándose con tu tía en este momento.

—Aunque así sea, somos dos contra ti, —dije indicando a mi madre que se colocara a mi lado.

—Pero yo tengo la pistola. Mamá me enseñó a usarla cuando era niña. Vivimos solas por tanto años que fue conveniente que tuviéramos protección.

—¿Por qué no nos dices qué descubriste con la grabación? —la provocó Madre, y me sentí orgullosa por lo controlada que parecía.

—Buena idea. No tengo prisa, y la grabación en realidad no es demasiado larga. Glen prometió que la borraría, pero me alegra que no lo hiciera. —Buscó en el bolsillo de sus vaqueros con su mano libre y sacó dos teléfonos celulares. Reconocí el mío mientras lo lanzaba hacia mí. Colocó el otro en el borde de la baranda y presionó un botón. Sus ojos brillaron con lágrimas no vertidas mientras escuchábamos la grabación.

—Relájate, Wendy. Concéntrate en el puntero y respira hondo.

—Creo que no va a funcionar, Glen.

—No te preocupes. Si no funciona, lo intentaremos en otra ocasión. Continúa mirando el puntero. Así está bien. Ahora quiero que recuerdes cuando eras una niña que vivía con su madre en el Vista al Mar conmigo y mi hermana. ¿Lo recuerdas? Visualízalo en tu mente.

—Puedo hacerlo, pero no quiero. —La voz de Wendy se escuchaba temerosa y juvenil. Sonaba como cuando tenía diez años.

—¿Por qué no? —preguntó Glen suavemente. —¿Qué es lo que no quieres recordar?

Wendy hizo una pausa y entonces susurró la respuesta que apenas pude escuchar por encima del trueno. —Él me violó.

—Oh, Wendy. Lo siento tanto. ¿Fue uno de los huéspedes?

DE LAS NOTAS DE MICHAEL GAMBOSKI

(Faro de Boston, Wikimedia Commons)
Todos los faros en América están actualmente automatizados a excepción del Faro de Boston. El Congreso declaró que este faro, el más antiguo de los E.U.A., sería siempre una estación con personal asignado haciendo del Faro de Boston el único faro oficial con un guardián.

51

Vista al Mar: Veinte años atrás

Ella escuchó llorar a su madre. Había sido así desde el Cuatro de Julio. Wendy despertaba tarde en la noche o temprano en la mañana por los sollozos de su madre. Sabía cuál era la causa de la tristeza de Wanda. Michael la había rechazado, y estaba planeando marcharse pronto de la posada. Deseaba poder hacer que su madre fuera feliz de nuevo.

Cuando los llantos de su madre cedían y se convertían en suaves ronquidos, Wendy salía de la cama. Glen no era el único al que le gustaba patrullar la posada de noche, pero Wendy no espiaba las habitaciones de los huéspedes. Salía por la puerta de atrás hacia el bosque detrás de la posada. El aire de la noche la vigorizaba y ayudaba a pensar. Era un alivio bienvenido después de un día caliente, y se sentía semejante a los animales e insectos que estaban despiertos a su alrededor. Glen la llamaba "nocturna," el término científico para aquellos que eran activos durante la noche.

Mientras caminaba por el bosque, trataba de evitar las ramas y otros objetos afilados que pudieran cortar sus pies descalzos, llenaba su nariz y pulmones con un profundo suspiro. Después de caminar un poco más lejos, encontró su lugar especial. Era un tronco en un claro donde podía sentarse y pensar en la vida. No llevaba un diario como Sarah, pero su mente estaba llena con sus experiencias. Recordaba la primera vez que comprendió que no tenía padre, a diferencia de los demás niños en la escuela. Varios de ellos se burlaban de ella. Decían que probablemente ella terminaría embarazada antes de terminar la secundaria, pero su madre le había enseñado suficiente para mantenerse lejos de los chicos. Ella no necesitó insistir demasiado con esta lección, ya que Wendy veía el dolor que generaban las relaciones. Incluso los padres de Sarah y Glen, aunque todavía estaban juntos, no eran felices. Los escuchaba discutir con frecuencia y sabía que la Sra. Brewster tomaba porque su esposo la engañaba.

Mientras estaba sentada allí, pensando en cómo los hombres y las mujeres se lastimaban actualmente, escuchó pisadas a su espalda. Se preparó para correr por lo que sospechaba pudiera ser un animal salvaje nativo de los bosques de Carolina del Sur. Pero, al levantarse, vio que el Sr. Brewster caminaba hacia ella.

—¿Qué estás haciendo aquí? —preguntó, y se dio cuenta de que sus palabras se escuchaban arrastradas, como las de su esposa cuando estaba con lo que Sarah llamaba una borrachera.

No quería que le dijera a su madre, porque sabía que tendría muchos problemas. —Hola, Sr. Brewster. No me sentía demasiado bien, así que salí a tomar un poco de aire.

—¿Tu madre lo sabe?

Apretó los labios en respuesta porque la castigaría mucho más si mentía.

—Sabes que es peligroso para una niña pequeña estar afuera en la noche, ¿no es así? —le preguntó.

Ella asintió.

La observaba con una mirada extraña. —Déjame acompañarte de regreso. Toma mi mano. Es más seguro así.

Ella no comprendía a qué se refería. Ella era autosuficiente. No necesitaba que nadie más la tomara de la mano, pero esperaba que si accedía con sus peticiones no se lo diría a su madre. Dejó que la tomara de la mano, la suya cubría toda la de ella. Había vellos en el dorso de su mano e incluso en la palma.

—Así es mejor. —Sonrió. —Ven conmigo.

—Ese no es el camino correcto, Sr. Brewster.

—Es un atajo, Wendy. Ya lo verás.

Ella conocía todos los atajos en el área; pero hacia donde él la llevaba era más profundo en el bosque, no hacia la posada. Sin embargo, lo siguió, con temor a contradecirlo.

Cuando llegaron a la pequeña cabaña donde ella y su madre se quedaban cuando llegaron por primera vez a la posada, el Sr. Brewster dijo, —Vamos a detenernos aquí un momento, ¿te parece? Estoy un poco cansado, y parece que puede comenzar a llover.

No sentía ni olía a lluvia, pero permaneció en silencio mientras la llevaba a la pequeña casa. Se sorprendió al ver que estaba en tan buenas condiciones. La cama doble donde ella y su madre habían dormido estaba bien arreglada, y el piso había sido barrido recientemente. La posada no había estado demasiado llena últimamente, y ninguna pareja había reservado la cabaña para su luna de miel hasta donde ella sabía.

—Vengo aquí algunas veces, —explicó el Sr. Brewster, —cuando quiero alejarme de las cosas. —Comprendió que estaba hablando de su esposa. —¿Por qué no te sientas? Podemos descansar un minuto antes de regresar. —Le indicó hacia la cama.

—Madre podría estar preocupada, —dijo ella, sabiendo que una vez que Wanda se quedaba dormida, no se despertaba por horas.

—No te preocupes. No estaremos aquí mucho tiempo. —Tropezó hacia ella, y percibió el olor a whiskey en su aliento. Su corazón comenzó a latir con fuerza a medida que él se acercaba.

—Está bien, cariño. No voy a morderte. —Le sonrió de nuevo. —Siéntate conmigo un minuto. —Sus instintos le decían que le desobedeciera, que escapara de la casa y corriera de vuelta a la posada, pero hizo lo que le decía esperando que solo estuviera siendo amistoso.

—Bien. ¿No es mejor así? —Se sentó a su lado. —Sabes una cosa, eres tan bonita como tu mamá. —Odiaba la forma en que la miraba, estudiándola como Glen estudiaba los insectos a través del microscopio.

—Gracias. —Su voz se quebró un poco.

—¿Qué sucede? ¿Me tienes miedo?

—No. —La palabra brotó débil, demasiado débil.

—¿Por qué no nos acostamos un minuto? Creo que escucho la lluvia. Aquí estamos a salvo. —La recostó contra la almohada.

—Sr. Brewster, de verdad ahora debería regresar con mi Mamá.

—Shhhh. —Puso un dedo en sus labios mientras se acostaba a su lado.

—Esto no tardará mucho y entonces prometo que te llevaré de regreso.

Su corazón comenzó a latir con fuerza de nuevo. ¿Qué quería hacer con ella? ¿Por qué la miraba de esa manera?

—Ponte cómoda, cariño. Nadie necesita saber que estuviste en el bosque esta noche.

El pánico la recorrió toda mientras veía cómo se quitaba la camisa, la lanzaba al piso y luego abría el cierre de sus pantalones. Trató de levantarse, pero él la retuvo. —No vayas a ninguna parte. Un día te disfrutarás mucho de esto. Tu madre lo hace y también Michael. A Jennifer no le importa mucho, pero es así cuando estás casado.

Ella comenzó a forcejear y él la retuvo contra la cama. Quería gritar pidiendo ayuda, pero sabía que nadie la escucharía en lo profundo del bosque. Cuando su cuerpo descendía sobre ella, y sentía el olor a alcohol en su aliento, trató de cerrar su mente al terror de lo que estaba sucediendo. Ella sabía que nunca debía haberse alejado del lado de su madre.

—Este será nuestro secreto, —susurró él mientras jadeaba. —Si le dices a tu madre, ambas se irán a la calle y tendrá que vender su cuerpo como lo hizo antes de que mi hermana le diera trabajo.

Su pecho cubrió el de ella y sofocó su grito de dolor cuando él la penetró y el mundo se volvió oscuridad.

52

Vista al Mar: Tiempo presente

—No. Fue... fue tu padre.

—¡Oh, Dios mío! —dijo Madre.

Wendy apagó la grabación. —Así es, Sra. Brewster. Su esposo tenía una fantasía por niñas pequeñas así como hombres jóvenes. No necesitan escuchar el resto, aunque hay algo más que sería de interés para ustedes, particularmente lo sucedido a Michael. Puedo contártelo antes de dispararte.

Sentí que la náusea subía dentro de mí pero luché para mantener la bilis controlada. Tuve que ser fuerte por el bien de mi madre y del bebé que llevaba en mi vientre.

—Wendy, por favor baja la pistola, —le rogó Madre. —Yo también fui víctima de Martin. ¿No lo ves? Y, Sarah, ella es inocente. No tiene nada que ver con todo esto.

—Solo que vino a husmear aquí arriba. Estaba guardando la pista con creyones sobre el faro para el final, la pista que la llevaría a tu cuerpo. Ahora arruinó la diversión, así que bien podría matarlas a las dos. —Apuntó el arma hacia nosotras y le quitó el seguro.

—¡Espera! Prometiste decirnos sobre Michael. —Madre todavía me tenía tomada de la mano, y podía sentir el sudor en nuestras palmas mezclándose con la lluvia que caía sobre nosotras.

Por un momento, pensé que Wendy ignoraría la petición. Sus ojos estaban alerta como si se hubiera dado cuenta de que estábamos ganando tiempo. La lluvia caía empapándonos, pero mojarnos era el menor de nuestros problemas.

—Está bien. Merecen saberlo, pero, después de decirlo, no podrán evadir sus destinos. —Era tan difícil creer que la vengativa mujer que nos amenazaba fuera la niña tímida con quien había compartido mi infancia y quien había conquistado el corazón de mi hermano.

DE LAS NOTAS DE MICHAEL GAMBOSKI

(Lámparas Argand, Wikimedia Commons)
Originalmente los faros funcionaban simplemente con fuegos normales, solo después progresaron con el uso de velas, linternas y luces eléctricas. El aceite de ballenas era usado con frecuencia como combustible en las linternas. La lámpara Argand, inventada en 1782 por el científico Suizo, Aimé Argand, revolucionó la iluminación de los faros con su llama perenne sin humo. Los primeros modelos usaban vidrio biselado que algunas veces era teñido alrededor de la mecha.

53

Vista al Mar: Veinte años atrás

Después que se marchó su madre, Wendy se sentó en el escritorio que ocupaba todos los Sábados desde que comenzó la escuela bíblica de vacaciones en Junio. El salón de clases estaba en su escuela primaria. Había diez niños que asistían a las lecciones con ella. Reconocía algunos de su clase de quinto grado del año pasado, pero nunca le hablaban a ella. Deseaba que Glen y Sarah fueran a la escuela bíblica para al menos tener a alguien con quien hablar.

La Señorita Taylor ya estaba en el frente del salón lo que significaba que Wendy había llegado a tiempo a la clase. La maestra le recordaba un poco a su madre. Probablemente fuera de la misma edad y tenía una voz encantadora. Los Domingos, cantaba en el coro de la iglesia.

—Buenos días, niños. Por favor saquen sus Biblias. La lección de hoy es sobre el pecado y el valor que tiene decir la verdad cuando nos hemos equivocado.

Wendy sacó la Biblia tamaño bolsillo de la gaveta debajo de su pupitre donde Dottie estaba sentada en el borde y colocó el libro ante ella. A la Señorita Taylor no le molestaba que tuviera allí a la muñeca, aunque no se lo permitían en la escuela regular. Los niños se burlaban de ella ocasionalmente por tener todavía una muñeca a los diez años.

Cuando la Señorita Taylor comenzó la lección, Wendy se sintió agitada. No quería escuchar las historias de la Biblia sobre el pecado y la verdad. Ella había mentido sobre ir al bosque la semana pasada y pagó un muy alto precio por ello. No le había dicho a su madre lo que había ocurrido ni los terribles sueños que había comenzado a tener desde el incidente. Evitaba al Sr. Brewster siempre que entraba algún sitio. En lugar de irse, desviaba la mirada, para que él no pudiera dirigirle una falsa sonrisa. Una vez, se lo encontró en el pasillo, y él le susurró, —No le has dicho nada a tu madre, ¿cierto? —El miedo subió en su estómago, pero lo contuvo y sacudió la cabeza. —Buena niña, —le respondió, —ese es nuestro pequeño secreto. A mi hermana le molestaría mucho perder a su mejor ama de llaves.

Wendy trató de mantener su atención en la Señorita Taylor, pero no podía hacerlo. No había aire acondicionado en la escuela y esa mañana ya estaban a noventa grados. Comenzó a sentir que el aire caliente en el pequeño salón la envolvía y supo que tenía que escapar. Levantó la mano y pidió permiso para ir al baño. Afuera en el tranquilo pasillo, respiró hondo y, en lugar de entrar en el baño de niñas, salió por la puerta de atrás y respiró el aire húmedo. Decidió que un pequeño paseo la ayudaría. Todavía faltaba más de media hora de clases, y su madre le había dicho que podría llegar tarde a buscarla. Wendy podría incluso ir al faro y regresar antes que terminara la clase. Si la Señorita Taylor preguntaba por qué había tardado tanto en regresar, Wendy podría decir que le dolía el estómago.

Con Dottie en sus manos, saltó por el campo hacia la playa. Entre más lejos iba, más libre se sentía. No sabía exactamente qué la atrajo al faro. Sus pasos la llevaron allá. Pasó varios minutos abajo junto al agua donde estaba más fresco. Mientras miraba las olas suaves, sentía que la tensión de la semana pasada desaparecía. Estaría bien. Su vida había cambiado dramáticamente, pero era fuerte como su madre. Se había prometido a sí misma olvidar lo sucedido, bloquearlo en su mente, y pretender que era la niña inocente y feliz que antes era.

Sintiéndose segura con su decisión, estaba a punto de regresar a la escuela cuando escuchó un grito y un fuerte ruido como si algo pesado hubiera golpeado el suelo. Entonces vio una silueta salir del faro. Cuando comprendió quién era, se ocultó detrás de un arbusto y esperó hasta que la persona se había ido en dirección a la posada. Entonces se alejó corriendo y se detuvo cuando vio el cuerpo de Michael en el suelo junto al faro, sus lentes rotos a su lado. Pensó en buscar ayuda, pero se suponía que ella no estaría lejos de la escuela, y sabía que nadie podría sobrevivir una caída desde la altura de la torre.

Fue cuando regresó a su asiento en el salón de clases que comprendió que había dejado caer a Dottie.

54

Vista al Mar: Tiempo presente

—¿Fue así como perdiste tu muñeca? —le pregunté, esperando que la respuesta nos ganara tiempo para un plan de escape. Cuando ella respondió, dije, —Mi amiga, Carolyn, encontró a Dottie debajo de un tronco cuando ella, Russell, y yo estuvimos cerca del faro recientemente. La tengo en la guantera de mi auto. Puedo dártela si quieres. —Tal vez, si hablaba amablemente con ella, reconsideraría matarnos.

El rugido del trueno señaló otra oleada de lluvia. Mi madre y yo saltamos hacia atrás cuando cayó sobre nosotros, pero Wendy soportó la embestida. —¿Para qué quiero ahora una muñeca? Tu padre me robó mi infancia. Arruinó mi matrimonio. Cuando finalmente encontré un hombre que comprendía mis temores, también me lo quitó.

—Glen tuvo un accidente, Wendy. No fue culpa de nadie.

—Estaba tomando. Tía Julie me dijo que vio botellas junto a su cama cuando fue a hablar con él. Si tan solo me hubiera quedado con él esa noche, pero no podía enfrentarlo después que escuchó lo que su padre me hizo.

La había sacado de balance lo que era bueno. Sequé el agua de mis ojos y me acerqué a mi madre. Tal vez las dos juntas pudiéramos saltar sobre ella, pero existía la posibilidad de que la pistola se disparara e hiriera a una de nosotras. La mejor opción era continuar hablando y rezar para que alguien viniera en nuestro rescate.

—Quédate donde estás. —Wendy se dio cuenta de que me había acercado a ella. —Ahora voy a terminar la historia, y no quiero más interrupciones. No voy a responder ninguna pregunta. Si alguna de ustedes abre la boca, disparé a la otra.

Madre apretó mi mano como una línea de vida. Estábamos empapadas, nuestro cabello pegado a nuestros rostros.

Wendy sonrió, y sentí que la náusea volvía de nuevo, pero luché contra el impulso de arquear. —¿Quieres saber quién mató a Michael? Creo que es obvio. Incluso dejó una nota de suicidio, ¿no es así? —Miró a mi madre quien dejó escapar un gemido. —Olvidé que no puede responder. No se la mostró a nadie, ¿no es así? Supongo que se pregunta cómo sé sobre eso. Puede asentir con la cabeza si quiere.

Madre asintió, y pude ver que el miedo se acumulaba en ella. No había una botella para ella a la que aferrarse allá arriba, solo mi mano, y se aferró a ella con tanta fuerza que tenía miedo de que la rompiera.

—Te escuché contar la historia en la cena. Yo estaba en la casa aquella noche pero no oculta en ninguna de las habitaciones que revisó Donald Marshall. Fui a ver de qué estarían hablando y si me incluiría a mí. De todas formas, no me quedé para el postre. Regresé al faro. Sarah, —Se volteó hacia mí. —¿viste el papel, los creyones y mi mochila allá abajo? Lo siento, no respondas. Ya casi termino con mi historia. Después que el villano sea descubierto, el final es bastante rápido, ¿no es así?

Aunque Wendy estaba divagando, vi algo que podía usar como un arma. Estaba contra la pared a mi lado. Al principio, no comprendía qué era, pero entonces lo comprendí. Era el trípode para cámaras que Wanda le había regalado a Michael hacía todos esos años para su cumpleaños. Dejé caer la mano de mi madre. En un solo movimiento, tomé el extremo del trípode y corrí hacia Wendy temiendo por la vida de mi bebé si mi movimiento hacía que se escapara un disparo pero sabiendo que no tenía opción. Mientras me abalanzaba contra ella, Wendy dejó caer la pistola. Se deslizó hacia mi madre quien la levantó.

—¡No! —gritó Wendy mientras la punta del trípode golpeaba su brazo. Escuché el crujido. Era su hueso o el relámpago que iluminaba nuestra pelea. Ambas caímos, rodando por el piso mojado.

—¡Tengo la pistola! —gritó Madre sobre nosotras.

Wendy me pateó y arañó. Apenas logré evitar una patada en el estómago, pero sus largas uñas se clavaron en mi brazo. Grité por el dolor mientras mi sangre se mezclaba con la lluvia.

—Suelta a Sarah o disparo, —exigió Madre. Pensé que Wendy no la escuchaba. Se sintió como si estuviera peleando conmigo a muerte. ¿Estaba pensando en mi padre y cómo no había podido protegerse hacía tantos años?

Era obvio que estaba perdiendo. Wendy era tan rápida que me costaba darle incluso los más leves golpes. Finalmente logré aferrarme a una de las trenzas y tiré de ella. Respondió con un alarido y se me quitó de encima. Madre la tenía en la mira, pero su mano temblaba con la pistola. Me di cuenta de que nunca antes había disparado un arma.

Me puse de pie y corrí hacia ella. —Está bien, Mamá. Ya la tenemos.

—Sarah, ¿estás bien? —Me preguntaba si me veía tan mal herida como me sentía.

—Dispárame, —Wendy me retó levantándose contra la baranda y enfrentándonos. —Anda. Dispárame o salto. Mi vida ya no vale la nada.

Madre bajó el arma. —Sí, sí vale, Wendy. Piensa en tu madre. Ella te ama. Hay personas que pueden ayudarte.

—¿Como Glen? —Comenzó a llorar. —No necesito que me hipnoticen de nuevo. Recordé todo. Cada horrible detalle.

—Hay otras terapias. Otros médicos. —Madre estaba tratando de razonar con ella, pero yo sabía que no estaba escuchando.

Cuando Wendy se volteó hacia nosotras, escuché voces abajo que gritaban por encima de la tormenta. —Creo que hay alguien arriba. Hay ropa y creyones aquí. —Era Derek. Sentí que me recorría un gran alivio.

—Debimos buscar aquí antes, —respondió Donald.

Wendy también los escuchó, y reforzó su decisión. —Dile a Mamá que la amo, y que lamento todas las mentiras.

Wendy estaba apoyada contra la baranda a punto de saltar cuando Derek y Donald aparecieron en la cima de la escalera.

Hubo un disparo. No estaba segura de dónde había salido, pero impactó a Wendy en la pierna y cayó de espaldas gritando con dolor y sorpresa.

Madre estaba de pie con la pistola apuntando hacia abajo. —Tenía que salvarla, —dijo. —No pude salvar a Michael.

DE LAS NOTAS DE MICHAEL GAMBOSKI

(Estación Nantucket, Wikimedia Commons)
Los barcos faro fueron usados donde el agua era demasiado profunda para construir un faro o no era práctico. Los primeros barcos faro fueron ubicados en la parte baja de la Bahía de Chesapeake (1820) y cuando más estaciones existieron en 1915 había 72 barcos faro manejando 55 estaciones. Los barcos extra eran utilizados como soporte. Los barcos faro mostraban luces arriba de sus mástiles y en áreas nebulosas hacían sonar una campana u otra señal para la neblina como silbatos, sirenas o cuerno. En 1921, los barcos faro comenzaron a ser equipados con sistemas de radio. El último barco faro fue sacado de la Estación Nantucket en 1984.

55

Vista al Mar: Veinte años antes

Jennifer se arrastró de la cama. Aunque su cuerpo le dolía por haber llorado tanto la noche anterior, se sentía sorprendentemente aliviada, como si le hubieran quitado un peso de encima. Se había acabado. Los años de esconderse, proteger a Glen y Sarah, ahogarse a sí misma en la auto-compasión, se habían terminado. Se duchó y vistió rápidamente. Esperaba no haberse perdido a Michael. Quería decirle adiós. Él era la razón de su nueva libertad.

El desayuno ya había terminado cuando llegó. Julie estaba en el fregadero lavando los platos. Se preguntó dónde estaba Wanda y luego recordó que la ama de llaves debía haber llevado su hija a la escuela bíblica.

—Buenos días, Julie. ¿Todos se fueron? ¿Michael ya se marchó?

—Hola, Jennifer. —Su cuñada parecía sorprendida de verla. Generalmente no bajaba a desayunar los fines de semana. —Todavía hay comida caliente y café si quieres. Michael se marchó hace alrededor de media hora. Glen y Sarah regresaron a la habitación de Glen. Creo que Glen quería mostrarle a Sarah su nuevo experimento de ciencia. Mencionaron que luego querían ir a la playa. Wanda y Wendy deben regresar pronto de la escuela bíblica. Yo voy ahora a pintar en el estudio.

—No tengo hambre. Llevaré un vaso de jugo de naranja al patio. Lamento haberme perdido a Michael. No tuve oportunidad de decirle adiós.

Jennifer salió al porche con su jugo. Antes de que pudiera sentarse a tomarlo, vio a Michael y a Martin hablando cerca del viejo Dodge azul de Michael y se esforzó para escuchar lo que decían. Dejó su bebida y silenciosamente caminó hacia el estacionamiento donde esperó detrás del cedro, escuchando antes de que ella hiciera su aparición.

—Gracias por ayudarme a subir las cosas a mi auto, Martin. Voy al faro a revisar si dejé algo allá. Creo que mi trípode podría estar arriba en la torre.

—¿Puedo acompañarte para ayudarte?

—No quiero extender esto, Martin. Ya te dije que se acabó. Voy a regresar con mis padres y a la universidad. Si fuera tú, arreglaría las cosas con tu esposa. Tus niños están creciendo rápido. Son inteligentes y cariñosos.

—Amo a mis hijos, pero que yo me vaya podría ser lo mejor que puede sucederles. Déjame ir contigo al faro.

Jennifer tuvo que contener la risa por su tono de súplica. Estaba de acuerdo con que la marcha de Martin los beneficiaría a todos, pero ahora parecía que Michael estaba rechazando a Martin. Odiaba la parte de ella que se sentía feliz al escuchar esas noticias. Decidió seguirlos al faro para ver lo que sucedía allá.

Jennifer observó a Martin y a Michael entrar al faro. Michael usó su llave para abrir la puerta, y ella supuso que no cerraría al entrar. Mientras se dirigían a la torre, ella comprendió que no podía esperar afuera. Les dio varios minutos para subir las escaleras y entonces entró. No visitaba el faro con frecuencia. Recordó con un sobresalto en su corazón la primera vez que había ido allí con Martin cuando la llevó por primera vez a Vista al Mar. La había llevado arriba desde donde miraron el pueblo. Podía ver la posada al sur y la playa al este. Mientras miraban hacia abajo, la rodeó con un brazo. Ella se volteó hacia él, y se besaron. Si tan solo hubiera sabido los cambios que estaban por ocurrir en él. Si tan solo él se hubiera mudado con ella a Long Island a su propia casa lejos de los botones, amas de llaves, y jóvenes huéspedes que cuestionable orientación sexual. Cerró los ojos para escuchar, pero los hombres estaban hablando en voz baja. Subió las escaleras haciendo una pausa en cada rellano, en silencio con sus mocasines rellenos.

Cuando llegó al último rellano, comenzó a escuchar sus palabras.

—Michael, ¿estás seguro de esto? Tengo dinero ahorrado. Estoy planeando hacer una vida nueva. Me gustaría tenerte en ella.

—Te di mi respuesta, Marty. Por favor acéptala, para que podamos continuar siendo amigos. Nunca quise perturbar tu familia.

Martin dejó escapar una risa irónica. —Mi familia fue perturbada antes de que nos conociéramos. Tú no sabes cómo es tener una esposa alcohólica.

—Imagino que es difícil pero tener un adúltero por esposo debe ser peor. ¿Alguna vez te preguntaste qué causó la adicción de Jennifer?

—Supongo que es mejor ser soltero, libre y gay. ¿Cuántos hombres mayores más has seducido de sus esposas? —Reconoció el tono de voz enojado de Martin y ahora podía escuchar la conversación sin esforzarse.

—No me culpe a mí, señor. Me enteré del botones antes de mí, y ¿qué hay de Wanda y su pequeña hija?

—¿Cómo sabes sobre eso?

—No soy ciego. Veo cómo te evita la niña. Podrías tener serios problemas por eso, lo sabes. Al menos Bud y yo éramos mayores de edad.

—¡Detente!

—¿Qué sucede? Di en el clavo. Déjame ir, Martin. No diré nada. Yo tampoco querría que lo supiera mi familia. Yo todavía no he salido del closet.

Hubo un silencio y entonces Martin respondió con voz más controlada. —Está bien. ¿Puedes darme un último beso?

Jennifer los imaginó uniendo sus labios, la lengua de Martin entrando en la boca de Michael. Casi arqueó ante la imagen. Pero entonces escuchó a Michael decir algo que la asustó. —Martin, ¿qué estás haciendo? ¿De dónde sacaste esa pistola? Por favor, bájala.

—Hijo de perra, —exclamó Martin. —Piensas que puedo dejarte ir tan fácilmente. Ya confronté a Jennifer. Estaba preparado para darle la noticia a Julie. No podía esperar para salir de su vida. Esa fría y calculadora puta de mi hermana. Solo porque Papá se acostó con ella, me culpa por no ir en su ayuda. Yo no le debo nada. Puede quedarse con la maldita posada como pago por sus daños, y tú puedes irte al infierno. Salta o te disparo.

—No, Martin, por favor no.

Jennifer no pudo escuchar más. Sentía tanto miedo de escuchar un disparo. En lugar de eso, solo escuchó un grito. ¿Qué había hecho Martin? Rápidamente pero sin hacer ruido bajó las escaleras.

Cuando llegaba abajo, se ocultó detrás de una columna y vio a su esposo bajar corriendo las escaleras jadeando, su rostro rojo. Después que él se marchó del faro, subió de nuevo las escaleras para ver si Michael estaba herido. Esperaba que Martin no regresara, pero lo vio correr de regreso a la posada a través de una ventana.

Cuando llegó a la torre, se sorprendió al verla vacía. ¿Dónde estaba Michael? No pudo bajar por las escaleras sin que ella lo viera, especialmente si estaba herido. El grito que escuchó había sido intenso.

Un terrible miedo la abrumó cuando consideró otra posibilidad. Se acercó a la barandilla y miró hacia abajo. —¡Oh, Dios mío! —exclamó al ver el cuerpo roto tendido abajo. Respiró hondo para calmarse. Deseó por primera vez haber despertado con su escocés de la mañana. ¿Qué debía hacer? Estuvo allí varios minutos considerando sus opciones. Dado que estaba sobria, comprendió que si llamaba a la policía, no se vería bien para ella. Había accedido al divorcio de Martin la noche anterior. Aunque nadie lo sabía todavía, estaba segura de que había quienes estaban al tanto de lo que sucedía entre ella y su esposo y los jóvenes huéspedes de la posada. De lo contrario, igual le creerían a Martin en lugar de ella. Él era el encantador anfitrión con la sonrisa falsa. Ella era la esposa alcohólica con quien tenía que cargar. Una parte de ella aún lo amaba y eso le dolió más que todo.

Mientras estos pensamientos pasaban por su mente, se dio cuenta de que alguien estaba cruzando el campo en sentido contrario a la posada. Desde esta distancia, no podía decir con seguridad quién era, pero se parecía un poco a Wendy Wilson. Sabía que eso no podía ser porque Wendy debía estar en la escuela bíblica. Esperó varios minutos y luego bajó las escaleras. Decidió regresar a la posada y tomar unos tragos antes que nadie dijera algo.

56

Vista al Mar: Tiempo presente

Los paramédicos que llegaron a la escena después que Donald los llamó desde su celular no tuvieron una tarea sencilla para llevar a Wendy al hospital. Aunque la bala había rozado su pierna, necesitaba atención médica, pero lo más importante era la atención psiquiátrica. Tuvieron que sedarla para subirla a la camilla. Entonces tuvieron que bajarla por las escaleras en espiral del faro. Donald contactó a Wanda y le dio la información sobre el hospital adonde estaban llevando a su hija. Le dijo que se encontraría allá con ella para informarle sobre lo sucedido.

Derek quería que yo fuera también al hospital, pero un paramédico revisó mi brazo y dijo que no necesitaba sutura. Me aplicó antibiótico y cubrió las heridas mientras Derek observaba, una expresión de preocupación en su rostro. Cuando le aseguré que estaba bien, me ayudó a bajar las escaleras. Mi madre venía detrás de nosotros.

La lluvia cedió finalmente, y un poco de sol brilló a través de las nubes.

Los minutos que transcurrieron después que llegaron Derek y Donald estaban nebulosos para mí. Recordaba que Donald llamó a los paramédicos, Wanda y Tía Julie. También dijo que tenía que llamar a la familia Gamboski para aliviar sus mentes finalmente en cuanto a su hijo. Recordaba los brazos de Derek rodeándome, y su voz nerviosa de preocupación preguntando si estaba lastimada. Incluso recordaba a mi madre entregando la pistola a Donald, pero las escenas eran borrosas en mi mente. Nada estuvo claro hasta que regresé a la posada con Derek a mi lado. Envuelta en el abrigo de Tía Julie y con ropa seca, sostenía en mi mano una taza de humeante té. Comprendí que aún a noventa grados de temperatura, empaparse en la lluvia podía enfriarte. Madre también había cambiado su ropa y estaba sentada junto a Tía Julie en el sofá frente a Derek y a mí.

Carolyn y Russell estaban en la posada con Tía Julie cuando regresamos. Ya sabían la mayor parte de lo que había sucedido, y Carolyn me abrazó con una disculpa por no haber estado allí para ayudar. Ella y Russell habían pasado la mañana en su casa colaborando con un libro que ella tenía la esperanza de que publicaran juntos. Sería su primera aventura escribiendo ficción para adultos. Estaba pensando en mudarse a Carolina del Sur después que organizara las cosas en casa. Yo sabía que se refería a Jack y su contrato con nuestro publicista. Aunque yo lamentaba que eso significaba que tal vez ya no trabajáramos juntas, me sentía feliz por ella. También estaba feliz por Russell. Nunca olvidas al chico que te dio tu primer beso, incluso después que seguiste adelante con otras relaciones, siempre permanece un recuerdo especial y un lugar en tu corazón para ese primer amor.

—¿Estás segura de que no estarías más cómoda en la cama? —preguntó Tía Julie mientras sorbía mi té. —Tuviste un susto horrible, Sarah. Deberías descansar. —Aunque todavía no se lo había dicho, tuve la sospecha de que sabía sobre el bebé.

—Estoy bien, Tía Julie. Gracias.

Sonrió y se dirigió a mi madre. —¿Qué hay de ti, Jennifer?

—Estoy bien, pero tengo que pedir un favor.

—Desde luego. ¿Qué necesitas?

—Por favor, saca todas las botellas de mi habitación. Voy a entrar en el programa de AA de nuevo, y esta vez me mantendré firme. Además tengo otra petición.

Tía Julie arqueó las cejas. Me sentía feliz al escuchar a mi madre tan segura y me preguntaba qué más tendría en mente.

—Si me aceptas, me gustaría ayudarte en la reapertura del Vista al Mar este otoño. No estoy segura si Wanda regresará, y sé que necesitarás que alguien te ayude. Aunque este lugar no guarda los mejores recuerdos para mí, creo que me gustaría crear nuevos recuerdos.

Una luz apareció en los ojos de Tía Julie. —En realidad esperaba que Sarah considerara mudarse acá de nuevo para que manejara la posada conmigo, pero sé que tiene otros compromisos. Creo que esto funcionará mucho mejor, Jen. Me encantaría que vinieras. Compartimos malos recuerdos, pero tal vez podamos convertirlos en algo positivo. Me las he arreglado para borrar algunos de los míos con mi pintura, y me gustaría comenzar a mostrar mis retratos en galerías de nuevo. Tal vez tú también puedas encontrar un escape artístico. También espero que Donald y yo tengamos un futuro. Me ha tomado años aprender a confiar completamente en un hombre que no se parece en nada a mi padre ni a mi hermano.

Derek habló entonces. —Si te sientes en condiciones, Sarah, dejó de llover. ¿Podemos salir a caminar? Todavía quiero decirte las cosas que vine a discutir contigo.

Mi corazón latió más rápido. Había comenzado a sentir la esperanza de que Derek y yo pudiéramos tener un nuevo comienzo, pero ahora no estaba segura. Su preocupación por mí podría haber sido una reacción temporal a las circunstancias traumáticas. Ahora que sabía que yo estaba a salvo, podría ser más fácil para él darme la noticia de que quiere el divorcio.

Suspiré y me levanté. Podía posponer el paseo y decir que estaba demasiado cansada, pero sabía que eventualmente tendría que enfrentar la realidad. —Estoy lista, —dije. —Vamos.

Todavía había algunos charcos en el camino entre los árboles pesados con musgo colgante. Ocasionalmente caían algunas gotas de las hojas a medida que caminábamos, pero se sentía bien, refrescante en el calor de la tarde.

—Entonces, ¿qué querías decirme, Derek? —pregunté, mi corazón todavía latiendo con fuerza.

—Sarah, sé que has pasado por muchas cosas. Lamento todo lo sucedido. Lamento aún más que no llegué aquí antes o vine contigo en primer lugar.

—Tenías tus clases, —le recordé, aspirando el aromático aire. Madreselva mezclada con musgo mojado.

—Podría haberlas cancelado o asignado a alguien más con anterioridad. Fui egoísta. Sabía que nos estábamos alejando, y no hice nada pare acercarnos de nuevo. —Se detuvo y se volteó hacia mí. Podía ver la tristeza en sus ojos. —Quiero una familia tanto como tú. Eso fue lo que vine a decirte. Estoy dispuesto a someterme a cualquier tratamiento que quieras probar. Quiero hacerte feliz. Te amo tanto.

Todavía estaba impresionada por sus palabras cuando se inclinó para besarme. Traté de no pensar en la mujer que había contestado nuestro teléfono, pero sabía que no estaría tranquila hasta que supiera la verdad.

—¿Eso significa que tu romance ya terminó? —pregunté mientras me separaba de él.

—¿Romance? ¿A qué te refieres, Sarah?

Lo confronté, mi corazón martillaba contra mi pecho. —Te llamé una mañana cuando Carolyn y yo veníamos en camino a Vista al Mar. Una joven mujer respondió el teléfono de la casa.

Observé mientras su expresión cambiaba. Esperaba ver culpa. En cambio, la comprensión se asentó en él. —Oh, Sarah. Lo siento. No te lo dije. Tal vez no recuerdes a mi sobrina Lainey. La conociste hace años cuando era una niña. Está asistiendo a la universidad en el norte y decidió ir a casa por el verano. Ella y mi hermano Paul llegaron sin avisar. No sabían que estabas de viaje. Lainey quería hacerme algunas preguntas sobre la tesis en la que está trabajando, y Paul pensó que podría ayudarla. Mientras le mostraba a Paul tus maravillosos bocetos arriba en la buhardilla, Lainey comenzó a preparar el desayuno en la cocina. No escuché el teléfono, y ella no mencionó que lo hubiera respondido. Supongo que asumió que era un número equivocado. Debió decirme, especialmente porque yo estaba preocupado por ti en el viaje.

No podía creer lo estúpida que había sido. —Derek, soy yo quien debe disculparse por no confiar en ti. Todo este tiempo imaginé que venías a verme para pedirme el divorcio.

—Tonta Sarah, —dijo. —¿No sabes todo lo que significas para mí?

Mientras nos besábamos debajo de los robles, solo podía imaginar lo sorprendido y feliz que Derek estaría cuando fuera mi turno para decirle lo que tenía que decir.

-El Fin-

AGRADECIMIENTOS

Quiero agradecer a mi colega autor de Next Chapter, James J. Cudney, IV, por compartir información sobre su publicista conmigo y Miika Hannila por aceptar mi manuscrito de *Vista al Mar* y ofrecerme un contrato para publicarlo.

También me gustaría dar las gracias a Colleen O'Felein por ayudarme a editar el prólogo de este libro, y a los beta lectores Judy Ratto, Cherrie Forrest, y Christopher Merlino por sus sugerencias para mejorar el manuscrito. Judy Ratto, autora de la excelente serie de misterio de Lucas Holt y también amante de los gatos, ofreció unos excelentes comentarios sobre *Vista al Mar* y el personaje del gato, Al, quien originalmente fue llamado Alabaster pero que se lee mejor con el diminutivo. Erin L. George, MA MFT, terapista sistémica de familias quien escribe con el nombre de Erin Lee, autora de bestsellers de USA Today, ayudó en mi investigación sobre condiciones mentales y cómo se manifiestan.

Jeff Gales, de la Sociedad de Faros de E.U.A. (www.uslhs.org) y Megan Stegmeir, Guardaparques Interpretativa del Hunting Island State Park en Carolina del Sur, suministraron importante información para la investigación del libro, y me siento agradecido a ambos por su ayuda con este proyecto.

También mi agradecimiento a Ed Escoffier, mi compañero de trabajo y colega bibliotecario, quien sugirió Carolina del Sur como locación para mi novela.

Finalmente, quiero agradecer a los lectores que compran este libro y aquellos que han disfrutado de mis acogedores misterios de Cobble Cove y otras novelas. Agradezco todos los comentarios, análisis y mensajes. Espero que mis palabras tengan significado para ustedes y que encuentre entretenimiento, educación, y algo de sorpresa en mis libros.

SOBRE LA AUTORA

Debbie De Louise es una autora ganadora de premios y una bibliotecaria de referencias en una biblioteca pública de Long Island. Es miembro de Sisters-in-Crime, International Thriller Writers, el Long Island Authors Group, y la Cat Writer's Association. Tiene un diploma en Inglés y una maestría en Ciencias de Biblioteca de la Universidad de Long Island. Sus novelas incluyen los cuatro libros de la serie de acogedores misterios de Cobble Cove: A Stone's Throw, Between a Rock and a Hard Place, Written in Stone, y Love on the Rocks. Debbie también ha escrito una novela corta de comedia romántica, When Jack Trumps Ace, un romance paranormal, Cloudy Rainbow, y el misterio en solitario, Reason to Die. Vive en Long Island con su esposo, Anthony; su hija, Holly; y tres gatos, Stripey, Harry, y Hermione.

Pueden contactar a Debbie en las siguientes direcciones:

Facebook: https://www.facebook.com/debbie.delouise.author/

Twitter: https://twitter.com/Deblibrarian

Goodreads: https://www.goodreads.com/author/show/2750133.Debbie_De_Louise

Bookbub:https://www.bookbub.com/profile/debbie-de-louise

Website/Blog/Newsletter Sign-Up: https://debbiedelouise.com

Lightning Source UK Ltd.
Milton Keynes UK
UKHW011840210521
384163UK00001B/116